CB080358

O UNICÓRNIO

O UNICÓRNIO

Suas decisões são **realmente** suas?

VITOR
ZENAIDE

Labrador

© Vitor Zenaide, 2025
Todos os direitos desta edição reservados à Editora Labrador.

Coordenação editorial Pamela J. Oliveira
Assistência editorial Leticia Oliveira, Vanessa Nagayoshi
Direção de arte e capa Amanda Chagas
Projeto gráfico Vinicius Torquato
Diagramação Emily Macedo Santos
Preparação de texto Cris Negrão
Revisão Vinícius E. Russi

Dados Internacionais de Catalogação na Publicação (CIP)
Jéssica de Oliveira Molinari - CRB-8/9852

Zenaide, Vitor
O unicórnio / Vitor Zenaide.
São Paulo : Labrador, 2025.
288 p.

ISBN 978-65-5625-887-4

1. Ficção brasileira 2. Distopia 3. Tecnologia I. Título

25-1850 CDD B869.3

Índice para catálogo sistemático:
1. Ficção brasileira

Labrador
Diretor-geral Daniel Pinsky
Rua Dr. José Elias, 520, sala 1
Alto da Lapa | 05083-030 | São Paulo | SP
editoralabrador.com.br | (11) 3641-7446
contato@editoralabrador.com.br

A reprodução de qualquer parte desta obra é ilegal e configura
uma apropriação indevida dos direitos intelectuais e patrimoniais
do autor. A editora não é responsável pelo conteúdo deste livro.
Esta é uma obra de ficção. Qualquer semelhança com nomes,
pessoas, fatos ou situações da vida real será mera coincidência.

AGRADECIMENTOS

Escrevi este livro durante a pandemia de covid-19. A ideia principal foi sendo construída ao longo de 2018 e 2019. Quando o desafio da doença começou, eu tinha a joia bruta, mas que precisava de muita lapidação. Em 2020, vivi um ano de sobrevivência — emocional e física —, e o texto ficou esquecido. Porém, no ano seguinte, resolvi tirá-lo com força do plano das ideias e executei todo o projeto ao longo de um dos períodos mais difíceis que toda a humanidade já enfrentou.

Durante as semanas de angústia e confinamento, tendo inclusive sofrido na pele a contaminação com minha esposa e meu filho, este livro foi meu grande porto seguro e minha esperança. Agradeço o presente da escrita e seu poder de cura sobre quem ama essa atividade. O enredo e seus personagens foram meus companheiros fiéis ao longo dessa exaustiva jornada. Passei 2022 e 2023 repensando algumas partes dele, após uma leitura crítica impactante, que me fez refletir sobre como passar a mensagem final de forma mais poderosa e cativante. Em 2024, acredito ter encontrado o melhor jeito.

Este livro é dedicado à minha maior incentivadora: Mari, minha esposa e companheira de vida. Sem você, as ideias teriam ficado apenas na minha cabeça. Obrigado pelo apoio irrestrito e por me permitir sonhar mais alto nesta profissão tão árdua e solitária. Dedico-o também a meu filho, Matheus, que me faz sentir que a vida vale a pena todos os dias quando me dá um de seus sorrisos apaixonantes. Obrigado por serem a melhor família do mundo!

A meus pais, que tanto contribuíram para minha formação e meu gosto pela literatura, aos meus irmãos, cunhados e cunhadas, sobrinhos e sobrinhas, por trazerem amor e alegria para a vida. E, por fim, aos meus amigos queridos, que tanta falta fizeram naqueles anos pandêmicos e que tanto me inspiram a escrever.

Este livro é minha maior contribuição, até agora, para que possamos repensar nossa relação com a tecnologia.

PRÓLOGO

"O outro grande perigo que enfrentamos é o surgimento de ditaduras digitais, que vão monitorar a todos o tempo todo. Esse perigo é expresso na forma de uma equação simples, que acho que pode ser a equação definidora da vida no século XXI:

B X C X D = HHH!

O que significa? Conhecimento Biológico multiplicado por poder de Computação, multiplicado por Dados é igual à Habilidade de Hackear Humanos.

Se você conhece biologia o suficiente e tem poder de computação e dados suficientes, pode hackear meu corpo, meu cérebro e minha vida, e pode me entender melhor do que eu mesmo. Você pode conhecer meu tipo de personalidade, minhas visões políticas, minhas preferências sexuais, minhas fraquezas mentais, meus medos e esperanças mais profundos. Você sabe mais sobre mim do que eu mesmo. E você pode fazer isso não apenas comigo, mas com todos.

Um sistema que nos entende melhor do que nós mesmos pode prever nossos sentimentos e decisões, pode manipular nossos sentimentos e decisões e pode, em última instância, tomar decisões por nós.

No passado, muitos governos e tiranos quiseram fazer isso, mas ninguém entendia a biologia bem o suficiente e nem tinha poder de computação e dados suficientes para hackear milhões de pessoas. Nem a Gestapo nem a KGB poderiam fazer isso. Mas, em breve, pelo menos algumas corporações e governos serão capazes de hackear sistematicamente todas as pessoas. Nós, humanos, devemos nos acostumar com a ideia de que não somos mais almas misteriosas — agora somos animais hackeáveis. Isso é o que somos.

O poder de hackear humanos pode ser usado para o bem — como fornecer serviços de saúde muito melhores. Mas, se esse poder cair nas mãos de um Stalin do século XXI, o resultado será o pior regime totalitário da história da humanidade. E já temos vários candidatos ao emprego de Stalin neste século.

Imagine a Coreia do Norte daqui a vinte anos, quando todo mundo tiver que usar uma pulseira biométrica que monitora constantemente sua pressão sanguínea, sua frequência cardíaca, sua atividade cerebral 24 horas por dia. Você ouve no rádio um discurso do grande líder e eles sabem o que você realmente sente. Você pode bater palmas e sorrir, mas, se estiver com raiva, eles sabem, você estará no gulag amanhã.

[...]

Em um futuro não tão distante, algoritmos semelhantes podem nos dizer onde trabalhar e com quem nos casar, e também decidir se devem nos contratar para um emprego, se nos darão um empréstimo e se o banco central deve aumentar a taxa de juros.

E se você perguntar por que não recebeu um empréstimo e por que o banco não aumentou a taxa de juros, a resposta será sempre a mesma: porque o computador diz não. E, uma vez que o limitado cérebro humano carece de conhecimento biológico suficiente, poder de computação e dados, os humanos simplesmente não serão capazes de entender as decisões do computador.

Portanto, mesmo em países supostamente livres, os humanos provavelmente perderão o controle sobre as próprias vidas e também a capacidade de entender as políticas públicas. Atualmente, quantos humanos entendem o sistema financeiro? Talvez 1% para ser muito generoso. Em algumas décadas, o número de humanos capazes de entender o sistema financeiro será exatamente zero.

Agora nós, humanos, estamos acostumados a pensar na vida como um drama de tomada de decisão. Qual será o significado da vida humana, quando a maioria das decisões serão tomadas por algoritmos?"

Trecho do discurso do historiador Yuval Noah Harari para o Fórum Econômico Mundial de 2020, em Davos, em tradução livre.

Esta história se passa em um futuro próximo.
Bem mais próximo do que imaginamos.

CAPÍTULO 1

TEL AVIV, ISRAEL

O dia chegava ao fim após muitos compromissos. O senador Glenn já não aguentava mais tantas reuniões com empresários e políticos israelenses que vinham lhe trazer caminhos para uma maior aproximação comercial com os Estados Unidos. Ganhar a simpatia daquele povo era muito importante para ele e fazia parte do jogo. Mas, após vários dias percorrendo outros países europeus e ouvindo mais pedidos do que soluções, ele já estava de saco cheio.

Glenn voltou ao Lighthouse Tel Aviv, seu hotel preferido na cidade. Luxuoso, perto da praia e com drinques incríveis, era perfeito para qualquer tipo de viagem. Depois de um dia ocupado, ele iria se permitir curtir um pouco os prazeres que aquela incrível cidade tinha a lhe proporcionar.

Tomou um banho longo e bem quente. O clima estava perfeito. Ameno, com uma leve brisa refrescante e muitas estrelas no céu. Glenn colocou o melhor traje esportivo fino que tinha, perfumou-se e pegou seu celular. Estava na hora de deixar que outros pensassem por ele. Abriu o aplicativo Best Date, que estava logo na tela inicial, bem ao lado de suas redes sociais preferidas, apertou o botão do microfone e falou:

— Best Date, hoje quero relaxar. Um homem bonito, de porte atlético e que seja local. Não me venha com estrangeiros. Quero saborear o que Tel Aviv tem de melhor. Ah, e que não queira compromissos. Não quero ter trabalho amanhã quando voltar para casa. Última coisa: que não tenha nenhum interesse por política ou conheça algum político americano.

A ampulheta na tela então girou freneticamente, apontando que a máquina estava processando seu pedido. Aqueles pouquíssimos segundos sempre faziam seu coração bater mais forte. Eram os momentos que o separavam de conhecer o homem que lhe daria uma noite maravilhosa de prazer e erotismo, sem que precisasse se esforçar. Muito melhor que dezenas de minutos de flerte em um bar escuro, com música alta e a possibilidade de ser rejeitado.

Logo, o barulhinho indicou sucesso na busca. O aplicativo informou a melhor possibilidade para Glenn. Um homem de 48 anos, viúvo, ex-ciclista profissional e dono de um restaurante no bairro de Jaffa. As fotos dele mostravam exatamente aquilo que Glenn queria para a noite: um rosto com traços marcantes, físico de atleta, braços e pernas bem torneados, cabelo e barba grisalhos mostrando experiência e sobriedade. Perfeito. Glenn assentiu e, em poucos minutos, o Best Date já havia agendado uma mesa para dois num restaurante, especializado em frutos do mar, próximo a seu hotel; o tipo de comida preferido de ambos e com uma carta de vinhos de primeira linha.

Usou outro aplicativo para chamar um táxi. Em poucos minutos, o carro parou na porta do Lighthouse à sua espera. O senador aproveitou o intervalo para mandar algumas mensagens para colegas de partido, indicando que o dia havia sido produtivo e que a próxima semana seria de reuniões e muitos planos de ação.

Agora, me deixem descansar, pensou.

O trajeto até o restaurante deveria levar menos de vinte minutos. Glenn estava sentado no banco de trás, checando suas redes sociais com a velocidade de um falcão e sem nenhum interesse pelo que estava lendo. Porém, uma mensagem estranha interrompeu suas atividades no celular. Era seu encontro.

"Olá, Glenn. Tive um problema com meu carro. A bateria descarregou. Você já chegou?"

Aquilo nunca tinha acontecido. Ele nem sabia que o Best Date tinha uma seção de troca de mensagens. Glenn lembrou que não estava no seu país e que israelenses deveriam ter outros hábitos de uso.

"Olá. Ainda não. Chego em quinze minutos."

A resposta veio logo em seguida.

"Você está de táxi? Consegue me dar uma carona? Moro a menos de cinco minutos do restaurante."

"Ok, sem problemas. Me passe seu endereço."

O local veio com a sinalização no mapa. Glenn avisou o motorista e mudou o destino diretamente no aplicativo. Aquilo seria diferente. Em vez de se encontrarem sentados em uma bela mesa com decoração e uma bebida à espera, agora o primeiro contato seria no banco de trás de um carro, com um estranho logo à frente.

O endereço enviado era o de uma casa razoavelmente grande, branca e de estilo moderno. Ele não estava esperando na porta, como imaginava. Glenn abriu as mensagens e perguntou onde o outro estava.

Menos de dois segundos depois, duas balas atravessaram o vidro do carro quase que simultaneamente. A primeira foi direto na cabeça do motorista. A segunda atingiu o senador bem no olho direito.

SEATTLE, ESTADOS UNIDOS

Uma chuva forte e contínua caía naquela noite. Um cenário turbulento que contrastava com o dia tranquilo que Michael tivera em seu improvisado escritório na garagem de casa. Estivera mergulhado de cabeça no novo projeto pessoal. Após um extenso curso de desenho na escola mais conceituada do país, se sentia preparado e aparelhado para começar a fazer o que sonhava desde pequeno: criar cartoons animados. Em vez dos tradicionais gibis de sua infância, o momento pedia agora mais tecnologia e recursos audiovisuais.

Voltava do supermercado com as compras, quando viu que sua esposa, Debbie, já havia chegado em casa com Peter, seu filho de oito anos. Ela o havia levado à festinha de sua melhor amiga da escola, que celebrava o fim de um tratamento contra leucemia.

— Fechar as portas, ligar os alarmes — disse ao entrar em casa, sendo recebido com um abraço feliz do seu filho.

Os dois seguiram animados e conversando até a cozinha, onde o jantar estava sendo preparado. Debbie e Peter já haviam comido o suficiente na festa, então o cardápio da noite era sanduíche com frios e salada. Perfeito para que Michael persistisse em sua rigorosa dieta.

— Hoje evoluí bastante na minha primeira história... — contou com um sorriso forçado, direcionado claramente a Debbie.

— Que ótimo, querido! Isso vai te fazer muito bem. Como está se sentindo?

— Bem, bem. Cabeça leve, sem preocupações.

Aquilo já era um excelente sinal depois de anos de estresse, que acompanharam a sua vida profissional, desde que se formou em Engenharia da Computação no MIT. Conhecera Debbie no auge de suas crises de ansiedade, desencadeadas por muito trabalho e pouco sono. Nem sabia como ela havia se interessado por aquele nerd, de óculos grossos, cabelo desajeitado e muitos quilos acima do peso.

Nada se comparava ao que tinha vivido no seu último emprego. Depois de muitos meses pesados, marcados por jornadas intermináveis de trabalho, ele chegou ao limite. Na verdade, foi a esposa que lhe deu um ultimato após a crise de pânico que tivera, em plena madrugada, quando Peter estava gripado e não conseguia pegar no sono no quarto dele. Foram muitos gritos, tapas na própria cara e arranhões em si mesmo. Um episódio lamentável que ele queria esquecer, mas que sua memória não permitia. Foi seu grande despertar.

Começando por aquele trabalho tóxico. Além de todos os seus demônios internos.

A mudança da Califórnia para Seattle foi crucial. Michael voltou para perto de sua família, de seus amigos de infância e conseguiu se desconectar de maneira rápida do passado turbulento. Como sempre, partiu de Debbie a decisão, e ele apenas assentiu. Não tinha forças nem argumentos para discutir alguma ideia alternativa.

— Esquentar a água — disse ele em voz alta. — Vou fazer um chá para mim, você quer? — perguntou com um tom mais baixo.

— Não, obrigada. Vou ver Pete para garantir que ele tome banho antes de dormir.

— Ok, já subo logo em seguida.

Em poucos minutos, a água já estava fervida, e ele escolheu um chá de camomila para encerrar os trabalhos na cozinha. Aquele era outro ritual que havia criado recentemente. Ajudava-o a relaxar, a manter a calma e acionava um gatilho importante para o sono.

— Aumentar a temperatura para 27 graus — ordenou impaciente, após sentir uma brisa fria soprando pela casa.

O novo sistema de automação residencial ainda precisava ser mais bem configurado. Desde que se mudou para aquele bairro, Michael vinha enfrentando alguns problemas técnicos com o serviço de uma das maiores empresas do ramo no mundo. Algo inadmissível para um engenheiro como ele, que, pelo problema, sabia que a solução não era tão difícil quanto os técnicos que iam até sua casa insistiam em dizer. A temperatura deveria se ajustar às necessidades da casa e não exigir que os moradores tivessem que lembrar ao sistema que não gostavam de sentir frio. Ainda mais numa cidade como Seattle.

Quando estava terminando seu chá, Michael se incomodou com o suor que começava a se acumular no topo da cabeça. Dessa vez, perdeu a paciência.

— Temperatura em 27 graus! — berrou.

Dois minutos depois e o suor já brotava por todo o corpo. Michael bufou de raiva e caminhou até o painel perto da porta da cozinha, onde estavam vários sistemas, entre eles o termostato. O marcador mostrava 34 graus. *Impossível*, pensou. Algum bug gigante deveria ter acontecido, e aquela empresa acabava de perder um cliente antigo.

— Acionar controle manual — ordenou.

Apertou os botões do painel, mas percebeu outro erro. O termostato não obedeceu a seus comandos e, para piorar, a temperatura continuava subindo. Já estava em 36 graus. Ouviu os passos mais rápidos de Debbie no andar de cima, provavelmente incomodada com o calor repentino. Michael precisava tomar uma decisão e gritou para ela.

— O sistema pifou. Vou chamar o suporte técnico, mas acho melhor sairmos de casa até consertarem. Vamos até a garagem!

Pelo menos, eles costumam vir rápido, pensou. Esperou a esposa e o filho descerem as escadas para se dirigirem até a porta dos fundos. Testou a maçaneta e constatou que estava trancada. Ordenou que ela destrancasse, mas sem sucesso. Aflitos, os três foram até a porta da frente e perceberam que também estava trancada. Foram até as janelas da sala, e o resultado foi o mesmo. Testaram, já bem nervosos, todos os caminhos possíveis de saída, e nada funcionava.

Michael pegou o celular e mandou uma mensagem para sua irmã. Depois, tentou ligar para a empresa, mas sua conexão havia desaparecido. Tampouco os aparelhos de Debbie e de Peter funcionavam. Naquele momento, o desespero já tomava conta de todos, enquanto a temperatura não parava de subir.

— Pai, não aguento mais este calor!

— Michael, me diga que há uma forma de sairmos daqui!

— Estou tentando! Ah, meu Deus, o que está acontecendo?!

ESTRADA I-94, PERTO DO LAGO MICHIGAN, ESTADOS UNIDOS

O pôr do sol chegava quase como um consolo depois de um dia tão cansativo para Jonas. Já dirigia há mais de duas horas por aquela estrada sóbria, reta e com poucas variações de paisagem. A vista ao fundo do lago, coberto por um céu azul e uma bola de fogo, também pronunciava que seu destino estava próximo e que poderia enfim esticar as pernas e se debruçar naquilo que havia encontrado.

Já sentia coceira nas mãos ao volante. A perna esquerda trepidava agitada enquanto a outra apertava os pedais. A viagem aos Estados Unidos havia lhe trazido muitos frutos, e as entrevistas do dia haviam sido inspiradoras. Tudo estava devidamente gravado em áudios no celular. Não via a hora de começar a transcrever e deixar seus neurônios pirarem em tanta informação nova, em tanto cruzamento possível.

A veia de escritor falava alto.

— Velocidade acima do limite — comunicou a voz interna do carro, modelo T-150 da montadora Stellar.

Pensou que aquilo era uma piada. Não havia alugado aquele carro elétrico e autônomo sem uma intenção por trás. A máquina lhe dizendo que estava mais rápido que o esperado. Que havia ultrapassado um limite imposto pela sociedade, quem sabe até influenciado pela própria montadora? O que ela queria? Que ele passasse para o controle automático?

Não se importava em tomar uma multa por causa disso. Além do mais, aqueles radares antigos já deviam estar desligados, cansados de tentar multar automóveis autônomos que andavam dentro das regras impostas. As próprias placas comemorando a queda abrupta de acidentes nas estradas já estavam em desuso havia algum tempo. Um pouco mais de emoção era necessário naquele bucólico fim de tarde no norte da América.

Assim que algumas curvas ficaram para trás e uma longa reta se pronunciou, Jonas pegou o celular do painel e decidiu checar novamente suas mensagens. Ainda nenhuma resposta, não a que queria, pelo menos. Abriu seus contatos, clicou em um dos nomes adicionados recentemente e estava pronto para mandar um áudio. Chegou a apertar o botão para enviar, mas desistiu. Não, ele podia esperar. Pelo menos mais um pouco. Ainda havia muitas entrevistas para decodificar e sobre as quais se debruçar.

E ainda havia uma mensagem importante para chegar e confirmar sua hipótese principal.

Cerca de trinta minutos depois, chegou à costa do lago Michigan, que contava com os últimos raios solares se despedindo no horizonte. O trecho começou a ficar mais sinuoso e um pouco de trânsito aparecia, provavelmente de pessoas que, como ele, estavam chegando a Chicago. Jonas resmungou em voz baixa e se culpou por não ter previsto o incômodo de trafegar por uma grande cidade na hora do rush.

Porém, seus pensamentos foram interrompidos pela mesma voz metálica que havia chamado sua atenção.

— Modo autônomo ativado.

Ele não havia acionado nada. Fitou o botão verde, de ativamento manual, em grande destaque no painel dianteiro, e apertou-o algumas vezes. Ao mesmo tempo, percorreu seus olhos pela luz que piscou antes, mas não se apagou. Parecia que suas ações eram inúteis, e o carro havia ganhado vida própria.

O suor na testa não demorou a aparecer, e os batimentos cardíacos aceleraram. O carro continuava em seu trajeto normal, freando e desviando quando preciso. A sensação de perder o controle era terrível e fez com que nada fosse mais importante a não ser retomá-lo. Jonas tentou todos os botões possíveis e até arriscou apertar alavancas que não pareciam convidativas. Pelo menos a inteligência artificial do veículo estava funcionando perfeitamente...

Até que, de repente, na subida de uma pequena montanha, o T-150 começou a acelerar mais do que o esperado. A angústia tomou conta de todos os seus sentidos. Ele tentou desesperadamente parar aquilo; testou sua porta e a do passageiro com força. Apertou os botões dos vidros e do teto solar.

Em vão. Na primeira curva acentuada, com a velocidade muito alta, o carro saiu pela tangente, derrapou e começou a capotar. Jonas foi apenas um espectador de sua queda morro abaixo.

CAPÍTULO 2

SÃO PAULO, BRASIL

Esperar dentro de um carro por horas não era o forte de Deco. Estava estacionado na esquina das ruas Ministro Rocha Azevedo e Alameda Lorena, num lugar privilegiado, de cara para o charmoso café cujos donos eram mineiros e onde havia sido uma alfaiataria não muito tempo atrás. Ele sabia até o ano de construção daquele imóvel comercial dos Jardins. Não por ser um aficionado por urbanismo, mas porque era muito competente no que fazia: investigar.

Deu um gole final no seu terceiro café pós-almoço. Somados aos quatro que havia tomado desde que acordou, às cinco horas da manhã, já resultavam em uma dose cavalar de cafeína no sangue. Não estava muito interessado em uma ajuda química para ficar acordado. Para isso, a adrenalina que agia em seu sistema nervoso já era o suficiente. Ele queria mesmo algum ritual típico de policiais à paisana para se entreter enquanto a ação não começasse.

Às 15h02, quase na pontualidade perfeita, avistou seus alvos dobrando a esquina. Um rapaz de vinte e poucos anos, vestido com suas roupas de sempre — calça de sarja clara com cintura alta, cinto preto e camisa polo escura — e com seus óculos de grau sempre irretocáveis. Ao lado dele, sua mãe, na casa dos sessenta e muitos anos, que variava mais de estilo de acordo com o dia. Naquela tarde de quarta-feira, ela decidira colocar um vestido preto sóbrio, com poucos adereços e o cabelo solto na altura do ombro, com seus muitos fios brancos naturais. O ritmo da passada era, como sempre, lento e contínuo. Os semblantes eram de uma seriedade quase protocolar, como se estivessem cumprindo o ritual de quase todos os dias.

Deco já sabia tudo o que iria acontecer: mãe e filho entrariam no café pela porta dianteira e logo pegariam uma das mesas mais próximas à janela lateral. Ele pediria apenas um espresso curto; tomaria num único impulso assim que chegasse, como se virasse um shot de alguma bebida muito forte. Já ela pediria um café com leite médio, que viria numa linda xícara azul de cerâmica — um charme que estaria certamente precificado na conta final. De acompanhamento, uma fatia de bolo de cenoura ou cookies caso a primeira opção estivesse em falta.

Os dois ficariam frente a frente por cerca de trinta minutos. Conversariam pontualmente, graças à vontade da senhora. Seria raro se soltassem sorrisos mais calorosos. As expressões eram, na maioria das vezes, serenas, com alguns lapsos de preocupação ou ansiedade. Os gestos também eram controlados e nunca chamavam atenção. Deco não conseguia escutar o som das vozes e poderia apostar que até os garçons deveriam ter dificuldade de ouvi-los.

Depois, o rapaz pediria a conta e a pagaria usando seu relógio conectado. Só se lembrava de uma vez em que a mãe fez algum gesto para tentar assumir a responsabilidade, mas aquele era um papel claro do filho. Na sequência, levantariam sem pressa e fariam o caminho de volta. Virariam a esquina e começariam a subir lentamente a rua íngreme até a casa dela. Despediriam-se com um beijo na testa, um abraço tímido e um aceno de mão enquanto o portão de entrada do prédio da senhora se fechasse. Depois o rapaz atravessaria a rua e entraria em seu carro parado no estacionamento privado logo em frente, mesmo que houvesse inúmeras vagas públicas disponíveis.

Nem parecia que ali estava o maior hacker do Brasil no momento. Talvez porque a polícia ainda não soubesse de sua existência. Ou porque os verdadeiros criminosos fossem assim: passam despercebidos do nosso lado todos os dias sem que façamos ideia alguma. Deco o estava estudando já há um bom tempo, desde que recebera a primeira pista de que o sistema eleitoral do país estava sendo atacado silenciosamente. Foram semanas juntando pistas, conversando com pessoas e conseguindo documentos importantes para desvendar aquele crime. Pelo menos a ponta do iceberg seria exposta para que ele chegasse à base de tudo isso.

E seria hoje que o castelo de cartas começaria a desmoronar.

Além dos personagens principais, Deco também percebeu os outros dois coadjuvantes. O primeiro foi denominado por ele de "boina verde" por sempre andar com seu adereço peculiar na cabeça. Ficava sentado no meio-fio da calçada oposta ao café, mais afastado e perto da esquina onde estava seu carro. O outro foi apelidado por Deco de "Felix", pois lembrava um amigo homônimo de infância, e ficava sentado na padaria próxima ao apartamento da mãe, geralmente em uma mesa externa, comendo um pão na chapa e tomando um pingado. Ambos eram fortes, vestiam roupas informais e estavam sempre de olho em tudo e todos que passavam por ali.

Os olhos esbugalhados dos seguranças particulares do rapaz se assustaram ainda mais com o barulho do trovão que ecoou por todo o bairro. O verão paulistano tinha poucas surpresas. Em meio a um calorão de mais de trinta graus, não era de se espantar que um temporal caísse, e São Pedro fez questão de avisar com alguma antecedência.

Deco então agiu. Pela primeira vez, quebraria a rotina voyeur. As pupilas estavam dilatadas; os movimentos, confiantes e certeiros. Saiu do carro, trancou-o e acionou o alarme com um piscar de olhos, literalmente. Caminhou com passos largos até a entrada do café. Assim como seus vigiados, passou a porta, virou à esquerda e andou alguns passos a mais até uma mesa mais ao fundo, que permitisse um monitoramento próximo, sem levantar maiores suspeitas. Sorriu sem grande entusiasmo para a atendente que o recebeu e já entregou prontamente o cardápio do lugar. Ele apontou um cappuccino com menos de dois segundos na mesa e mal levantou a cabeça para indicar que aquela era sua vontade. Parecia um gringo que não sabia falar português. A moça respondeu um quase inaudível "ok" para o pedido que verbalmente nunca existiu.

Se tudo corresse conforme seu plano, ficaria mais alguns minutos ali até tomar a atitude derradeira e confrontar o hacker diretamente na sua mesa. Se fizesse de maneira silenciosa e com gestos firmes, como sabia que era possível, nem chamaria atenção dos seguranças à paisana do lado de fora. Seria preciso poucas palavras e emoções para que sequestrasse o criminoso pacificamente até outro lugar e ali pudesse arrancar uma confissão forçada em troca de proteção da informação. Estava pouco interessado em sua história, motivações ou métodos para fraudar as urnas eletrônicas. Queria mesmo saber quem eram os financiadores por trás de suas atividades.

Porém, ainda precisava receber a foto de Jonas. Ela seria a peça fundamental para que ele capturasse a atenção do hacker em poucos segundos. Seu amigo havia lhe dito dias atrás que tinha enfim obtido uma prova cabal contra o criminoso, e que precisaria apenas de uma checagem final antes de enviar. Ontem, ele garantiu que isso seria feito assim que chegasse ao seu hotel em Chicago, vindo de Detroit. Pelos cálculos feitos por Deco, e pelo compartilhamento de sua localização, isso aconteceria exatamente durante o encontro no café. Seria perfeito.

Jonas sugeriu que Deco esperasse a próxima oportunidade para atacar, o que significaria mais alguns dias de inatividade. Assim, teria a foto em mãos, analisada, verificada e apreciada, antes de mostrá-la a seu acusado. Porém, recusou a proposta do amigo. Só ele sabia o quanto estava sofrendo. As noites maldormidas. As unhas roídas. As pequenas automutilações na pele. As recaídas na bebida.

Sua investigação particular terminaria hoje. E voltaria a ter orgulho de si mesmo.

O cappuccino chegou, e ele deu alguns goles profundos. Checava o celular a cada minuto. Depois passou para trinta segundos e, em seguida, para dez. Um olhar para a senhora na mesa em frente, que já começava a comer seu bolo de cenoura. Algumas pessoas chegaram ao café e ocuparam outras mesas, dando um pouco mais de vida cotidiana ao silêncio sepulcral que apenas existia na cabeça de Deco.

Tentou desligar e religar o celular. Habilitou e desabilitou a conexão móvel. Pensou em desinstalar seu aplicativo de mensagens, mas o tempo de reconexão seria muito grande. Nenhuma mensagem de Jonas chegava. Sentia seu coração pulsar nas veias do pescoço. As mãos suando, precisavam ser secas com guardanapos para que destravassem o aparelho. O bolo de cenoura terminando. O hacker já desviando os olhos da mãe para tentar cruzar com os da garçonete que passava por ali. A pressa de ambos contrastava com a tranquilidade do resto do ambiente.

Deco então precisava desabafar. E seria com Jonas. Abriu o aplicativo, clicou no rosto digital do amigo e gravou uma mensagem, num tom bem baixo:

— Me manda logo a droga da foto! Estou com o bandido aqui na minha frente! Não tenho mais tempo!

Na verdade, ele tinha um plano B, mas não era nem de perto tão seguro e eficaz quanto o plano A. Teria mais pelo menos quinze minutos de gordura para receber a prometida foto. Nesse meio-tempo, seguiria a dupla quando saíssem do café e fossem até a casa da mãe, rua acima. Assim que recebesse a prova no celular, se aproximaria rapidamente do hacker e faria a mesma abordagem direta. Só que, desta vez, em ambiente externo, com pedestres ao lado e seguranças à paisana próximos o suficiente para agir em poucos segundos.

— Você tem mais dez minutos, no máximo, Jonas. Vou andar atrás dos caras. Minha vida está em risco aqui. Manda essa porra, agora!

Assim que terminou seu segundo áudio, deixou o celular bruscamente na mesa e fez um gesto para a garçonete. Ela tinha acabado de atender seus vigiados, que pagaram a conta. Ele pediu o mesmo e deixou claro que estava com muita pressa. Ela sorriu timidamente e fingiu correr até a cozinha para mostrar que tinha entendido o recado.

O minuto seguinte foi de mais angústia para Deco, vendo o hacker e sua mãe se levantarem da mesa e se dirigirem à saída. Por sorte, a senhora precisava de um cuidado a mais para se erguer depois de muito tempo sentada. Ele já havia visto aquela situação inúmeras vezes nos últimos dias e até contou com esse tempo a mais dentro do seu cálculo para seguir seus passos numa distância segura e discreta ao mesmo tempo.

A conta chegou e foi paga em menos de cinco segundos com dinheiro vivo, já separado certinho na carteira. Em seguida, saiu do café e foi até a calçada, a pouco mais de vinte metros de seus vigiados, que já estavam no caminho para casa, como de costume. Tirou o celular do bolso para checar se Jonas havia respondido. Mas, nada ainda, para seu desespero.

Para piorar, olhou para o céu como quase todos os habitantes do bairro quando mais um trovão ensurdecedor se fez ouvir na região, anunciando o temporal que cairia a qualquer momento.

Seu plano B então estava em pleno curso quando se viu caminhando na mesma lentidão de mãe e filho à sua frente. Tentava soltar os braços para parecer no mínimo natural. O ritmo dos passos daquela senhora era o que ditava o rumo da jornada de anos de investigação de Deco, que poderia culminar num dos maiores escândalos políticos da geração pós-impeachment. Andava com o celular na mão, esperando uma vibração anunciar uma novidade chegando. De preferência, a mensagem de Jonas com a foto tão aguardada.

Todos então pararam quando o farol de pedestres fechou no cruzamento da avenida Bela Cintra. Deco não quis se aglutinar junto deles para não levantar algum tipo de suspeita, então aguardou alguns passos atrás. Nos poucos segundos que ficou ali, abriu seu aplicativo de mensagens e teve uma grata surpresa. Ao clicar no rosto digital de Jonas, percebeu que a bolinha que o envolvia estava iluminada de verde e piscava. Aquilo significava que ele estava com o app aberto e ativo.

Logo, guardou o celular no bolso e apertou-o com ainda mais força. A certeza da mensagem iminente era total. Deco ajeitou sua camiseta e inclinou-se para frente, dando dois passos a mais na direção do grupo de desconhecidos que se juntava à espera de o farol abrir. Ainda mantinha distância, mas sabia que em breve faria a abordagem tão aguardada à queima-roupa.

Com a abertura do farol de pedestres, veio a chuva. Impiedosa como sempre no verão. Em poucos segundos, as finas gotas esparsas se transformaram em grandes pedras d'água que caíam sem dó em tudo que habitava ali — prédios, carros, pessoas. O barulho que elas faziam conseguia abafar até a agitada sinfonia urbana.

Rapidamente, o hacker sacou um enorme guarda-chuva que estava dentro da bolsa de sua mãe e protegeu-os. Deco não estava preparado para aquele evento da natureza, então nada pôde fazer a não ser abaixar um pouco a cabeça, na vã esperança de diminuir seu risco de ficar ensopado. Seguiu caminhando, cerrando os olhos para conseguir enxergar tudo com clareza, mesmo com a enxurrada intensa que se apresentava à frente dos olhos.

Viraram à direita na Rua da Consolação. Faltavam apenas duas quadras para chegar ao prédio de alto padrão onde ela residia. Naquele ritmo mais acelerado por causa da chuva, não levaria nem três minutos. Deco desistiu de ficar apenas aguardando o telefone vibrar e sacou-o em meio à chuva, lutando para abrir o app com sua digital que escorregava na tela molhada. Quando conseguiu, viu que o rosto de Jonas não estava mais com a bolinha verde piscante; o cinza voltava a aparecer, indicando inatividade.

Quis jogar aquele aparelho no chão e mandar Jonas à merda. Cerrou os punhos e descontou a raiva na coxa, com um soco logo abaixo do bolso. Já estava empenhado demais na missão para desistir agora. O fato de estar completamente encharcado também o empurrava para que uma atitude fosse tomada, mesmo sem a aguardada prova final.

Estava na hora de acionar o plano C.

Deco então acelerou os passos e chegou ao lado dos dois. O hacker foi o primeiro a perceber a aproximação repentina daquele homem de 1,80 metro todo ensopado pela chuva. A primeira reação foi arregalar os olhos e jogar o corpo para a direita, na direção da mãe, que estava abraçada a ele debaixo do guarda-chuva para se proteger. Em seguida, os dois o encararam com espanto e pararam de andar, à espera do que seria aquela abordagem inesperada.

— Ramiro, sei de tudo que você fez para invadir as urnas. Está tudo aqui nestes documentos — bradou Deco mostrando o celular na palma da sua mão, buscando o máximo de seu fôlego, consumido por tantas emoções.

Era uma tentativa desesperada. Na tela do aparelho, apenas um bando de palavras escritas em um fundo branco. Eram documentos reais, que Jonas havia conseguido em sua investigação, que mostravam o código usado para invadir o robusto sistema eleitoral brasileiro. Provas importantes que serviram para Deco investigar com afinco o caso, mas que seriam insuficientes num tribunal contra uma equipe de advogados de defesa de primeira linha.

O jovem hacker mudou sua feição de espanto para uma firmeza enfezada, enquanto sua mãe permanecia em estado de choque. Passou seus olhos por poucos segundos pela tela do celular de Deco tentando ler o que estava escrito.

— Posso entregar tudo para a polícia ou te protejo se me contar quem está te pagando. Simples assim. O que prefere? — provocou Deco tentando parecer mais confiante do que realmente estava.

Foi então que sentiu o primeiro soco no rosto, vindo da esquerda. Com a guarda baixa, nada pôde fazer a não ser tentar evitar a dor da queda com seu braço direito. O celular foi junto para o chão e teve a parte de trás completamente arrancada com o impacto. Conseguiu virar o corpo e começou a tentar se levantar quando recebeu o segundo soco na cara, desta vez de maneira frontal e violenta. Neste ínterim, abriu o olho a tempo de reconhecer "boina verde" de joelhos à sua frente. Também conseguiu perceber que o hacker e sua mãe entraram no prédio, protegidos por outra pessoa, possivelmente Félix.

Manteve-se consciente até o terceiro soco. Depois, mergulhou na escuridão.

CAPÍTULO 3

SÃO PAULO, BRASIL

A única coisa que se ouvia na sala do espaçoso apartamento, no 15º andar na Vila Mariana, era um baixo ruído do motor da adega de uma dezena de garrafas de vinhos. As janelas fechadas com cortinas arriadas deixavam a escuridão da noite ainda mais presente. A única luz ligada era a de cima do balcão da cozinha americana integrada, que, não por coincidência, era acesa pelo primeiro interruptor a que se tinha acesso ao entrar pela porta da frente.

Do lado oposto ao painel de madeira já um pouco desgastado pelo tempo, que abrigava uma televisão de cinquenta polegadas, estava o sofá de couro verde de três lugares, mas que comportava mais que isso. Também apresentando sinais de intenso uso, de muitos anos atrás, com algumas almofadas esgarçadas e sujeiras incrustadas. Entre os dois opostos, um tapete claro, sem personalidade, se espalhava e era palco de uma mesa de vidro central, que já servia de repouso para todo tipo de tralha.

Estirado no sofá, estava Deco. Ainda com a mesma roupa molhada que veio da rua. Seu antebraço esquerdo cobria os olhos, que não suportavam ficar abertos por muito tempo. Já sua mão direita segurava um pano, que embrulhava algumas pedras de gelo, contra sua boca. No chão, duas toalhas empapadas de sangue jogadas, resultantes da primeira limpeza feita assim que chegou em casa.

A dor estava melhor que a de horas atrás, mas ainda assim incomodava. Soltava alguns pequenos gemidos quando uma pontada surgia, lembrando-o de que aquelas feridas ainda levariam muito tempo para cicatrizar, em todos os sentidos. Já nem se lembrava da última vez que tinha tomado tamanha surra. Não tinha repertório para lidar com aquilo.

Ao lado das toalhas, também estavam duas garrafas de uísque. Uma já completamente seca e com o rótulo de cima levemente descolado. A outra, recém-aberta, ainda com a tampa mal colocada. O cheiro de bebida era forte e, de alguma forma, ajudava-o a percorrer as longas horas da ressaca moral e física, que vieram depois da abordagem fracassada ao hacker e interpelada pelos seguranças à paisana.

Já havia sofrido várias derrotas antes em sua longa carreira de jornalista investigativo. Passar por jornadas ingratas e difíceis, recheadas de reviravoltas e frustrações era parte do jogo. Já estava habituado com a situação e sabia que sua cabeça logo voltaria a buscar uma solução. A dor era o elemento novo que atrapalhava o processo.

Lembrou-se desse sentimento e fez mais um movimento para erguer o corpo do sofá e ficar um pouco sentado. A cabeça latejava e pesava, numa mistura de reações ao álcool e às pancadas sofridas horas antes. Pegou a garrafa de uísque cheia e deu mais um longo gole. O líquido queimava a garganta e oferecia uma companhia naquela solitária noite. Mais uma delas.

Aproveitou o momento para encarar por alguns minutos sua residência. Mesmo precisando de muitas reformas e uma caprichada pintura, ainda era um apartamento de respeito, confortável e com muito mais espaço vazio do que preenchido. Resquício de uma vida passada de sucesso na profissão e nos negócios, quando o dinheiro entrava e o reconhecimento não demorava tanto a chegar. Herança que o fazia se lembrar todos os dias de que tinha o potencial para viver tudo aquilo novamente, agora numa nova realidade. Um incentivo que não o deixava desistir.

Seus pensamentos foram interrompidos por um toque na campainha.

Reclamou com gemidos de ter que ir atender à porta aquela hora da noite. Levantou-se devagar do sofá e sentiu novamente tudo doer — ossos, músculos, pele. A cabeça voltou a latejar e por alguns segundos parecia que entraria numa labirintite. Manteve a concentração e seguiu até a entrada. Olhou pelo olho mágico e respirou aliviado, porém resignado quando percebeu que era o síndico, que talvez fosse seu único amigo no prédio.

— Oi, Adalberto. Quer alguma coisa? — Recebeu com um tom impaciente, mas também conciliador, abrindo a porta quase que por completo num claro convite para ele entrar.

— Vim ver como você está, na verdade. Me falaram lá embaixo que chegou todo sangrando, machucado.

— Esse povo é fofoqueiro demais. Isso aqui foi só uma briguinha no trânsito com um esquentadinho playboy.

— Eu trouxe gelo, caso você não tenha aí — disse o síndico mostrando a ele um pequeno balde com um pano pendurado.

Mesmo sem estar a fim de qualquer interação, Deco não resistiu à gentileza do amigo, apontou para que Adalberto colocasse o gelo na bancada, e assim os dois entraram no apartamento, mesmo com a porta ainda aberta. Ficaram de pé ao lado da cozinha conversando.

— Briga feia, pelo visto.

— É que você não viu como o outro cara ficou.

Ambos tentaram uma risada.

— Bebendo de novo, Deco? — perguntou ele, olhando apartamento adentro.

— Aquilo é para me curar, Adalberto. Não te ensinaram que álcool é bom para limpar as feridas?

— Uhum. Vi também que vendeu aquele último quadro bonito.

— Até que enfim, vendi.

— Vai precisar pensar na nova decoração da parede agora que já vendeu quase tudo.

— Isso eu vejo depois, Adalberto. Aqui é só um teto.

— Preciso te falar também que a bicicleta da Ísis já está consertada. O pessoal da oficina deixou-a na sua vaga hoje à tarde e já dei uma conferida em tudo. Ficou ótima! Se ela vier amanhã...

— Ela está com a mãe neste fim de semana. Quem sabe no próximo. Mas obrigado de qualquer forma!

— Acho que vou te deixar descansar, então.

— Se você está preocupado com aquele uísque, não fique. Eu estou bem. Já checou tudo aqui dentro, não tem nada destruído ou fora do lugar. Agradeço sua preocupação, mas preciso que me deixe sozinho agora.

— Tudo bem, Deco. Se precisar de alguma coisa, me liga por favor. Você sabe que...

— Não vai acontecer de novo, Adalberto.

— Ok, então. Boa noite.

Deco despediu-se com um aceno de cabeça e fechou a porta, assim que o síndico deixou o apartamento. A visita-surpresa fez seu gelado coração voltar a ter uma pequena faísca graças ao cuidado do amigo. Aproveitou que estava ali, tomou um copo de água e lavou o rosto na pia. Sentiu todos os ardores novamente, mas pelo menos teve um pequeno lampejo de energia.

Voltou ao sofá, mas dessa vez ficou sentado. Deu mais um gole no uísque. Pegou o celular e abriu o aplicativo de mensagens. Olhou mais uma vez para o rosto digital de Jonas. O aro cinza indicando inatividade do perfil continuava ali, imóvel e pouco importando para a ansiedade e a destruição que gerava.

Deco vivia uma relação parecida com a de fim de namoro. A negação veio durante sua abordagem atrapalhada, em pleno temporal, ao hacker e à mãe dele. Não havia a menor chance de aquilo funcionar, mas mesmo assim tentou. A raiva foi experimentada logo após apanhar dos seguranças e ser deixado como um mendigo na rua, ensopado e cheio de sangue. Quis que Jonas tivesse sentido o triplo da sua dor física.

Em seguida, tentou racionalizar. Seu amigo deveria ter tido alguma razão muito séria para não enviar a foto prometida. A relação dos dois era de extrema confiança e respeito desde a faculdade. Ele já havia colhido muitos frutos da parceria entre jornalista e escritor que os dois tinham, especialmente depois de virar autônomo e ir atrás das suas próprias histórias.

Quando chegou à sua casa, além da dor dilacerante e crescente, Deco entrou na quarta fase do luto e começou a sentir uma tristeza profunda que o afundou no sofá. Mesmo que Jonas não o tivesse traído ou menosprezado a importância da foto, o estrago já estava feito. Agora, obviamente, o hacker iria aumentar sua segurança e seu cuidado. O rosto de Deco já devia estar mapeado por toda a provável quadrilha que atuava nos bastidores da maior fraude eleitoral da história do país. Possivelmente, seu nome também já havia sido descoberto, dado seu passado na indústria. Ele precisaria mudar sua estratégia e continuar a caçada de outra maneira. Nas sombras, com mais cautela. Mais difícil, também.

Agora, no sofá, já estava na última etapa: a da aceitação. O instinto jornalístico era forte o suficiente para que já começasse a traçar sua nova fase da investigação. Decidiu abrir conversa com duas pessoas. A primeira era uma fonte sua dentro de um dos partidos políticos mais importantes do Brasil. A moeda de troca dos dois era a influência. Decidiu perguntar ao outro sobre o uso do fundo financeiro para as próximas eleições, indicando que ouvira dizer que o grupo havia recebido uma estrondosa quantia de uma grande empresa da construção civil. Jogou o verde para ver se colhia alguma pista sobre o uso da verba.

A segunda fonte de Deco tinha relação com o mundo da tecnologia. Foi ela que fez a primeira menção ao hacker como alguém com um passado influente na indústria e um expert em segurança cibernética, avesso aos holofotes e à vida pública. Com ela, tinha um pouco mais de liberdade. Abriu parcialmente o jogo e pediu mais outros nomes que tinham a ver com o personagem principal. Disse que sua vida e a da sua família estavam em jogo, pois tinha certeza de que seria caçado como queima de arquivo — mesmo que ele não soubesse de nada relevante o suficiente para prender alguém.

Durante os disparos das mensagens, percebeu que havia chegado uma de Carla. Seu coração e mente mudaram de sintonia. Abriu-a rapidamente, mas logo entendeu que não era nada relevante. Apenas a mãe perguntando se a filha tinha esquecido o par de sapatos favorito na casa do pai, o que foi prontamente respondido com um lacônico "não", mesmo sem que ele tenha procurado nada no apartamento.

Voltou sua energia para a investigação e começou a pesquisar coisas ligadas ao hacker, à espera de encontrar algo que lhe desse uma pista ou um insight. Entre um gole e outro de uísque, passou bons minutos pesquisando entre sites, fóruns de discussão, redes sociais e portais de notícias. Se meter no trabalho de cabeça era sua estratégia de sempre para esquecer as dores físicas e mentais do mundo exterior e se abastecer da droga da sua vida.

Porém, logo sua atenção foi interrompida novamente, desta vez não por uma campainha, mas por uma mensagem que acabara de ser publicada em uma rede social: "A polícia do Michigan acaba de confirmar que o carro autônomo da Stellar que se acidentou na estrada I-94 estava, sim, tripulado por uma pessoa. A identidade foi revelada agora graças a documentos encontrados: Jonas Souza, um brasileiro de 45 anos. O homem está morto devido aos ferimentos causados pelo acidente."

CAPÍTULO 4

SÃO PAULO, BRASIL

Deco acordou assustado no dia seguinte. Demorou alguns minutos para entender onde estava e o que tinha acontecido nas últimas horas. As dores no corpo e na cabeça ainda persistiam. Na boca, o gosto de sangue já tinha diminuído bem e agora só deixava o álcool presente.

Conforme recuperava a consciência, a sensação de tristeza voltava. Nem lembrava direito o que tinha feito assim que soube da morte de Jonas. Sua memória recente parece ter apagado qualquer traço. Só sabia que estava sem roupas, apenas de cueca, deitado em sua cama, e não mais no sofá da sala. Levou as mãos ao rosto, tocou em todas as feridas e inchaços e sentiu novamente as lágrimas chegarem como rios em profusão.

A realidade era aquela. Havia perdido Jonas bem na noite em que mais precisava dele.

Olhou o relógio e já era quase uma da tarde. O dia ensolarado lá fora ignorava o sofrimento e a escuridão que se instaurou na investigação dos amigos, brutalmente interrompida no dia anterior. Mirou a tela do celular e teve uma surpresa assustadora. Uma mensagem de Marta, esposa de Jonas, estava em sua caixa de entrada desde a madrugada.

"Oi, Deco. Acho que você já sabe o que aconteceu. Jonas sofreu um acidente de carro nos Estados Unidos e está morto. Vão mandar o corpo dele por avião esta noite e devo fazer o funeral amanhã. Mas preciso falar com você antes. Consegue vir aqui em casa?"

Ficou alguns minutos olhando para a mensagem, tentando processar seus sentimentos. A melancolia tentava abrir espaço para a curiosidade que se apoderou da sua mente. Afinal, só sendo algo muito importante para uma recém-viúva se importar em enviar uma mensagem, para qualquer pessoa que fosse, poucas horas depois de perder seu marido.

Ele só sabia que precisava se mexer, mesmo sem energia, mesmo com tanto na cabeça. O primeiro passo era se recompor. Tomou um banho quente e demorado, escovou os dentes para tirar o hálito de uísque, colocou roupas limpas e secas, almoçou o que tinha em casa e rumou para a casa de Jonas de carro. Levou cerca de trinta minutos até o bairro de Pinheiros, onde ele morava. Estacionou na rua, foi anunciado pelo interfone e em pouco tempo estava no apartamento 121, batendo na porta com as mãos — como se não quisesse atrapalhar o luto de uma família com uma campainha barulhenta.

Marta recebeu-o com um forte abraço assim que apareceu em sua porta. O choro veio quase como um reflexo dos dois, principalmente dela. Deco sentiu o cabelo recém-lavado da amiga em seu rosto e todos os músculos da barriga se movimentando colados à sua. Segundos de busca inútil por algum conforto em meio à tragédia.

Assim que se separaram, Deco percebeu que, além de banho tomado, Marta usava roupas confortáveis de ficar em casa. Seu rosto bonito de traços leves e suaves agora dava lugar a um grande borrão inchado, afundado na tristeza, provavelmente há muitas horas. Ela fez um gesto para que entrasse, e os dois foram até o sofá da sala de estar. O apartamento era bem grande, o que denunciava a ótima condição financeira da família, e tinha uma linda vista para o rio Pinheiros. Ambos se sentaram, e Deco fez silêncio para que ela começasse a falar sobre o que o trazia ali no dia seguinte à morte de seu amigo.

— Obrigada por ter vindo. Eu ainda estou muito confusa e perdida com tudo o que aconteceu. Não sei nem por onde começar a processar tantas coisas, a lidar com esta dor terrível...

— Eu mal posso imaginar como você está se sentido, Marta. Não faz nem 24 horas que tudo aconteceu. Eu espero que o tempo nos ajude a lidar com isso. As cicatrizes ficam para sempre. Mas você vai encontrar seu caminho e terá muita ajuda para isso. Como estão as crianças?

— Foram para a casa dos meus pais de manhã. Ficamos juntos a madrugada toda, mas eu precisava de um tempo para mim, aqui. Elas ainda não têm maturidade para processar essa informação. Entenderam que o pai se foi, mas a ficha ainda não caiu completamente.

— Elas vão precisar de um tempo também, são adolescentes. É tudo muito novo. Quero que saiba que eu e todos os seus amigos e do Jonas estão aqui para vocês, para o que precisarem, ok? Conte comigo! Também perdi um amigo, talvez um dos melhores, mas a dor de vocês é infinitamente maior.

— Ok, obrigada pelo carinho e por tudo, Deco. Jonas gostava muito de você e sempre fomos muito próximos.

Um breve silêncio reinou na conversa cortado por fungadas de nariz de pessoas que acabaram de chorar. Até que Marta falou o óbvio.

— Deco, mas este não foi o motivo pelo qual o chamei aqui.

— Eu imaginei que tinha algo além. Me diga o que foi.

— Como estava sua relação com Jonas nos últimos meses?

— Nada diferente do que sempre foi. Ele mergulhado na história do próximo livro, mas nunca me abrindo muitos detalhes. E, de vez em quando, me mandava algumas pistas, alguns nomes ou suspeitas que tinha durante a pesquisa, para que eu pudesse investigar melhor.

— Esse continuava sendo o lance de vocês?

— Sim. Jonas, o escritor. Eu, o jornalista investigativo. Por quê?

— Você notou algo diferente nele nas últimas conversas?

Deco refletiu quieto por alguns segundos.

— Nada que tenha chamado minha atenção.

— Vocês, homens, nunca conseguem ser profundos em nada.

— A gente falava basicamente de trabalho. Você nos conhece... podemos falar por horas, mas, de novo, tudo muito focado na história por trás. Ele não se abria muito para mim ou contava algo da vida pessoal. O que você percebeu?

— Deco, você sabe. Sou psicóloga. Por mais que não seja legal ficar analisando a cabeça do seu marido, ou dos seus amigos, eu percebi que algo aconteceu há uns dois meses. Teve um dia que Jonas chegou em casa superempolgado, se trancou no quarto e ficou lá até de madrugada. Quando perguntei para ele o que tinha acontecido, só me respondeu que tinha encontrado algo incrível e que estava fazendo "seu trabalho". Esse estado durou umas duas semanas.

— Qual estado?

— De excitação, animação. Algum clique deu nele e o fez se jogar na escrita.

— Foi nessa época mais ou menos que ele também me deu uma pista superimportante de um caso que comecei a investigar. Tem a ver com esse olho roxo aqui e minha cara inchada.

Até aquele momento, nada tinha sido falado sobre Deco estar com o rosto desfigurado pela surra do dia anterior. Marta também parecia estar focada em outra coisa.

— Só que isso mudou de uma hora para outra. Não sei bem dizer quando exatamente, mas Jonas foi murchando, ficando desanimado, reclamando mais de cansaço. A animação ficou de lado.

— Ele não te falou nada sobre o que pode ter acontecido?

— Não, fugia do assunto quando eu perguntava. Quando eu insistia, ele ficava ainda mais arisco e intimidado. Aí eu também parava de falar, deixava pra lá.

— Quanto tempo isso durou?

— Algumas semanas. Aí, me disse que precisava viajar para os Estados Unidos para uma pesquisa do livro e... bem, aqui estamos.

— Você me chamou aqui porque acha que eu tenho mais informações sobre ele, não foi?

— Também. Mas, mesmo que não saiba, Deco, você é meu amigo e é um jornalista. Preciso que me ajude a entender melhor o que aconteceu com ele!

Quanto mais respondia, mais Marta se desesperava. A cada palavra, um gesto mais obtuso aparecia, o tom da voz escalava um degrau e seus olhos marejavam um pouco mais. Deco compreendeu rapidamente seu papel ali e, com um abraço na amiga, aceitou o pedido sem verbalizar nada. Sentia seu coração apertar numa intensidade menor, mas também presente.

Sem nenhuma menção formal, ela levou-o até o escritório do apartamento, na primeira porta à esquerda do comprido corredor que saía da sala de estar principal e culminava no quarto do casal ao fundo. Foi ela que acendeu a luz e deixou-o entrar, como se estivesse sendo apresentado a algum segredo escondido.

Por mais que se conhecessem há anos, Deco nunca tinha estado ali. Seus encontros com Jonas naquela casa eram geralmente nas áreas comuns ou na varanda, regados a bebidas diversas. Fora isso, falavam muito pelos meios digitais ou em restaurantes e bares.

Em poucos segundos de contato visual com o lugar, concluiu que o escritório era a representação física de Jonas. Estar no local de trabalho de seu amigo era como visitar sua cabeça por dentro. Até por isso que Marta precisou de alguma ajuda para vasculhar o que ficou de seu marido em outras formas.

Bagunça era o resumo do que se via. O quarto tinha um formato quadrado. Na parte direita, uma longa estante de madeira repleta de livros de todos os tipos. Sem uma ordem definida ou sem muito rigor na organização. Podem-se ver desde obras técnicas até romances espalhados entre as prateleiras. Alguns estavam com a lombada para fora, outros para dentro; uns apoiados em noventa graus, outros inclinados, quase caindo para fora.

À esquerda, um sofá-cama dava um toque mais acolhedor ao lugar. Alguns papéis estavam jogados em cima de uma das almofadas. Deco passou perto e notou que eram apenas boletos e contas de consumo. Provavelmente, a parte chata da vida de Jonas que ficava ali, esperando alguns minutos de paz e ócio na cabeça para ser resolvida.

No fundo, uma grande mesa de madeira virada de frente para a porta de entrada, com uma cadeira giratória de couro atrás, que parecia muito confortável e bastante usada. Ela ocupava quase toda a largura do quarto, com uma pequena brecha à esquerda, onde provavelmente Jonas entrava para se sentar. Em cima da mesa, muitos papéis, desenhos e um caderno bastante rabiscado. Deco iniciou um processo de inspecionar aquilo tudo, quando foi interrompido por Marta.

— Este era o santuário dele. Ficava aqui sentado por horas, às vezes. Houve tempos em que até a parede era usada para colar post-its. Ano passado, chegou a comprar um quadro branco que ficava em cima do sofá, mas depois resolveu vender.

— Você olhou essa papelada toda?

— Sim, fiquei um tempo hoje de manhã passando por tudo. Não tive muita coragem de mexer, então está quase tudo como encontrei. Aqui, nessa pilha, tem um monte de anotações soltas, algumas coisas de compromissos pessoais, com médico, marceneiro, essas coisas. Este caderno aqui era o que ele mais usava, na verdade. Até nas férias! Não sei por que não levou para a viagem agora aos Estados Unidos.

— Esse caderno com o desenho?

— Sim. Você já tinha visto?

— Não, mas o reconheço. Quem fez?

— Pela falta de capricho, deve ter sido o Jonas. O que significa?

Deco tinha a resposta precisa.

— São os personagens do *Mágico de Oz*. Essa deve ser Dorothy. Aqui, provavelmente, estão o Homem de Lata, o Espantalho e o Leão. Faltou a Bruxa Má e outras coisas. Mas, com estes quatro, já fica fácil de entender. Está vendo aqui embaixo? Ele escreveu "Não preste atenção naquele homem atrás da cortina".

Marta fez cara de espanto para tanta facilidade e naturalidade que Deco tinha com o desenho decifrado.

— Pode ser estranho o que vou falar, mas acho que sei por que esse desenho está aqui.

— Jura? — Surpreende-se ela novamente.

— Lembro que um tempo atrás Jonas citou o *Mágico de Oz* numa de nossas conversas. Ele estava estudando uma história antiga, o naufrágio de um submarino na Noruega no ano de 2000. Mais de cem pessoas morreram porque a embarcação inundou. A parte curiosa era que quem cuidou da missão de resgate foi o presidente Putin, que recusou ajuda do Ocidente. Bem, ele nunca conseguiu achar o navio e coube aos noruegueses essa missão depois de um bom tempo. Essa demora foi fundamental para que ninguém escapasse com vida.

— Ainda não entendi o que o Mágico tem a ver com isso.

— Lembro bem quando, numa das nossas conversas, Jonas mudou o tom de voz para dizer que "Putin era como o Mágico de Oz". Ele tinha certeza de que o russo estava escondendo algo. Em sua pesquisa, encontrou que havia um general da marinha soviética nesse submarino e que ele sabia muito sobre o passado de Putin na KGB. Jonas chutava que havia uma bomba escondida ali para matar todos e afundar, literalmente, os segredos em alto-mar.

Marta ainda parecia não entender aquela viagem toda.

— Na história original, o Mágico é um homem comum, que se esconde da realidade, usa um megafone para amplificar sua voz e faz truques para criar a ilusão de poder. A alusão que Jonas escreveu sobre o "homem atrás das cortinas" é para resumir que há uma verdade por trás da imagem que vemos. Ele usava essa expressão sempre para se referir a qualquer pessoa ou coisa que exercia controle de forma secreta ou enganosa. Marta, seu marido deve ter feito uma descoberta muito importante a ponto de ter feito esse desenho e escrito essa frase.

As palavras de Deco ecoavam no ambiente sem resposta alguma, enquanto ele começava a folhear o caderno de anotações de seu amigo, como um passo natural e instintivo de sua investigação.

Marta ainda parecia estar lutando com seus neurônios e memórias para fazer algum tipo de junção de peças que poderiam trazer mais luz a tantas dúvidas.

Dentro da bagunça do caderno, Deco encontrou certa organização. Nele, Jonas parecia ter feito algumas divisões que obedeciam a uma ordem cronológica. Pelo conteúdo, dava para concluir que ele fez uma revisão histórica da relação do ser humano com a tecnologia e dividiu-a em algumas etapas, como a Idade Média, o Renascimento, a Revolução Industrial e por aí vai. Em cada bloco, fazia anotações e deixava algumas referências a textos que deveriam ter sido suas fontes de leituras. Em suma, uma grande revisão bibliográfica do tema.

Ao longo das páginas, encontrou também elementos que pareciam ser da história ficcional que Jonas estava escrevendo. Em algumas delas, havia descrições minuciosas de personagens, com nome e sobrenome, bem como características físicas e sociais. Algo esperado para um escritor do gênero. Em outras folhas, encontrou referências geográficas de cidades, com mapas e direções. Não ficava claro se aquilo era para a história do livro ou se foi usado em alguma viagem. Lugares como Rio de Janeiro, Belo Horizonte, Cuiabá e Brasília foram citados. Também encontrou anotações de destinos internacionais: Nova York e Tel Aviv.

Ele então acelerou as páginas até que chegasse às últimas do caderno.

— Aqui devem estar as anotações mais recentes dele — disse Deco, com um certo ar de empolgação, mesmo que comedida.

Abriu então na parte final, que tinha duas páginas inteiras utilizadas. Os dois se inclinaram para frente para ler com o máximo de atenção possível o que se apresentava ali.

Um suspiro de surpresa pôde ser escutado por ambos.

Do lado direito, uma imagem conhecida. Um “S” estilizado, com as pontas mais finas e arredondadas, circundado por uma bola que também se afinava e se achatava nos polos, quase que lembrando a silhueta do globo terrestre. Os traços eram feitos à caneta e pareciam ter sido rabiscados várias vezes com força.

— Reconhece esse logo?

— Acho que sim! É do carro que Jonas estava dirigindo?

— Sim! É da montadora Stellar, que faz carros autônomos.

— Ah, meu Deus!

— Calma, Marta. Isso pode ser muito ou pode ser nada. De repente, Jonas estava apenas passando tempo aqui se lembrando do carro que alugaria na próxima viagem. Pode ser apenas uma coincidência.

Ela ainda se recuperava tentando alcançar seus pensamentos quando ele passou os olhos para o lado esquerdo do caderno. Na folha, havia um nome escrito bem no topo: Pedro Jaworsky. Embaixo, uma lista com quatro itens, que pareciam ser endereços pela composição de nome, número e bairro, todos conhecidos na cidade de São Paulo. Estavam riscados, mas eram facilmente legíveis.

— Você sabe quem é este cara? — perguntou ele.

— Não faço a menor ideia!

— Eu também não. O sobrenome é incomum. Jonas nunca mencionou nada sobre ele?

— Não que me lembre.

— É, nem comigo.

Na mesma hora, Deco sacou seu celular, abriu o aplicativo de mapas e começou a digitar.

— O que está fazendo?

— Vendo o que são estes lugares todos.

Em pouco tempo, Deco pesquisou os quatro endereços, todos em áreas nobres de São Paulo: Moema, Pinheiros, Brooklyn e Morumbi.

— São clínicas de reabilitação de dependentes químicos.

— Os quatro endereços?

— Sim! Pelas fotos, são lugares muito bonitos e privados. É onde a elite paulistana deve ir para se limpar das drogas.

— Agora fiquei ainda mais confusa. O que Jonas estava procurando aí?

— Marta, não sei dizer agora. Mas acho que já tenho tudo.

— Tudo o quê?

— Tudo para responder à pergunta que me trouxe até aqui.

CAPÍTULO 5

SÃO PAULO, BRASIL

Deco entrou no carro de forma abrupta. Jogou o caderno no banco de trás e alguns papéis também. Deu partida e logo acelerou para sair dali. A respiração estava ofegante, os olhos não paravam de piscar. Tirou um chiclete do porta-copos, abriu a embalagem e começou a mascá-lo com uma intensidade acima do normal, na cadência que seus neurônios podiam acompanhar.

Não tinha um destino certo. Só sabia que precisava de um tempo de digestão e de busca. Muita busca.

Com um toque no volante, ouviu um barulho dentro do carro. Era o som de seu assistente virtual indicando que estava pronto para ouvir sua dúvida e lhe dar respostas.

— Você tem duas novas mensagens — disse a voz do assistente.

— De quem?

— Usuário desconhecido e Ísis.

Ficou em silêncio, pensativo por um tempo. Bufou algumas vezes, olhou seguidamente para o retrovisor na fúria pelo motorista de trás, que estava colado na sua traseira, pressionando para que fosse mais rápido. Xingou-o na sua cabeça e desacelerou o carro de propósito. Curtiu cada momento da raiva que exalava do nervosinho impaciente, que procurou formas de trocar de faixa, mas sem sucesso.

— Quer ouvir alguma delas?

Agora as máquinas pararam de respeitar o ritmo de seus donos, pensou.

— Somente a da Ísis.

Um breve sinal sonoro e logo veio a mensagem.

— Pai, o Adalberto me disse que você chegou todo quebrado em casa ontem. Você tá bem? Foi assaltado? Ele só me contou porque estava preocupado, não vai dar bronca no coitado. Me dê notícias depois, por favor.

Maldito fofoqueiro.

O ritmo do chiclete acelerou, assim como o do seu carro. Nem reparou no apressadinho cruzando seu caminho após conseguir uma brecha e ultrapassá-lo. Soltou um longo suspiro, passou a mão no rosto e pigarreou.

— Quero que me conte tudo sobre Pedro Jaworsky. Se escreve com W, K e Y, nos lugares devidos. Ah, e, assim que o carro parar, me mostre algumas imagens dele no painel.

— Claro, aqui vai tudo o que encontrei.

Pedro tinha cinquenta e dois anos e era paulistano. Publicitário de formação, trabalhou em agências de propaganda por quase vinte anos, alçando-se à posição de CEO de uma das maiores do país com pouco mais de trinta anos de idade. Mudou de emprego algumas vezes, mas sempre ocupando altos cargos executivos em casas renomadas. Seu pai havia sido um empresário de sucesso do ramo de calçados, mas faleceu em um acidente de carro com a esposa, deixando o único filho órfão com apenas quinze anos.

Depois deste trecho de informação, parou o carro num longo semáforo vermelho. Apertou o botão no painel, e à sua frente apareceram diversas fotos de Pedro. Era alto, forte e com porte de atleta. As imagens também denunciavam um homem bastante preocupado com sua aparência, pois sempre estava bem-vestido, sem nenhum fio grisalho, milimetricamente arrumado e com poucas rugas de expressão.

O sinal abriu e mais informações foram cuspidas pelo assistente. Algumas reportagens descreviam-no como um *bon vivant*. Sua trajetória na publicidade lhe trouxe muito dinheiro, além da potencial gorda herança deixada pelos pais. Aparentemente, não era casado e não tinha filhos. Era discreto e não gostava de aparecer na mídia, apesar de frequentar festas e eventos da elite brasileira. Veículos de fofocas já haviam registrado diversas fotos dele com celebridades, mesmo que nenhum namoro mais firme houvesse sido anunciado. Além disso, era comum vê-lo em paraísos turísticos globais da alta renda, como Mônaco, Ilhas Maldivas e Ibiza.

Outra característica mencionada era que Pedro patrocinava muitos eventos da comunidade judaica em São Paulo. Frequentava sinagogas muitas vezes. De fato, Deco tinha visto uma foto dele usando quipá. Notícias revelavam que seu nome estava cravado em mármore no salão de entrada de um dos clubes judaicos mais famosos da cidade, o que mostrava sua relevância social, política e econômica entre esse grupo.

Nos últimos anos de carreira, Pedro foi classificado profissionalmente como um lobista. A imprensa havia registrado uma série de encontros que tivera com políticos de todos os espectros e partidos, em momentos importantes de discussão e aprovação de projetos de lei no país. Alguns veículos o definiam como muito influente em Brasília e um contumaz defensor dos interesses de indústrias tradicionais, como a siderúrgica e a automotiva.

Uma sequência de carreira quase óbvia, pensou Deco.

Não havia informações sobre a situação atual do empresário bem-sucedido, rico e sem muitos holofotes. O assistente apenas mencionou que a última aparição registrada por algum portal de notícias vinha de um site sensacionalista que havia flagrado uma festa de réveillon no litoral paulista em que a polícia fora chamada por vizinhos por causa do barulho excessivo. Lá, encontraram muita bebida e drogas. Na hora da batida, havia pouca gente, mas pessoas próximas garantiram a presença de uma série de pessoas famosas, sendo ele uma das descritas.

Deco então começou a juntar os pedaços da história. Um publicitário rico que adorava viver a vida e consumir drogas. No caderno de Jonas, várias clínicas de reabilitação registradas e listadas, com um risco em todas elas. Provavelmente, seu amigo tinha chegado à mesma conclusão e estava à caça de Pedro.

O que será que tinha acontecido com ele?

A atitude mais óbvia era a de tomar um caminho diferente. Jonas não deve tê-lo encontrado em nenhum lugar. Mas era possível que soubesse de mais alguma informação que não estava exposta na internet, em fontes públicas, que foram obtidas rapidamente e com pouca pesquisa. Se aquela premissa fosse verdadeira, seu amigo devia saber que Pedro estava sim com problemas sérios ligados ao vício em drogas e, por isso, a busca por clínicas de pessoas ricas.

Parou novamente em um semáforo. Olhou para o lado e notou que estava no final da avenida Consolação. Nem lembrava como tinha ido parar ali. Seus olhos cruzaram com os de um morador de rua, na casa dos seus vinte e poucos anos, claramente afundado em um poço de drogas e álcool, pedindo dinheiro no farol.

Foi então que aquela imagem lhe acendeu uma ideia. Aquele cidadão não era o único que vagava nas ruas de São Paulo sob o efeito de drogas. Sabia onde podia encontrar outras pessoas na mesma situação, entregues ao vício, sem perspectivas de salvamento. Estava na hora de admitir que faria uma visita a um dos locais mais perigosos e hostis da cidade: a Cracolândia.

Precisou dirigir apenas mais alguns minutos até as ruas do centro. Quando estava na avenida Duque de Caxias, avistou alguns suspeitos e tentou segui-los por um tempo. Acompanhando seu trajeto, virou à direita na rua Conselheiro Nébias e andou por mais alguns quarteirões até chegar à alameda Glete. Nesse cruzamento, avistou uma aglomeração de pessoas que não deixava dúvidas. O fenótipo à distância batia com o de viciados em drogas pesadas.

Deco parou no primeiro estacionamento que encontrou pela frente. O breu já começava a dominar as ruas estreitas e pouco iluminadas da região, anunciando a chegada da noite, junto com um inesperado ar frio que soprava. Não que aquilo o assustasse. Era um jornalista experiente e já tinha passado por coisas similares ou até piores à procura de uma notícia ou para cobrir algum evento. Além disso, diante das circunstâncias dos últimos anos, ele já tinha se encontrado algumas vezes com o fundo do poço.

Assim que saiu do carro, caminhou em direção ao movimento de pessoas que rumavam até a praça Princesa Isabel. O cheiro acre de crack pairava no ar, misturando-se aos odores de urina e lixo. Nos primeiros passos, já se deparou com alguns corpos prostrados no chão, com rostos marcados pela dor e pela miséria. Não havia silêncio, mas as vozes não eram claras. As pessoas pareciam conversar umas com as outras ou até mesmo sozinhas. Alguns gritavam palavras sem sentido, com tom de sofrimento ou mesmo de euforia. Um cenário completamente triste e desolador. Uma verdadeira jornada ao inferno.

Deco tinha a foto de Pedro registrada em seu cérebro. Mas não seria fácil encontrá-lo naquele vaivém de pessoas. Alguns permaneciam de cabeça baixa, encapuzados, parecendo se esconder. Outros olhavam-no de volta, encarando-o à procura de alguma coisa. Ele era nitidamente um forasteiro naquela terra e isso não era uma vantagem. Não dava para garantir sua segurança por muito tempo, então precisava ser rápido.

Nos primeiros minutos passando pelas pessoas, nada encontrou. Tentava olhar nos olhos dos que pareciam estar sob efeito de drogas o máximo possível, mas não viu algo que lhe parecesse familiar. Pela descrição de sua pesquisa recente, Pedro era um sujeito bem mais alto que a média dos brasileiros, então ficava atento a esse fator, mesmo que muitos estivessem deitados ou sentados.

Terminou a quadra e logo estava no cruzamento com a rua Helvétia. Os usuários de crack continuavam a aparecer, e ele percebeu um movimento mais intenso perto de um poste da prefeitura logo à frente. Algumas barracas de lona preta atraíam a presença de muitos ali que pareciam se empurrar para conseguir um espaço. *Devia ser um ponto de venda de drogas*, pensou. Segundos depois que as avistou, uma briga começou a acontecer entre duas mulheres que se estapearam violentamente. A maioria das pessoas se afastou como se quisessem presenciar aquilo de camarote em vez de tomar alguma atitude.

Deco também deu alguns passos para trás e acabou trombando em outros viciados que passavam por ali. Ouviu algumas palavras desencontradas, e um homem chegou a colocar a mão no seu bolso, como se estivesse procurando dinheiro. Ele afastou-o rapidamente e apressou o passo na direção contrária.

Naquele instante, pensou que talvez sua ideia não fosse tão boa assim.

Chegou até outra ruela, onde parecia haver menos gente. Seu coração aquietou um pouco e ele refletiu como deveria proceder. Se não encontrasse ninguém, era como se voltasse à estaca zero. Precisava insistir mais um pouco.

Foi então que um menino se aproximou.

— Tá procurando alguém?

Ele devia ser um pré-adolescente. Usava roupas velhas e largas, claramente dois números a mais que o seu manequim. Pareciam ser as primeiras palavras lúcidas que ouviu e consegui entender.

— Sim, estou. Um cara alto, olhos verdes, pele branca.

— Posso te ajudar se me pagar.

Deco respondeu com um leve sorriso. Não sabia como agir, mas não tinha outra escolha. O código social inclusive apontava que sua atitude era mais importante que as palavras.

— Como sei que você pode me ajudar?

— Tá vendo mais alguém aqui acordado, meu senhor?

Mais um sorriso. Por sorte, estava com algumas notas soltas no bolso, troco do estacionamento. Tirou-as sem olhar e deu-as na mão do garoto.

— Pronto. E agora?

— Sei de alguém que bate com sua descrição que está naquele prédio ali — respondeu o menino, apontando para um edifício baixo bem próximo.

— Espera. Você não vai me levar ali e me mostrar o cara?

— Eu não conheço, só sei que está sempre deitado num canto, no segundo andar.

— Como faço para entrar lá?

— Aí é com você, xará.

Deco fez menção de segurar o braço do menino, que logo se prontificou a responder.

— Tá de sacanagem, mané? Quer que chame o Tião?

Deco fez cara de contrariado e desistiu da tentativa. Acenou com a mão espalmada num misto de negativa com o de agradecimento pela ajuda. Não tinha a menor curiosidade em conhecer algum mandachuva traficante daquela região. O menino pegou seu dinheiro e continuou andando confiante pela rua.

Deco então prosseguiu em sua missão pouco convidativa. A esperança de achar Pedro era o suficiente para que não pensasse duas vezes e resolvesse adentrar aquele prédio comercial velho de três andares, todo pichado, abandonado e que parecia ocupado pelos moradores de rua e viciados da região.

Logo na entrada, teve que desviar de duas mulheres que agiam como porteiras. Elas tentaram fazer uma graça, mexeram no seu rosto e perguntaram se ele queria se divertir. Davam risada alta e exalavam um nítido hálito de bebida. O jornalista se manteve sério e desviou educadamente do caminho, entrando no prédio pelo térreo.

O lugar estava muito escuro, com poucas luzes públicas vindas de fora. Era um grande galpão onde muitas pessoas andavam, riam e conversavam. O ar era fétido e úmido. O barulho era ensurdecedor e ele mal conseguia ouvir seus próprios pensamentos. Enxergou uma escada no fundo. Ele então percorreu toda a extensão, se apertando em alguns momentos para passar pela pequena multidão. Precisava seguir a pista dada pelo menino.

Subiu as escadas e viu algumas cenas difíceis de serem esquecidas. Duas pessoas transavam seminuas entre os andares. Gemiam alto e se batiam enquanto tentavam manter uma cadência sexual. Uma garrafa de plástico com alguma bebida transparente se apoiava ao lado do casal. Deco teve que saltar com uma agilidade que não tinha para não ser notado pelos dois.

Assim que chegou ao segundo andar, se deparou com uma situação um pouco mais calma em termos de pessoas e ecos. Alguns estavam sentados, outros deitados no chão. Quase todos fumavam cachimbos e o cheiro de crack era ainda mais forte. Seu estômago ainda pouco acostumado se revirou mais uma vez e precisou respirar pela boca para que sua mente se mantivesse atenta a quem precisava encontrar.

E deu certo.

Foi num canto que encontrou o biotipo que estava procurando. Alguém que se parecia com o sujeito das fotos que encontrara na internet. Alto, vestido com uma calça social larga, sapatos gastos e uma camisa de gola polo verde bastante suja e amassada. Estava sozinho, em silêncio, olhando para baixo. Deco se aproximou e tentou cruzar seu olhar com o dele, mas foi em vão. Então, estava na hora de arriscar.

— Olá, tudo bem? — abordou Deco.

Na hora, o homem ergueu sua cabeça. Estava muito diferente das fotos da internet, mas não tinha muitas dúvidas. Era Pedro Jaworsky à sua frente. De barba comprida, cabelo bagunçado, vários fios brancos aparentes e profundas olheiras, mas estava reconhecível.

O homem não respondeu.

— Olá, eu sou Deco. Você é o Pedro, não é?

— O que você quer? — respondeu ele, com a voz trêmula e transmitindo uma espécie de embriaguez.

— Nós temos um amigo em comum. Jonas Prieto. Sabe quem ele é?

— Não conheço ninguém.

— Jonas queria muito falar com você, mas sofreu um acidente de carro e morreu. Ele deixou seu nome anotado num caderno. Eu preciso saber de onde você o conhece. É importante para mim — Deco falava pausadamente e gesticulava muito enquanto pronunciava todas as palavras. Precisava ser ouvido em meio a tantos barulhos externos e internos.

Pedro então soltou uma risada longa e alta, chamando a atenção das outras pessoas do recinto. Deco tentou manter a calma e continuou encarando-o. Queria ativar qualquer gatilho que aquele homem semiconsciente tivesse para que falasse alguma coisa. Estava desesperado por informação.

— Você é de Brasília, né? — perguntou Pedro, após terminar sua risada.

— Não, sou daqui. Sou amigo de Jonas.

— Você é dos caracóis?

— Caracóis?! Não sei do que está falando.

— Você é dos caracóis, é dos caracóis sim que eu sei! — esbravejou Pedro, com dedo em riste, olhos esbugalhados e se projetando para frente, como se quisesse atacar Deco.

— Desculpe, Pedro, não sei do que você está falando. Só queria saber de onde conhece Jonas, só isso.

De repente, o homem se recolheu. Baixou o braço, respirou fundo e se sentou no chão, com as mãos entre as pernas cruzadas. Em seguida, olhou para Deco com uma expressão completamente diferente da raiva de instantes atrás. Ele aparentava sofrimento e desespero. Uma oscilação de humor e postura repentina.

— Meu compadre, sai dessa.

— Dessa o quê? Do que você está falando, Pedro?

— Você acha que eu tô aqui por quê?

— Não sei, Pedro. Você precisa de ajuda. Eu posso te ajudar.

— Ninguém pode me ajudar — respondeu com a voz chorosa e aparentando descontrole.

— Você só precisa sair daqui e ir para casa.

Mais alguns instantes de silêncio e suspiros. Então, a raiva brotou novamente, o peito estufou e sua voz saiu em alto e bom tom. Quase aos gritos, falou:

— Isso é coisa de gente grande, entendeu?
— Isso o quê? O que é isso?
— Não volta mais aqui! Não volta mais aqui!

CAPÍTULO 6

SÃO PAULO, BRASIL

Os olhos de Deco agiam rápido como um guepardo. Inquietos, transitavam entre a tela do celular e a rua da sua casa. A espera de um simples táxi num domingo à noite poderia ser algo bem longe do trivial para um pai e sua filha adolescente. Ele mantinha o braço firme nas costas da menina, abraçando-a, aquecendo seu corpo frente à brisa que soprava. Ela sempre foi friorenta desde criança.

— Amanhã te mando a foto daquele adesivo.

— Tá bom, filha, me manda. Vou comprar pra você.

— Mas não cola na bicicleta. Eu quero fazer isso quando voltar.

— Deve ser fácil. É só contornar o cano assim e fica bem bonita.

— Nem se atreva, com este seu jeitinho.

— Eu peço pro Adalberto, qualquer coisa.

— Não!

Os dois deram uma tímida risada íntima. Um carro branco estacionou logo à frente, abrindo o vidro do passageiro. Deco identificou o motorista, bateu sua credencial com a do aplicativo e abriu a porta de trás. Antes, deu um caloroso abraço em Ísis, um beijo em sua testa e ajudou-a a entrar. Assim que o veículo partiu, acenou de longe com a mão espalmada.

Aquele mix de sentimentos voltava. Um pingo de culpa pela felicidade de ganhar tempo para trabalhar com a filha longe de sua responsabilidade.

Entrou rapidamente no prédio e apertou o botão do elevador, que descia devagar carregado de jovens. Seus olhos piscavam mais rápido e a mão batia na cintura, ritmando como música a chegada do transporte que o levaria para onde mais queria estar naquela noite.

Tanta ansiedade era justificada. A última semana havia sido de um maremoto de emoções, descobertas e dúvidas, muitas dúvidas. Passou pelo velório de Jonas, com o caixão fechado. Teve que encarar Marta repleta de angústia e sedenta por respostas que não eram óbvias. Conversou com amigos que também viam nele uma possível fonte de verdades sobre um caso difícil de engolir. Além disso, conviveu constantemente com gelos, pomadas, curativos e tudo o que podia fazer para desinchar suas feridas físicas da surra tomada na caçada nos Jardins.

Para completar, repassou mentalmente centenas de vezes a cena vivida na Cracolândia e o diálogo com Pedro Jaworsky. Era tanta coisa nova, tanta possibilidade, que seus neurônios não conseguiam processar com clareza tudo aquilo. Brasília, caracóis, gente grande. Três peças de um quebra-cabeça que ainda precisava ser composto de tudo que Jonas havia lhe entregado e pelo hacker das eleições brasileiras. Sentia que o tabuleiro não era composto de dezenas, mas sim de milhares de pequenos fragmentos de realidades distorcidas e incompletas, que iam sendo reveladas aos poucos, sem ordem ou algo que o ajudasse.

Sua cabeça voltou ao tempo presente assim que o elevador chegou. Esperou todos saírem, entrou sozinho, apertou o botão do seu andar e seguiu viagem. Menos de um minuto depois, já entrava no apartamento. Livrou-se como pôde dos sapatos e das meias e correu para o armário da despensa. Esticou-se para alcançar a última prateleira, onde estavam dois pacotes fechados de arroz e um de feijão. Tirou-os da frente com a ponta dos dedos e chegou até o que realmente queria. Uma garrafa de uísque já aberta, mantida bem distante do interesse e dos olhos de sua filha.

Levou a bebida até o centro da sala, apoiou-a na mesa. Andou com passos firmes até o armário, onde pegou o primeiro copo que viu na frente. Levou-o até o segundo. Nem precisava de gelo. Só queria sentir a ardência das goladas, o amortecimento das suas inquietações, a contração de seu corpo com o amargor que explodia em sua língua e fazia com que soltasse um suspiro de relaxamento profundo. Era um ritual que precedia mais uma onda de agito mental, mas que se mostrava necessário naquele domingo à noite.

Já no terceiro copo, tirou o celular do bolso, deixou-o na mesma mesa, ao lado da garrafa já no seu terço final, e ficou encarando-o. Sabia o que precisava fazer, mas não tinha a menor ideia de como começar. Esfregou as mãos no rosto, fechou os olhos e lembrou do exato momento em que teve um dos insights mais importantes daquela fatídica semana.

Tudo começou na sexta-feira à tarde, dentro do seu carro, enquanto estava estacionado na porta do prédio de Carla, à espera de Ísis. Sabia que a pomada que sua filha passava para a psoríase estava em falta em sua casa. Queria agilizar a compra dela para que chegasse antes deles e faria tudo à distância pelo serviço de entrega expressa. Porém, não lembrava o nome do remédio e seu orgulho era grande o suficiente para tirar a dúvida com sua ex-esposa.

Foi então que decidiu abrir o AppSUS, o aplicativo do governo que centralizava todas as informações ligadas à saúde dos cidadãos brasileiros: exames, consultas, receitas etc. Por Ísis ser menor de idade, ele, como pai, tinha acesso a seu cadastro, rapidamente poderia encontrar a última compra da pomada feita pelos registros e ali identificaria o nome. Porém, recebeu uma mensagem de que o aplicativo precisaria ser atualizado no sistema sob a aprovação do usuário. Assim que aceitou o procedimento, sua tela foi levada à outra onde uma barra de progresso mostrava o andamento do download da nova versão. Nessa mesma tela, o fabricante do sistema também era mostrado.

Para espanto de Deco, a empresa tinha um logo com um grande caracol no centro.

Mal conseguiu processar suas primeiras ideias quando a filha chegou sorridente, entrando na parte de trás do carro. Ele passou todo o final de semana usando os pequenos intervalos que tinha sozinho para pesquisar o que podia sobre a empresa dona daquele logotipo. Só conseguiu encontrar um pouco de luz em meio a tanta neblina.

O plano de investigação estava traçado e previa uma visita a Brasília o quanto antes. Porém, tamanha linearidade foi chocada novamente com a realidade. Ele pegou o controle remoto e deixou no canal ao vivo de notícias. A mesma cena de ontem depois do almoço, quando Ísis decidiu tirar um cochilo no sofá ao seu lado, e ele descobriu que o mundo já havia desvendado a primeira grande pista do acidente de Jonas.

Foi naquele programa a que assistia agora ao vivo que Deco ouviu, em volume bem baixinho, uma jornalista brasileira in loco, nos Estados Unidos, comentar sobre um pronunciamento que acabara de acontecer em Washington sobre o ocorrido. Ele não teve dúvidas em apertar o botão de "rebobinar" o vídeo até o momento em que se parecia com o comentado. O cenário era inconfundível: um gabinete do governo federal americano. No minipalanque, estava a senadora democrata Ellen Hudson. Deco a conhecia de ler notícias internacionais e sabia que era uma mulher jovem, na casa dos quarenta anos, muito presente e considerada um enorme talento político dada a sua forte influência entre os americanos. A matéria já transmitia o discurso do meio para frente, mas ele conseguiu ouvir as partes mais importantes.

— [...] não podemos mais tolerar. Está confirmado pela polícia de Illinois, com o apoio de nossos investigadores federais, que o veículo autônomo em que o escritor brasileiro estava foi hackeado. Alguém invadiu seu controle e fez com que o carro acelerasse muito, capotando-o desfiladeiro abaixo. Um erro inadmissível causado por uma empresa americana que não tem leis para responder. Estamos aguardando um pronunciamento oficial da Stellar. De qualquer forma, não podemos deixar que nossos aparelhos conectados não tenham leis de proteção de dados. Não podemos ficar à mercê de mecanismos sem segurança tecnológica e, principalmente, jurídica. Peço que este triste caso sirva de exemplo para que possamos avançar em nosso projeto de lei no senado. Obrigada.

Agora, já no domingo à noite, Deco precisava de um plano. Como um investigador experiente, sabia que precisaria abrir dois flancos, quase como uma estratégia de guerra. Investigar, de um lado, o aplicativo dos caracóis; do outro, que raios um outro hacker tinha feito com o carro guiado por Jonas e qual o seu interesse na morte do seu amigo.

O próximo passo mais óbvio era contar com uma ajuda presencial nos Estados Unidos. Com a repercussão de um pronunciamento em rede nacional de uma importante senadora, a imprensa mundial entraria em peso no caso. Poucos estariam interessados em Jonas, sua família e sua ligação com o Brasil; muitos estariam à espreita da montadora e atacariam a fragilidade do mundo conectado, uma pauta exaustiva de críticas do atual momento da sociedade.

Deco tinha informações privilegiadas e partes que não fariam sentido para a imprensa massiva. Ele poderia beber do que fosse publicado por terceiros, mas não seria o bastante. Precisava de uma fonte que respondesse às perguntas que ele mesmo fizesse.

Antes de entrar no seu dilema, tentou contato em vão com dois amigos que trabalhavam em portais de notícias americanos. Suas patentes eram pequenas demais para conseguir furar o esquema de monitoramento que tais empresas faziam para garantir o alinhamento e a produtividade de seu pessoal. Não podia, tampouco, caçar alguém que não fosse de sua inteira confiança ou que pudesse lhe dever um favor importante.

Sabia que só poderia contar com uma pessoa, por mais difícil que fosse fazer aquela ligação.

A realidade voltou, e ele deu mais dois goles profundos no uísque. Sacou a agenda e procurou o nome de Guto. Havia sido registrado há alguns anos, mas o sistema inteligente apontava que o número permanecia o mesmo.

Primeiro, mandou uma mensagem de texto direta: "Oi. Preciso falar com você."

Largou o aparelho na mesa e ficou observando-o. Ela havia sido entregue, mas ainda não lida. O aplicativo o avisaria quando fosse vista por Guto. Enquanto não tinha uma resposta, percebia sua imaginação disparar, revisitando o passado e se deparando novamente com toda a mágoa gerada e ainda presente. Relembrou cenas, ensaiou falas, lutou contra emoções. Questionou-se algumas vezes por que ele estava se fazendo passar por aquela situação de novo. Sua racionalidade exacerbada não sabia lhe devolver em argumentos claros e críveis.

Depois de algum tempo, Guto enfim leu a mensagem. Passaram-se dois minutos até que ele respondesse, novamente por meio de texto: "Claro. Quer me ligar?"

Não tinha mais escapatória. Recorreu pela última vez ao uísque, limpou a garganta e apertou o botão da ligação por voz.

— Alô.

— Guto, sou eu.

— Oi, Deco. Tudo bem?

— Tudo.

Cinco segundos de silêncio.

— Eu preciso te pedir um favor — disse Deco, pigarreando no final da frase arrastada.

— Um favor?!

— Olha, se você não quiser, me fala agora.

— Não, pode falar. Só fiquei surpreso.

— Eu não queria estar fazendo isso, mas vou realmente precisar de você.

— Se não precisasse, duvido que me ligaria por outro motivo.

— Sem essa baboseira de novo, Guto. Não tenho tempo nem saco para remexer o passado.

Mais alguns segundos de silêncio e suspiros de ambos os lados. Foi Deco que interrompeu as centenas de pensamentos que percorriam as mentes de ambos e que eram sabiamente suprimidos pelos respectivos egos. Contou em poucas palavras sobre a morte de Jonas, as descobertas em suas anotações pessoais, a conversa com Pedro e a culminante denúncia de hackeamento do carro autônomo da Stellar.

— O que você quer de mim?

— Quero que use suas credenciais de imprensa para investigar mais a fundo quem teria interesse em hackear o carro do Jonas. Eu até poderia pegar um avião e ir até aí, mas eu sou um zé-ninguém num caso que vai ter gente pesada na porta dos caras. Tem que ser gente daí. Além disso, tenho muita coisa para investigar em Brasília.

— Você está me pedindo para sermos uma dupla novamente.

Um longo suspiro pôde ser ouvido.

— Não, estou pedindo uma ajuda pontual. Eu consigo sentir esse seu ar de satisfação... que isso apaga o que você me fez. Nunca vai apagar, entende?

— Achei que o tempo te faria bem, Deco. Lá no fundo, você sabe que a melhor decisão para nós era ter vendido...

— Chega, chega! Prometi a mim mesmo que não teria essa conversa de novo. Isso faz parte do passado, e estou focado no presente. Você vai me ajudar, sim ou não?

Alguns segundos a mais de silêncio.

— Vou fazer alguns contatos amanhã.

— Ótimo. Obrigado.

— Espera! Já vai desligar?

— Já terminei de falar o que precisava.

— Deco, já entendi que você ainda está cheio de raiva contra mim, e já entendi que você está obcecado por este caso do Jonas. Eu não acho que vou descobrir muita coisa só por estar aqui. Você não acha que está confiando demais nuns rabiscos de caderno e na palavra de um homem viciado em crack?

— Se eu quebrar a cara, que seja minha decisão. Não devo satisfação a você, não mais. Aprendi a confiar mais nos meus instintos.

— Ok, você que sabe. Só estou tentando te ajudar. Misturar amizade e profissão é perigoso, pode deixar a gente cego.

Deco soltou uma risada abafada.

— Olha quem está falando... Eu sei muito bem disso! Aprendi com você! Quer saber, Guto? Não tem a ver com o Jonas, não tem a ver com o juramento da profissão, não tem a ver com dinheiro. Eu só quero recuperar o que é meu.

— Recuperar o quê? Do que está falando?

— Minha família. Que eu perdi por sua causa.

CAPÍTULO 7

WASHINGTON D.C., ESTADOS UNIDOS

A segunda-feira amanheceu fria, como sempre acontece no começo da primavera americana. Guto seguiu sua rotina. Saiu de casa logo cedo, deixou seus filhos na escola a pé e continuou caminhando até a estação de trem. O vento frio fez com que ele ajeitasse o cachecol várias vezes e mantivesse as mãos bem firmes dentro dos bolsos. Apertou o passo nos corredores onde as rajadas eram mais intensas. O sol e o céu azul ajudavam a minimizar o clima com uma energia positiva para um dia que prometia.

Pegou o metrô na Silver Line e seguiu viagem até a estação McPherson Square, que ficava coladinha à Casa Branca. No trajeto, que levava sempre cerca de quarenta minutos, apoiou seu corpanzil de mais de 1,80 metro em um dos pilares de aço que sustentava o vagão, a ponto de ficar confortável o suficiente para aguentar a viagem e mexer no celular.

Não tinha outro tema na cabeça que não o que Deco havia comentado no dia anterior. Passou a noite inteira ruminando aquilo, digerindo as informações, mas, principalmente, lutando contra seus sentimentos. A alegria de voltar a falar com seu ex-melhor amigo era manchada pelo remorso e pela mágoa ainda presentes. Aprendeu a lidar com aquilo, com a distância física. Vivia uma outra vida em solo americano e podia deixar o passado para trás. Mas ontem ele foi apresentado novamente a seus sentimentos mal resolvidos.

Durante a viagem de metrô, pesquisou o que pôde sobre o caso de Jonas, que já estava explodindo nas redes mundo afora, viu o pronunciamento da senadora Hudson e mergulhou nos artigos e textos que haviam sido escritos em decorrência dele. A montadora ainda não havia comentado nada, então a fala dela ecoava uníssona em todas as matérias como uma denúncia identificada e direta.

O tema da segurança de dispositivos conectados já estava quente há alguns anos no mundo inteiro. Com a ampliação e a massificação da Internet das Coisas nos últimos tempos, o planeta observou numa velocidade gigantesca uma quantidade enorme de objetos sendo interligados uns aos outros. A tendência já havia sido apontada no passado, mas uma série de avanços tecnológicos possibilitaram que ela realmente desabrochasse e virasse realidade, principalmente os relacionados à conexão 5G e ao barateamento de algumas matérias-primas.

Cada vez mais, qualquer objeto estava online. Freezers, fogões, portões, carros, mesas, cadeiras... as indústrias de bens de consumo aceleraram o desenvolvimento de produtos e lançaram versões plugadas à internet de todo seu portfólio tradicional. Atualmente, é possível controlar à distância a temperatura do forno, enquanto se assiste a um filme; seja por comando de voz ou por um aplicativo no celular. Além disso, as geladeiras já tinham inteligência para registrar o estoque de comida e acionar um alerta quando algo muito importante estivesse faltando para que fosse adicionado à lista de compras do supermercado.

Dessa forma, uma nova relação de consumo entre as pessoas e os produtos tradicionais surgia no dia a dia e era alvo de grande parte de estudiosos, jornalistas e, claro, das próprias empresas. Como qualquer outra revolução desse tipo, primeiro vieram os produtos e suas facilidades; em seguida, a sociedade foi avaliar o que tanta novidade trazia para o ser humano em termos positivos e negativos.

Esse contexto era extremamente importante para entender a força e a projeção recente da senadora Ellen Hudson. Formada em engenharia da computação na renomada Universidade de Santa Clara, começou a carreira em uma startup no Vale do Silício. Após empregos iniciais em algumas companhias, com apenas vinte e cinco anos fundou seu próprio negócio digital; cinco anos depois, vendeu-o a uma multinacional e se tornou uma bilionária com trinta anos recém-completados.

Atenta ao enorme poder financeiro e de mercado que as grandes corporações de tecnologia vinham conquistando, começou a se posicionar fortemente contra tamanha concentração de riqueza. Por já ser um rosto conhecido no Vale do Silício, uma série de veículos de notícias lhe deu voz para que expressasse suas opiniões e críticas. Ellen fundou um movimento organizado para forçar a regulamentação das atividades dessas empresas.

Dessa mobilização, nasceu sua vontade de se tornar política. Endossada pela sociedade que apoiava sua preocupação com a regulação tecnológica e já a apoiava nas mídias sociais, ela se filiou ao partido democrata e concorreu à vaga na Câmara dos Deputados. Ganhou uma cadeira na primeira eleição que disputou. Em seguida, pleiteou uma vaga ainda maior, dessa vez no Senado, e também levou pelo voto popular. Em pouco tempo, saiu do mundo corporativo para os corredores do Capitólio.

A senadora era uma figura fisicamente marcante. Mais alta que a média das mulheres, tinha cabelos loiros compridos, um rosto com traços fortes e harmoniosos e um corpo exuberante. Outra marca registrada eram seus vivos e pulsantes olhos verdes, que miravam com força e intensidade todos aqueles que passavam pelo seu caminho, seja para fazer uma crítica ou um elogio. De voz leve e comunicação firme, ela conquistou o público jovem por ser uma esperança de rejuvenescimento da política americana.

Desde que assumiu o posto em Washington, a agora senadora ergueu quase que uma bandeira única: novas leis para regulamentar a atuação de empresas de tecnologia. Sua mudança mais representativa já conquistada havia ocorrido poucos anos atrás, quando previu a divisão de empresas gigantes em outras menores para impedirem concentração de poder e garantir maior concorrência.

Guto já conhecia a história de Hudson, assim como todos que minimamente estivessem ligados a notícias políticas e econômicas, mas fez questão de repassar tudo novamente naquela manhã. Ele sabia o que precisava fazer. Mandou mensagem ainda de dentro do trem para Greta Johnson, uma repórter com quem tinha amizade e que sabia tudo da agenda do Senado. Combinaram de tomar um café logo que ele chegasse à redação.

As horas antes do encontro passaram voando. Andou apressado pelo escritório, cumprimentou rapidamente as pessoas e correu para terminar as matérias que estava escrevendo e que precisariam ser enviadas para edição naquele dia. Não se lembrava de quando tinha sentido aquele pouco de adrenalina no sangue durante sua profissão.

Na hora combinada, os dois se encontraram e se sentaram numa mesa dentro do espaço de convivência do Herald. O lugar estava lotado, e eles precisaram se aproximar bastante para se ouvirem sem precisar gritar.

— Então, esse seu amigo acha que a Stellar está envolvida no caso? Que não tem a ver com o hacker? — perguntou Greta após ele contar apenas um pedaço da história que Deco havia lhe falado. Omitiu quase tudo que não era importante.

— Sim. Eu sei que parece loucura, mas ele tem suas fontes.

— Esse é aquele amigo que foi seu sócio no passado?

— Sim. Fomos donos de um jornal em São Paulo há quase uma década. Chamava-se *Jornal da Capital*. Foi onde tudo começou na minha carreira.

— Hum, sinto um pouco de tristeza nesta sua fala. Por que será?

— Não encerramos bem a sociedade. Tivemos muito sucesso por um tempo, depois a internet acabou com tudo. Não soubemos fazer a mudança rápida para o digital. Aí, recebemos uma oferta de compra. Eu queria vender, ele não. As dívidas foram se acumulando...

— Até que um de vocês precisou dar um pé na bunda do outro.

— Sim, eu entrei com o pé no caso. Fiz algo que não devia na hora da venda, que não vem ao caso. Depois disso, ele se separou da mulher, começou a beber e ficou trabalhando por conta própria. Ele me culpa até hoje por isso. Vim recomeçar minha vida nos Estados Unidos para fugir do que fiz.

— Consigo sentir o peso nas suas costas nesse pouco tempo. Guto, vou te contar algo, mas não quero te dar falsas esperanças. A senadora Hudson está vindo hoje para o Herald.

— Jura? Por quê?

— Marcamos uma entrevista para aprofundar o pronunciamento de ontem.

— Quem está liderando?

— A diretoria de alto calibre. Sean e os demais.

— Será que eu consigo participar pelo menos da...

— Guto, nem pense nisso. Você sabe como é a política neste lugar. Ainda mais com uma senadora vindo aqui nas nossas dependências.

Ele assentiu e encerrou a conversa, mas saiu pensativo. Sua cabeça fervilhava e tentava achar alternativas viáveis para estar presente ou pelo menos conseguir alguns minutos com a entrevistada. Greta estava certa em sua ponderação, e ele mesmo não sabia como sair daquela enrascada. Mas seu estômago doía o bastante para que ele entendesse que precisaria agir.

Nas horas seguintes, mandou mensagem para várias pessoas internas e descobriu que a entrevista seria feita no fim da tarde, numa sala no décimo terceiro andar, onde eram conduzidas as reuniões mais importantes. Tentou mediar sua entrada com várias outras pessoas, mas só leu palavras de desencorajamento. O Herald ainda era uma organização muito hierárquica, especialmente para temas sensíveis e que poderiam colocar em cheque sua reputação como instituição.

A dor de barriga crescia, o suor aparecia na testa. Andava de um lado para o outro sem destino certo. Pensou em justificativas racionais, traçou vários planos, mas a execução era arriscada demais. Mal se reconhecia quando se olhava no espelho. Pensou em ligar para sua esposa e pedir sua opinião, mas já sabia o que iria ouvir.

Ninguém podia estar com ele. Estava sozinho com suas decisões e consequências.

Cerca de dez minutos depois, decidiu subir e ficar caminhando perto da sala de reuniões. Ainda sem plano certo. O medo e a ansiedade torciam para algum milagre repentino e sua presença ali aumentava as chances de ele acontecer. Pelo menos na sua mente desesperada.

Foi então que a comitiva apareceu pelo corredor. A senadora caminhava confiante à frente, junto de duas mulheres mais jovens que pareciam ser suas assessoras. Guto nunca a tinha encontrado pessoalmente. Mesmo acostumado a lidar com pessoas poderosas, a presença dela era realmente marcante. Era muito mais bonita do que por vídeo. Tinha um sorriso fácil e um olhar confiante. Vestia roupas escuras, mas as cores estavam todas no seu rosto — seja no batom vermelho, nos brincos ou nos olhos verdes.

Do lado do Herald, estavam Sean, o diretor editorial de política, junto de dois outros jornalistas especializados em DC. Guto tinha pouca relação com todos os colegas, possivelmente mal sabiam seu nome. Todos andavam em passos ritmados e acelerados até a entrada da sala. Lá estava ele, ao lado da porta, aguardando o encontro iminente e confiando que seus instintos jornalísticos de improvisação fossem ser ressuscitados depois de tantos anos sem estímulos.

Era tudo ou nada.

— Olá, boa tarde a todos. Sean, sou Guto Mangabeira, da editoria internacional. Bob me mandou aqui para acompanhar esta entrevista.

— Bob mandou você aqui?

— Sim, pediu desculpas por não te avisar. Vou ficar só de ouvinte, não se preocupe. Vamos entrar?

O sorriso estampado e confiante no rosto serviu de quebra-gelo apesar da cara emburrada que todos os colegas de Herald fizeram. O momento embaraçoso não podia levar mais do que aqueles segundos, dada a presença ilustre e intimidadora da visitante do Senado. Na passagem, ele aproveitou para cumprimentá-la, bem como as suas assessoras.

A relação da senadora com a imprensa era muito boa e sua cordialidade em receber os veículos era retribuída com uma cobertura frequente dos assuntos em que ela tinha interesse. Com todos devidamente sentados, Sean assumiu o controle da entrevista, apresentando sua equipe de jornalistas e Guto, que foi introduzido como um "especialista em política internacional". A estranheza interna ali era perceptível e só não ganhava da ansiedade despejada no corpo do brasileiro enquanto fingia naturalidade.

As perguntas começaram com o tema da regulamentação, que tinha uma série de desdobramentos em projetos de lei. Ellen Hudson respondeu pacientemente a todas elas e deu uma série de detalhes em sua argumentação. Sua fala era mansa, mas as palavras saíam com grande fluência e firmeza. Em seguida, um dos colegas jornalistas perguntou sobre os carros autônomos e como ela enxergava as leis atuais para garantir a proteção dos consumidores que os utilizavam.

Nessa hora, a senadora elevou um pouco seu tom de voz. As críticas vieram a galope, e ela teceu uma série de reclamações em relação ao ritmo que o Senado, controlado pelos republicanos, estava dando para a tramitação de algumas propostas de leis de sua autoria.

Em seguida, Sean perguntou sobre o caso do acidente de Jonas.

— Senadora, ontem você anunciou o hackeamento do carro autônomo da Stellar. Um passageiro, que era brasileiro, morreu.

— Certo. A polícia local envolveu investigadores nossos, técnicos que avaliaram os sistemas dentro do veículo. Depois de muita análise, descobriram que ele havia sido hackeado. Não obedeceu aos comandos do motorista. Um absurdo!

— O que você espera da Stellar?

— O mínimo. Que expliquem à sociedade como um carro seu foi hackeado. Uma empresa que vende um produto guiado por tecnologia precisa garantir segurança. É o que eles dizem em seus anúncios, não é? A Stellar é uma das maiores montadoras do mundo e gasta rios de dinheiro com propaganda. De que adianta se o seu produto é frágil? Que expliquem e que respondam por isso.

— E qual é a responsabilidade que a empresa tem neste momento?

— Veja bem, esta é a grande fragilidade legal atualmente. Os usuários adquirem carros autônomos e precisam assinar um termo dizendo que são 100% responsáveis pelos atos que fizerem com ele. Como garantia de que não farão nada de errado, as montadoras colocam sua própria reputação à prova. Veja bem, uma vida em troca de uma reputação de marca.

— Mas você não acha que a Stellar vai sofrer grandes danos à sua imagem?

— Sim, sem dúvidas, mas não é o bastante. Nunca ninguém exigiu que a montadora assumisse a responsabilidade por tudo o que o carro autônomo fizesse. Isso porque não garantem a segurança. Preferem apostar no jogo de reputação. Hoje há mentes brilhantes no marketing dessas empresas que sabem lidar com crises como esta. Se vocês da imprensa não derem voz a isso, vira mais um acidente qualquer. Não me espantaria se a Stellar entrasse com advogados pesados para questionar o trabalho dos investigadores, já que a tecnologia é deles e só eles a conhecem por dentro. Percebem que estamos numa encruzilhada? Precisamos de leis já! Precisamos de responsabilidade! Não podemos confiar nossas vidas na mão da tecnologia dessa forma e esperar que tudo dê certo.

Assim que terminou sua fala forte e com vários gestos com as mãos, a senadora pegou um copo d'água e deu um longo gole. Houve mais algumas perguntas em seguida, que foram respondidas, e logo a entrevista foi encerrada.

Guto, porém, pediu a palavra. Sentiu o fuzilamento silencioso nos olhos dos colegas, mas estava decidido. Já havia arriscado demais para ser um mero espectador. Era jogar a isca e torcer para que Deco tivesse alguma razão.

— Senadora, se me permite mais duas perguntas. Mas você que veio da área, é uma engenheira e conhece algumas dessas empresas de tecnologia, como uma empresa multinacional como a Stellar pode ter um sistema tão frágil assim?

— Eu não sei, vocês e os órgãos de segurança precisam investigar com eles. Hoje em dia, temos soluções de segurança muito robustas que deixam a vida de hackers impossível. A Stellar não está fabricando um brinquedo, mas sim um carro que pode ultrapassar os 240 km/h.

— Então, me parece que houve em algum grau um menosprezo da empresa em relação à segurança?

— Sim. Posso falar algo fora da gravação?

— Claro — respondeu Sean com os olhos arregalados, prontamente pedindo para desligarem a câmera e os microfones.

— Não posso provar nada, por isso não querem que divulguem isso. Mas vocês são imprensa e podem investigar melhor. Na Stellar, há um diretor de tecnologia que não tem uma boa imagem no mercado. Arrogante, acha que sabe de tudo e é extremamente agressivo no trabalho. Nunca engoli aquele homem, e não sou a única. Se tivesse que falar com alguém sobre este caso, seria com o chefe da tecnologia, certo? E, sendo ele quem é, eu abriria ainda mais os olhos.

— Qual o nome, você sabe?

— Claro. Ele se chama Ian Mckellar. Trabalha há alguns anos na Stellar. Também veio do Vale do Silício, é um executivo conhecido.

— Ok, senadora, está anotado aqui. Uma última coisa, você tinha conhecimento sobre Jonas Prieto, o motorista do carro que capotou?

— Não, não o conhecia. Por quê?

— Por nada, apenas curiosidade. Éramos amigos e conheço a esposa. Ela disse que Jonas estava estranho algumas semanas antes do acidente. Agora, sabemos do hackeamento do carro, então ainda me pergunto se há alguma conexão entre as partes.

— Se houver, a resposta está em Mckellar. Vá atrás disso o quanto antes.

CAPÍTULO 8

BRASÍLIA, DISTRITO FEDERAL, BRASIL

A atenção de Deco foi interrompida pelo anúncio do piloto do avião, indicando que estavam próximos do pouso na capital federal do país. Desde que se acomodou no assento no fundo da aeronave, não desgrudou os olhos da tela do celular e do novo passatempo preferido desde que o sol nasceu. O coração bateu um pouco mais calmo com a perspectiva de voltar a ter uma conexão de dados decente assim que tocasse o solo do aeroporto Juscelino Kubitschek.

O foco do vício era o AppSUS, o aplicativo de saúde do governo federal. Desde que teve o insight vindo do possível delírio verbal de Pedro na Cracolândia, estava com a mente ligada na potência máxima em descobrir mais sobre o serviço. Já o conhecia como um cidadão brasileiro, mas pouco lhe interessava até o momento em que um novo elo, ligado à política brasileira, cruzou sua vida após ele tomar uma surra nos Jardins.

Deco estava na tela principal checando o resumo do dia, fornecido pelo sistema.

Sua corrida matinal de cinquenta minutos pelo Ibirapuera lhe rendeu oitenta pontos. A frequência cardíaca, a estimativa de calorias queimadas e a intensidade do exercício estavam classificadas como abaixo do esperado para alguém da sua idade. Um resumo educado para o sedentário que começou a se mexer. Além disso, o número de passos dados ao longo do dia também aparecia dentro da coluna positiva.

Na seção de alimentação, um saldo mais negativo. Com o input manual de Deco que incluiu o pão na chapa, o suco de laranja e a salada de frutas, comidos na padaria perto de casa, ele havia perdido mais do que ganhado pontos na régua de saúde. Colocou também o pacote de amendoins dado pela companhia aérea e viu seu score ser novamente afetado.

Além disso, na parte mais social, ele estava equilibrado. Sua última noite de sono havia sido classificada como ruim para os padrões normais. Provavelmente, os sensores do celular haviam capturado toda a agitação e o turbilhão de ideias que pipocavam em sua mente, que clamava por um descanso. Em contrapartida, o nível de estresse era considerado baixo e seu humor oscilava numa faixa mais positiva. Era divertido ver como uma máquina interpretava seus sinais corporais.

A gamificação do aplicativo ainda percorria outros elementos da vida cotidiana. Quantidade de interações sociais, qualidade do ar na cidade em que estava, hábitos de leitura e uso de funções cognitivas. Em poucas horas de monitoramento, já concluiu facilmente que seu estilo de vida não estava sendo favorável naquele jogo do mundo real. Sua pontuação final o colocava num percentil de saúde abaixo de 70% dos brasileiros dentro da sua faixa etária. A cor do seu avatar era roxa, e o emoji que resumia o diagnóstico era de um rosto com uma feição preocupada.

Na seção de recomendações para melhorar a pontuação, uma série de alternativas era disposta. Um novo cardápio personalizado para suas necessidades específicas já estava pronto, com um aviso de que as atualizações eram feitas diariamente de acordo com o desempenho do cidadão. Outra opção era uma nova rotina de exercícios físicos, que incluíam toda a sorte de esportes, desde caminhadas até modalidades de maior intensidade. Além disso, havia uma curadoria de conteúdos em áudio, texto e vídeo que teriam uma proposta de aprimorar o humor e reduzir seu estresse. No rodapé da página, uma configuração opcional que poderia ser ativada para que Deco recebesse alertas em seu aparelho constantemente para aperfeiçoar sua performance no aplicativo.

Havia ainda uma última parte que listava as possibilidades que cada brasileiro tinha para trocar ou gastar os pontos. Basicamente, as opções transitavam entre abatimentos em despesas de consumo, como água e luz, e aumentos na restituição de imposto de renda. Deco não clicou em nada, mas quase pôde sentir as doses de hormônios de excitação sendo despejados em seu organismo para que ele não largasse mais o uso daquilo.

Ele ainda não sabia bem o que dependia de um input seu e o que era capturado automaticamente pelo celular. A cada descoberta, uma sensação de surpresa com o poder que aquele pequeno aparelho já tinha de entender alguém biologicamente. Ficava se perguntando o quanto da população brasileira era desengajada com o app assim como ele, que apenas o baixou por obrigação do governo para manter seus benefícios sociais.

Quando a aeronave de fato parou após taxiar na pista, ele travou o dispositivo e guardou-o no bolso. Seguiu os procedimentos-padrão de desembarque e, em poucos minutos, já estava do lado de fora do saguão esperando um táxi. Logo que entrou pelo banco de trás, colocou o endereço desejado. Uma padaria no Lago Sul.

Demorou pouco mais de vinte minutos até o destino final. Como combinado, Vera Fonseca, uma amiga jornalista de longa data, já o aguardava sentada em uma das mesas ao fundo do local. Os dois se abraçaram com a mesma intimidade dos anos em que trabalharam juntos no começo de carreira em São Paulo. A última vez que ambos se encontraram havia sido no mês seguinte à venda do *Jornal da Capital*, fazia alguns anos. Ele estava ainda tomado de ódio e buscando algo para fazer para fugir de tanta turbulência pessoal.

Deco pediu um café para acompanhar o que prometia ser uma longa conversa. Depois de alguns minutos de quebra-gelo, com atualizações da vida pessoal e brincadeiras sobre como os dois estavam envelhecidos, ele deu mais detalhes da sua visita após um breve resumo enviado por mensagem no dia anterior. Explicou o máximo que achava conveniente para ela sobre a morte de Jonas, as descobertas no seu apartamento, a ida à Cracolândia e a missão dada a Guto.

— Deixa eu ver quem é esse Pedro? — perguntou ela, pedindo a ele seu celular.

— Claro, aqui algumas fotos que encontrei na internet. Não tenho uma mais atual por motivos óbvios. Ele está irreconhecível.

Vera então olhou com atenção para uma foto. Depois outra e outra. Pensou, soltou um suspiro desanimado, coçou a cabeça.

— É, não o conheço, Deco. Nunca vi o sujeito aqui em Brasília.

— Que saco! Se você não sabe quem é, talvez eu esteja indo pelo caminho errado.

— Sua grande isca é o negócio dos caracóis?

— Você está parecendo o Guto.

Ela riu, sem graça. Mudou o tom de voz para se desculpar.

— Não acho que é besta, foi uma pergunta afirmativa. O que quer saber de mim?

— Vera, você é a maior entendedora de Brasília que conheço. Acabou de acompanhar o ministro da Saúde para cobrir uma viagem de propaganda do AppSUS na China. Eu quero entender a relação desta empresa, que é responsável pelo aplicativo, com o nosso governo.

— A empresa deste logo chama-se Zest. Tudo o que sei é da época em que fecharam o contrato para o aplicativo. Era começo de governo, você lembra... uma enxurrada de informações e a gente tinha que se virar nos trinta pra dar conta de tudo.

— Alguma coisa suspeita deste contrato? Algo que tenha lhe chamado a atenção?

— A única polêmica na época foi a ausência de licitação. Até teve uma, pra seguir o procedimento formal, mas só a Zest apresentou proposta e levou o edital. A justificativa, pelo que me lembre, era que nenhuma outra empresa tinha expertise em fornecer serviço de saúde e tecnologia para uma entidade pública. Em menos de um mês, o Joaquim Damasceno já estava lançando-o em rede nacional, que já estava funcionando direitinho. Foi tudo muito rápido e grandioso. Você sabe que este era um dos grandes planos deste governo, né?

— Claro, me lembro da história de privatizar o SUS. Foram debates atrás de debates nas eleições, as redes sociais bombando...

— O Joaquim Damasceno nem estava ainda na pauta naquela época. Ganhou o candidato que prometeu que não iria privatizar o sistema, mas não deu nenhuma fórmula mágica para equacionar financeiramente o problema. Por mais que a oposição tenha batido nesse argumento racional, o brasileiro só queria saber que o SUS não seria vendido para alguma empresa privada.

— Pelo que você sabe, ele ainda não aparecia nas discussões?

— Nada, nadinha. O presidente venceu as eleições, celebrou e assumiu no começo de janeiro. Era tanto problema pra resolver no país, que todo mundo estava de olho nos tais primeiros cem dias. Você lembra daquele plano mirabolante?

— Lembro. Estava estampado em tudo que era portal de notícias. Tinha até nome, né?

— Choque Brasil.

— Isso. Que coisa cafona.

— É, mas colou. Todos estavam empolgados. O Joaquim foi anunciado ministro da Saúde na primeira semana, numa cerimônia apartada. Eu estava lá cobrindo. Foi vendido para o povo como o empresário salvador que vai trazer a eficiência do mundo corporativo para o poder público. Aquela baboseira que ficou até hoje. Ele é tido como o não político, aquele que não se contamina pelo jogo de bastidor do Congresso, enfim.

— E você não compra isso?

— Nem eu, nem ninguém que minimamente conhece os bastidores. O Joaquim veio do mundo dos negócios, é verdade. Mas é um político nato. Sorri o tempo todo. É simpático, olha nos olhos, trata bem qualquer um. Conversa, negocia, ouve, argumenta. Da porta para fora, um amor de pessoa.

— E da porta pra dentro?

— Um ser humano normal, que tem um monte de bucha pra resolver, reunião pra fazer, família ligando o tempo todo. Mas eu acompanhei a comitiva nesta viagem de agora como jornalista. Tive acesso a ele em momentos mais íntimos, mas no avião ele se trancava na cabine dele e ninguém tinha acesso. É político raiz mesmo, Deco, estou te falando. Abre a vulnerabilidade quando convém para se mostrar mais humano para o jornalista ter empatia e não criticá-lo muito na hora de escrever a matéria.

— Entendi. O que mais você lembra dessa época do AppSUS?

— Como te falei, foi um período muito conturbado. Todo dia, tinha uma medida nova, um anúncio diferente. Este governo fez os primeiros cem dias mais agitados da história, e era exatamente isso o que o povo queria. Movimento, mesmo que torto, errado. A gente estava cansado daquela mesmice de sempre e que não trazia perspectiva positiva para ninguém. Quando o aplicativo foi lançado, até teve crítica daqui e dali, gente receosa de abrir seus dados, com medo de o governo espionar demais suas vidas, encarecer o plano de saúde, enfim... mas não teve a tração necessária para gerar calor em ninguém do alto escalão. É até fácil saber por quê. Você usa muito o app?

— Estou viciado nele desde que acordei.

— Ele é muito bom, Deco! Te incentiva verdadeiramente a cuidar da saúde. Eu abro o meu todos os dias. Já estou irritada aqui porque esta conversa contigo já me rendeu uns pontos a menos de tanto café e pão na chapa que eu comi — disse ela sarcasticamente, soltando uma risada sincera.

— O povo então gostou tanto que nem quis entrar na parte chata.

— Como tudo na vida, né? Povo quer dinheiro no bolso, segurança e estabilidade. Não quer mais chateação além do que o dia a dia já traz. É por isso que tem tanta gente que se vicia em política. O pão e circo é a equação mais simples e real que algum governante já inventou na história.

A triste constatação depois de muita intensidade gerou um vale na conversa, que serviu para Deco dar o último gole no café e ela se ajeitar na cadeira. Ao fazer isso, pegou o celular da mesa e viu a foto de Pedro novamente.

— Este cara aqui então deve conhecer algo entre Zest e Joaquim, que o fez gritar para você não se meter.

— Eu tenho certeza disso, só não sei como provar.

— Respeito seu faro, você sabe. Se quiser, posso fazer algumas ligações aqui para caçar mais alguma informação sobre isso — disse ela, enquanto deslizava o dedo para a direita, passando o olho em todas as fotos que ele tinha armazenado da pesquisa.

— Te agradeço, Vera. Mas eu também confio no seu faro. Se nada respingou em você, é porque está muito bem guardado. Esse desafio talvez me dê mais trabalho do que eu queria, sabe? Além disso, não quero depender de o bunda-mole do Guto pescar alguma coisa lá nos Estados...

— Ei, ei, espere...

— Que foi?

Vera engoliu em seco, usou seus dois dedos para ampliar a imagem do celular e aproximou-o dos seus olhos para ver mais de perto. Logo, abriu um sorriso.

— Está vendo esta marca aqui nesta camisa social do Pedro?

— Sim. Esta curva embaixo das iniciais.

— Isso mesmo. Eu a vejo quase todos os dias aqui em Brasília.

— Como assim?

— Um monte de político usa camisas com esta marca. Elas são feitas por um mesmo alfaiate, o seu Luiz, superconhecido na cidade.

— Você sabe onde ele fica?!

— Claro que sei, vou pegar o endereço e te mando por mensagem.

O coração de Deco voltava a acelerar além do normal depois de um bom tempo. Sentia aquele combustível irradiar por todo o corpo e mal conseguia gerenciar tanta animação. Agradeceu à Vera com um beijo no rosto e deu um sorriso largo para ela antes de desaparecer da padaria. Nem precisava explicar por que tinha que correr até o lugar para trazer mais uma luz à sua jornada investigativa. Ela também era jornalista e sabia o que tinha acabado de dar para seu amigo.

Deco então chamou outro táxi e colocou o endereço do alfaiate. Ficava na Asa Norte, a cerca de quinze minutos dali. O dia ensolarado e o horário próximo ao meio-dia faziam com que ele transpirasse mais do que a própria excitação já causava. Secou a testa com o dorso do antebraço como podia.

Assim que chegou, se deparou com um comércio pequeno, localizado em um boulevard com outras lojas variadas, como ótica, drogaria e lavanderia. A fachada era bem-arrumada e parecia recém-reformada. Na entrada, apenas um balcão de madeira com um computador na parte de trás e uma cadeira, que devia ser ocupada por algum recepcionista. Uma cortina cobria o fundo do estabelecimento, onde a cozinha devia operar.

Viu uma pequena campainha de mesa e decidiu tocar com delicadeza.

Em poucos segundos, um senhor na casa dos sessenta e muitos anos apareceu com um sorriso no rosto e alguma dificuldade na caminhada. Vestia trajes formais e compridos demais para o clima da cidade.

— Olá, bom dia. Em que posso ajudar?

— Você é o seu Luiz?

— Eu mesmo.

— Muito prazer, sou André. Não quero tomar seu tempo, então vou ser muito direto. Vim aqui recomendado por uma amiga jornalista. Estou à procura de um amigo e me disseram que talvez você o conheça. Ele se chama Pedro Jaworsky — disse ele, mostrando a melhor foto que tinha em seu celular.

— Ah, sim, o Pedro!

— Você o conhece?

— Claro que o conheço. Um de meus clientes mais fiéis!

— Que bom! Ele vinha muito aqui?

— Sim, sim. Já não o vejo faz tempo, mas eu fiz quase todas suas roupas. Pedro era muito simpático e me arrumou muito cliente.

— Ah, ele indicava o senhor?

— Sim. Choveu político aqui na minha alfaiataria depois de o Pedro se tornar um cliente assíduo. Ele pegava meu cartão e dizia que distribuía para todo político que encontrava.

— Não me diga. O Pedro era assim mesmo, não é? Sempre disposto a ajudar. Uma última pergunta, seu Luiz. O ministro Joaquim Damasceno é seu cliente?

— Sim, dos melhores! Acabei de reformar seu terno que veio da China.

CAPÍTULO 9

DETROIT, ESTADOS UNIDOS

Guto pousou no aeroporto Wayne County perto do meio-dia. Seu voo vindo de Washington atrasou algumas horas pelo mau tempo, o que afetou bastante sua paciência, já agravada pela fome de almoço que se instaurou. A perna nervosa, que balançava sem parar, e o chiclete mascado em ritmo acelerado davam o tom do agito interno que trouxe para sua vida logo após o rompante da entrevista com a senadora Hudson.

No dia anterior, assim que saiu da sala e se despediu da comitiva do governo, ouviu um forte sermão de Sean e de seu chefe direto. Teve que responder inúmeras vezes por que tinha feito aquilo e sentiu que não soube mentir ao repetir sempre que seguiu seu faro jornalístico com base em suas fontes. Não era uma posição confortável e o estilo combativo não condizia com sua personalidade.

Ao mesmo tempo, reconheceu-se que agora eles tinham ouro na mão com a confissão privada sobre o executivo da Stellar. Era algo que apenas o Herald sabia e uma confiança criada com a política que precisava ser respeitada e, acima de tudo, devolvida em forma de novas descobertas. Guto também conseguiu criar um vínculo rapidamente com ela e isso contou a seu favor.

A atitude foi repreendida, mas os fins justificaram os meios. Mesmo tendo que ver muita cara feia, saiu por cima, de um jeito que não o deixou orgulhoso. A decisão inevitável da empresa foi colocá-lo na liderança da investigação, apoiado por outros repórteres e equipe de apoio de pesquisa que ficaria em Washington. Com as credenciais oficiais de um grande periódico, protocolou um pedido de entrevista com a Stellar pelos canais oficiais. Mesmo sem resposta, conseguiu a aprovação para viajar a Detroit e colher tudo o que era preciso para o caso. Uma hora a montadora precisaria se pronunciar e a imprensa estaria ali para ouvir e fazer perguntas.

Assim que saiu da sala onde recebeu sua nova missão, tratou de comprar um pacote grande de chiclete e, desde então, era um atrás do outro.

A sede da Stellar ficava na cidade de Pontiac, a cerca de trinta minutos de carro ao norte de Detroit. Desde que a indústria automobilística adotou para valer novas tecnologias, com uma completa remodelagem dos carros e do modelo de negócio, a região vinha vivendo novamente uma era dourada. Se o começo dos anos 2000 viu a decadência de Detroit com a falência e queda de uma série de montadoras tradicionais, o período atual via surgir novas empresas do ramo focadas não apenas em vender carros, mas sim em oferecer experiências de mobilidade, com veículos autônomos e carregados de tecnologia para tornar o momento de transporte algo muito mais prazeroso e produtivo.

A Stellar havia surgido no meio dessa revolução e por isso era uma das montadoras mais novas da indústria. Nascida já com um DNA jovem e sem o ranço do passado, a empresa obteve sucesso muito rapidamente nos Estados Unidos e, mais tarde, no mundo inteiro. Com modelos ultramodernos, carregados de design e recursos, ela conseguiu abraçar um mercado de alto padrão e ganhou notoriedade por ser uma marca cobiçada entre a elite. Recentemente, com versões mais simplificadas, também começava a avançar na classe média local e internacional.

Assim que passou por todos os procedimentos de desembarque, Guto pegou um lanche rápido em uma máquina automática, alugou um carro e se dirigiu a Pontiac, que nada mais era do que uma extensão da grande Detroit, mas com ares de cidade pequena. Assim que entrou no município, foi direto à sede da empresa, que ficava na parte oeste. Resolveu dar uma passada primeiro apenas para checar como estava o local.

Como previsto, alguns veículos de imprensa já estavam estacionados na porta da Stellar. O quartel general da empresa era composto de uma imensa estrutura, que começava na parte urbana e ia até a beira de uma imensa floresta, que anunciava a chegada da natureza até a região do lago Michigan. Os edifícios eram todos envidraçados em cor escura e denunciavam uma alta força financeira. Ao fundo, era possível ver grandes galpões que deviam servir como fábrica. Tudo era muito moderno e vistoso. Imaculadamente limpa para uma indústria que outrora era sinônimo de sujeira e poluição.

A maioria dos repórteres estava sentada em estruturas improvisadas à espera de quem quer que saísse ou entrasse no lugar. Aquilo já o deixou desconfortável. Já havia deixado claro para a direção do jornal que não adotaria um plano de se acotovelar por ali para capturar as mesmas imagens e sons da maioria da imprensa. Iria adotar uma abordagem investigativa com o trunfo que tinha em mãos.

Afinal, eu não sou o Deco, pensou.

Seus pensamentos foram interrompidos pelo toque do celular que ecoou no alto-falante de seu carro — que não era um Stellar. Ao olhar para a tela, viu que era Stephan, um dos estagiários do Herald que ajudava a equipe de jornalistas com quaisquer dados de suporte para as matérias.

— Oi, Steph, como vai?

— Olá, Guto. Tenho novidades para você sobre o McKellar.

— Ah, ótimo. Acabei de chegar aqui na Stellar. O que você descobriu sobre ele?

— Bom, vamos lá. Ian Mckellar tem quarenta e seis anos de idade. Nasceu em Birmingham, na Inglaterra, mas se mudou aos dez anos para Chicago, onde cresceu até a época de faculdade. Seu pai era banqueiro e foi transferido para cá. Se formou em engenharia da computação na Universidade de Stanford, na Califórnia. Começou a carreira em uma startup de games, mas ficou pouco tempo. Em seguida, foi trabalhar para a Olive, onde ficou quase quinze anos.

— A empresa de criptomoedas?

— Sim. Ian fez sua carreira na Olive. Começou na área de produtos, mas logo migrou para tecnologia, onde deslanchou. Se tornou o CTO da empresa e ficou no cargo até eles serem vendidos para o National Bank.

— Imagino que tenha ficado muito rico.

— Sim, como todos os sócios. Assim que a empresa foi vendida, Ian voltou a morar no seu país natal com a família. Parece que investiu em algumas empresas por lá ligadas ao agronegócio. Fazia drones para agricultura de precisão. Tudo o que li é que os investimentos não tiveram muito sucesso. Em seguida, a Stellar anunciou que o havia contratado para assumir toda a área de tecnologia.

— Hum, então Ian voltou para os Estados Unidos?

— Sim. Ele trabalha na Stellar há mais de três anos. Sempre na mesma função.

— Ok. E o que mais sabemos sobre ele? Sua personalidade, gostos, hobbies etc.

— Ele faz o tipo executivo brilhante com muitos tons de arrogância e prepotência. Assisti a uma entrevista dele para um programa de empreendedorismo em que ficou clara sua postura de sabichão. Alguns colegas de trabalho já o definiram como "trator", "avião" ou qualquer adjetivo que indique que ele não costuma respeitar muitos limites postos.

— Entendi. Alguma atividade recente que tenha saído na mídia?

— Nada muito marcante. Faz quatro meses que a Stellar anunciou uma nova parceria com uma fabricante de vidros para deixar a frente dos carros mais tecnológica, com mais recursos audiovisuais para os passageiros. Eles fizeram uma entrevista coletiva com esse fabricante e lançaram a novidade. Sem muitas emoções.

— E o Ian deu alguma outra entrevista? Falou algo interessante?

— Nada além de negócios. Ele não faz o tipo showman que consegue cativar o público. Seu estilo é seco e direto. Me parece um cara que sabe muito o que faz, é viciado em trabalho e não transparece muitas emoções.

— Hum, está bem. Isso é tudo?

— É tudo.

E assim Guto deu o comando com a mão para que a ligação se encerrasse. Não havia nenhuma grande bomba ou novidade sobre Ian, a não ser alguns traços de personalidade que a senadora Hudson já havia adiantado. Seria interessante ver como um gênio da tecnologia, nascido e criado no Vale do Silício e com postura de superioridade lidaria com uma falha tão brutal na própria cozinha. Talvez este fosse o grande conflito que estaria atrasando o pronunciamento da empresa à imprensa.

Guto dirigiu-se então ao seu hotel. Assim que se acomodou, tomou um banho e ligou para a família. Conversou com a mulher e os filhos e teve um pouco a sensação de estar em casa novamente. Um sentimento reconfortante e que lhe trazia forças para continuar mais um pouco sua investigação e entregar o que tinha encontrado a Deco para que ele fosse atrás. Não pretendia perdurar mais do que alguns dias naquilo.

Já à noite, Guto caminhou até um pub que ficava na região, perto de algumas moradias mais populares. De acordo com sua pesquisa prévia, naquelas ruas residia boa parte dos trabalhadores da Stellar, pela proximidade com a fábrica. Para a pequena cidade de Pontiac, a montadora era a principal empregadora da população. Sua ideia era se misturar, sentir o clima entre as pessoas em meio ao escândalo e à turbulência que se anunciava.

E, quem sabe, descobrir alguma coisa.

O nome do pub era bem sugestivo — Stellar's Yard — algo como "o quintal da Stellar". Já passava das vinte horas e o local estava bem movimentado. Guto caminhou entre as mesas até o balcão onde procurou o primeiro espaço vago para se sentar em um banco. Queria ficar numa posição bem central para acompanhar o que se passava ali e tentar conversar com alguém. Numa primeira observação, percebeu que o perfil do público era bem diverso. Havia jovens bebendo e conversando animadamente, mas também era possível encontrar pessoas mais velhas, homens e mulheres, que estavam jantando e se divertindo.

Guto pediu uma cerveja local e uma costela com batatas assadas. Em seu estômago havia apenas um almoço rápido no aeroporto e mais nada. Precisava de calorias e de tempo. Enquanto esperava seu prato, sacou o celular e navegou por alguns aplicativos. Estava mais se ambientando do que prestando atenção em algo.

Olhou para o lado e viu um homem de cinquenta e poucos anos sentado sozinho, comendo um sanduíche recheado de carne com queijo. Estava vestindo camisa xadrez, boné do time de futebol americano local e tinha uma barba grossa e comprida. Seu estereótipo era de um clássico trabalhador de uma indústria automotiva, possivelmente da fábrica. Enquanto isso, em uma das TVs do pub, o noticiário mostrava a entrada da Stellar com uma manchete que dizia que os repórteres estavam aguardando a fala de um representante da empresa.

— Que loucura esse caso! Ainda ninguém falou nada? — Guto puxou assunto com a cabeça inclinada em direção à TV.

O homem desviou o olhar do sanduíche e se dirigiu a ele. Demorou alguns segundos para tirar sua concentração da comida para engajar na conversa.

— Esses repórteres podem esperar sentados. Aposto que vão fazer alguma coisa gravada e só mandar o vídeo pela internet — disse ele, ainda com a boca cheia da última mordida no pão.

— Hum, é possível. Eu sou um deles. Por isso vim cuidar da minha fome primeiro.

— Faz muito bem. Nem precisa voltar lá, meu chapa. Aproveita e toma umas cervejas aí por conta da empresa.

— É, acho que vou fazer isso. Você trabalha lá?

— Há mais de um ano agora. Meu antigo emprego era num fornecedor deles; eles me ofereceram um emprego e resolvi tentar a vida por aqui.

— Imagino que tenha sido uma boa decisão.

— Ah, é tudo a mesma coisa. Um emprego é um emprego. Você entra cedo, sai tarde, recebe seu salário e vai para casa.

— Ou para num pub.

— Quando sua mulher resolve sair com seus filhos para jantar na casa da irmã, você dá uma passada por aqui pra comer o melhor sanduíche de costela do Michigan! E, claro, tomar uma gelada.

Os dois riram juntos logo em seguida.

— Me chamo Guto, prazer. Trabalho no Herald de Washington.

— Sou John. O pessoal me conhece por JJ.

— Bom te conhecer, JJ. Você trabalha em que área da Stellar?

— Sou vidraceiro. Não é para me gabar, mas o melhor vidraceiro aqui da região. Então, quando você estiver dirigindo um carro elétrico por aí e abrir o vidro para tomar uma brisa, saiba que fui eu que instalei e garanti que ele não quebre na sua mão.

— Hum, excelente. Já tive alguns vidraceiros que não fizeram bons serviços. Na capital, te cobram o olho da cara e te entregam um trabalho porcaria.

A conversa despretensiosa e pouco profunda foi interrompida por outro homem que chegou por trás de JJ e lhe deu um tapa no ombro. Ele olhou para trás e retribuiu o gesto com um sorriso e um aperto de mãos caloroso. Possivelmente, o encontro de dois amigos ali no bar.

— Estou aqui falando com um repórter de Washington — anunciou JJ ao novo integrante da conversa que era fisicamente muito parecido com ele.

— Ah, seja bem-vindo a Pontiac! Você deve estar com a bunda quadrada e com a barriga cheia de café.

Guto sorriu e acenou com a cabeça positivamente. O homem se sentou do outro lado de JJ, e o jornalista sentiu que iria segurar vela dos dois amigos.

— Pelo visto, a Stellar não tem uma boa fama de atender à imprensa, não é mesmo?

— Nunca tiveram — respondeu o homem. — Não falaram nada no caso de suicídio e não vão falar nada agora.

— Caso de suicídio?

Os dois homens se entreolharam, e JJ resolveu falar.

— Faz alguns dias que um engenheiro da Stellar se jogou nos trilhos do trem. Ninguém sabe muito bem o que aconteceu, mas os boatos são de que ele se matou. Parece que teve carta para a família e tudo mais. Depressão.

— Ah, e a empresa não falou nada?

— Não, ficamos sabendo no boca a boca. Nem uma nota interna. Esta cidade é pequena, e a notícia corre que nem água na chuva. Mas ninguém conhecia muito bem o cara. Ele não era do chão de fábrica, trabalhava com tecnologia. Veio de fora, não é das redondezas.

— Hum, entendi. Acho que a transparência não é o forte deles.

— Não, nem um pouco. Por isso, aproveite seu jantar. É o máximo que você vai ter aqui em Pontiac!

CAPÍTULO 10

PONTIAC, ESTADOS UNIDOS

A casa de Ian Mckellar era realmente imponente. A construção era muito moderna e em nada lembrava a arquitetura tradicional americana. Tinha três andares, traços retangulares e alguns vãos onde brotavam jardins e estruturas de iluminação, que estavam apagadas por ser de manhã. As janelas eram bem amplas e envidraçadas; os telhados, quase planos e pareciam também servir como terraço. A madeira escura dava um charme diferente para o local.

O dia estava ensolarado e frio. A rua era muito tranquila e com vizinhos que demonstravam poder aquisitivo pelo menos semelhante ao do executivo da Stellar, julgando também pela grandeza das residências. Em sua pesquisa na noite anterior, descobriu que o bairro havia sido construído há poucos anos para abrigar funcionários de alto escalão da indústria automotiva, que voltava a ditar o ritmo da região.

Guto estava ali há quase uma hora, observando aquela casa de dentro do carro que alugara assim que chegou. O café já tinha sido consumido, assim como o sanduíche que trouxe embrulhado em um papel do seu hotel. Bufava a cada dois minutos quando percebia que nada aconteceria. Não porque estava a fim de interpelar alguém que morasse ali com perguntas difíceis, mas justamente porque não queria seguir o caminho ordenado por seus superiores.

Estava cansado de não agir, e decidiu ligar para sua equipe de suporte em Washington.

— Fala, Guto.

— Oi, Steph. Preciso de uma ajuda sua.

— Claro, pode dizer.

— Mas precisa ser em off. Não divida isso com ninguém até termos algo concreto, ok?

— Ok, você que manda.

— Preciso que investigue um suicídio que aconteceu aqui nas imediações de Pontiac faz pouco tempo. Tudo o que sei é que a pessoa era um engenheiro da Stellar. Deve ter saído notícia ou pelo menos comentários em redes sociais sobre o caso. Descubra tudo o que puder sobre este caso e me retorne quando tiver algo, pode ser?

— Claro, farei isso. Suspeita que pode ter a ver com a morte do brasileiro?

— Não sei, mas duas mortes ligadas a uma só empresa pode não ser coincidência.

— Ok, Guto. Te aviso assim que souber de algo.

Assim que desligou o telefone, decidiu dar partida no carro e rumar para o plano B. Tentaria tirar alguma coisa da única pista que esbarrou ontem à noite em sua pesquisa particular sobre Ian. Não era lá muito promissora, mas estava odiando se ver como um policial à moda antiga, à espreita de seu alvo em segredo.

Dirigiu alguns minutos até chegar ao Arnold's, um restaurante de comida americana da região. Por fora, não apresentava nenhuma característica marcante, mas, em sua jornada de vasculhar os rastros digitais de Ian, descobriu que ele era um frequentador assíduo, com várias fotos sendo publicadas pelo perfil oficial do estabelecimento, provavelmente por funcionários que ali trabalhavam e que sorriam com ele sentado no balcão. Pela variedade de postagens nos últimos meses, e pela falta de outras pistas mais contundentes, concluiu que valeria investir o tempo ali.

Estacionou o carro e entrou pela porta da frente. O lugar era escuro e tinha cheiro de produtos de limpeza. À primeira vista, parecia que ainda estava fechado para clientes, já que não servia café da manhã e era cedo para o almoço. Mesmo assim, seguiu em frente até encontrar um homem que arrumava alguns pratos e copos atrás do balcão. Pela expressão facial e a resposta silenciosa ao "bom dia" dado por Guto, percebeu que sua presença não era muito bem-vinda.

— Sou jornalista de uma empresa de DC. Estamos em contato com Ian Mckellar para uma entrevista, e ele nos sugeriu que poderíamos fazer aqui.

— Aqui?! Mas só abrimos após as doze horas.

— Ainda estamos discutindo o horário, na verdade. Eu resolvi vir mais cedo para quem sabe esperá-lo.

— Nós ainda estamos fechados. Você não pode ficar aqui dentro.

— Sabe me dizer se ele vem bastante neste restaurante?

A falta de traquejo de Guto para essas situações era visível. E a falta de paciência do funcionário também.

— Esse cara é o diretor da montadora, né?

— Sim, ele mesmo.

Uma cabeça abaixada pensativa e alguns segundos de silêncio.

— Já o vi algumas vezes, sim. Mas, cara, ainda estamos fechados, já te disse. Volte mais tarde.

— Posso falar com seu gerente?

O mau humor logo escalou para uma raiva moderada.

— Não, estou sozinho. Vamos realmente ter problemas?

— Eu estou procurando um lugar para esperá-lo, só isso. Pelas redes sociais, vi que seu gerente gosta de tirar fotos com Ian aqui dentro, por isso achei que ele saberia dizer mais.

— Procure no clube de tiro!

— Qual clube?

— Olha, meu chapa, eu só conheço esse engravatado de vista quando se senta no balcão. Já o vi várias vezes usando uma camisa de gola com o logo do clube de tiro de Pontiac. Já entendi que você está atrás do cara, então procure lá e me deixe fazer meu trabalho em paz.

Guto assentiu e com um olhar agradeceu-o pela informação. Sentiu-se aliviado de poder sair dali, com pelo menos algo de novo e nenhuma briga física na qual detestaria se envolver por uma migalha de atenção.

Assim que saiu pela porta, viu que havia recebido mensagens de Steph. Decidiu retornar logo em seguida.

— E aí, descobriu algo?

— Sim, algumas coisas. Pode falar?

— Claro. Estou entrando no carro, mas manda ver.

— O nome do engenheiro é Julian Fitzpatrick, um americano. Ele se matou faz três semanas, se jogando nos trilhos do trem, como você descobriu. Só encontrei uma nota de rodapé no jornal da região, com um relato simples e direto sobre a morte. Precisei caçar bastante nas redes e encontrei um depoimento da namorada do cara.

— Alguma razão anunciada para o suicídio?

— A namorada relatou ter sido uma grande surpresa. Não teve nada de anormal nos dias que antecederam à sua morte. Ele era reservado e muito dedicado ao trabalho. Revirei alguns trabalhos técnicos que ele publicou, e parecia muito bom no que fazia. Mas ela disse que conversou com ele de manhã e, de noite, pum! Recebeu o telefonema dos policiais.

— Nenhum parente próximo se manifestou?

— Nada. Descobri que os pais moram no Mississippi, mas não têm perfis públicos nas redes.

— Nenhuma reação da Stellar?

— Nada. Ele era engenheiro, mas no perfil profissional indicava que era da área de Tecnologia. É a mesma do Ian, certo?

— Sim, Ian é o diretor técnico da empresa. Ok, Steph, obrigado. Tenho mais uma última tentativa aqui, me deseje boa sorte.

Guto novamente deu partida no carro e colocou no GPS as coordenadas do clube de tiro da região. Ficava a pouco mais de vinte minutos a leste, na direção de Detroit. Durante o trajeto, sentiu arrependimento por inúmeras vezes. Uma vontade de voltar no tempo e tomar outra decisão. Poderia não ter dado bola para Deco; poderia não ter entrado de supetão na sala do diretor do jornal; poderia ter declinado respeitosamente o convite de ter sido enviado para lá, para o meio do nada, à procura de qualquer segredo que um executivo da Stellar pudesse esconder só por causa da suspeita de uma senadora americana.

Ele já havia sentido aquilo inúmeras vezes. Desde que decidiu vender o *Jornal da Capital* em sociedade com Deco, à revelia dele, nunca mais confiou plenamente em seus instintos. Experimentou na pele os efeitos colaterais indesejados de uma atitude egoísta, mesmo que racionalmente necessária. Porém, já não tinha certeza se saiu ganhando ou perdendo daquilo. Nunca mais conseguiu se sentir completamente sereno, em paz com sua consciência.

Detroit estava relembrando-o da sua insegurança novamente.

O clube de tiro era um lugar claramente dedicado às elites. Lembrava uma pousada de luxo graças à sua arquitetura moderna e aos elementos visuais, que davam ares de sofisticação e exclusividade a uma prática democrática nos Estados Unidos. Guto estacionou e foi caminhando até a entrada. Decidiu que faria a abordagem direto com o recepcionista que o aguardava com um sorriso no rosto atrás do balcão.

— Olá, bom dia. Sou Guto, um repórter do Washington Herald. Estou procurando um frequentador do clube chamado Ian Mckellar. Ele está por aqui hoje?

— São muitos os sócios do clube, senhor.

— Você não o conhece, certo? Eu tenho uma informação valiosa para ele e precisava muito encontrá-lo. Consegue ver nos seus registros quando foi a última visita?

— Eu consigo, mas não posso revelar isso para o senhor.

— Veja bem, eu entendo suas restrições de privacidade. Mas seu cliente ficaria muito grato em me encontrar, pode acreditar.

— Eu posso acreditar em você, mas, mesmo assim, não posso fazer nada. Me desculpe.

Guto encarou-o por mais alguns segundos, sem saber o que fazer. Estava agindo novamente por impulso. A frustração crescia à medida que ele perdia sua racionalidade ou qualquer tipo de estratégia para encontrar algo sobre seu alvo. O modo impassível como o recepcionista respondia às suas perguntas impulsivas era apenas um reflexo de como estava perdido.

Decidiu então dar um passo atrás e caminhou em direção a um café que ficava logo na entrada. Alguns homens estavam sentados em mesas conversando ou apenas comendo algo. Um ambiente de paz e calmaria reinava, contrapondo o agito que se instaurou em sua mente. As salas de tiro deviam ser muito protegidas por camadas antirruído, uma vez que nenhum estampido era audível. Aquilo ilustrava exatamente o que era: um espaço de convivência de pessoas muito ricas à procura de um hobby.

Pediu um café gelado, ainda no piloto automático. Mandou mensagem para Steph à procura de novidades, mas leu uma rápida resposta desanimadora. Nenhuma descoberta adicional ao que foi dito na ligação passada. Deu várias goladas enquanto sua cabeça girava em torno de alternativas para tirá-lo daquele buraco.

— Desculpe, senhor. Vi que estava perguntando sobre o sr. Mckellar.

Guto reconheceu prontamente o rapaz. Estava sentado ao lado do recepcionista que o atendeu, provavelmente um assistente ou algo assim.

— Ah, sim. Obrigado. Você o conhece?

— Conheço, sim. O que quer saber dele?

— Eu estou investigando o hackeamento do carro da Stellar, assim como todos da imprensa. Tenho uma fonte que me disse para procurá-lo, que a resposta estaria com ele. Então, estou caçando qualquer coisa para ser sincero.

— Posso me sentar?

— Claro — respondeu, já puxando uma cadeira para seu novo amigo.

— Eu trabalhei na Stellar há pouco tempo — disse o rapaz com a voz baixa, em tom de confissão. — Ian era meu diretor.

— Hum, então você o conhecia bem.

— Sim. Eu era apenas um estagiário. Curso engenharia e consegui um bom emprego na montadora.

— Por que saiu?

— Aquele lugar tem uma cultura horrorosa, cara. Trabalha-se muito, os gerentes colocam pressão o tempo todo. Te sugam até a alma e não estão muito a fim de medir as palavras ou os atos. Eu não aguentei mais de seis meses naquele inferno e pedi as contas. Prefiro ganhar menos aqui, mas ter qualidade de vida.

— Ian era muito ativo nesse ambiente?

— Sim, ele que ditava o ritmo, cara. As reuniões na sala dele eram sempre cheias de gritaria. Pessoas saíam chorando dali. O homem era um rolo compressor que passava por cima de quem fosse. Devia vir aqui no clube de tiro descarregar mais um pouco da sua raiva interna.

— Entendi, certo. Deixe-me te fazer outra pergunta. Você conhecia Julian Fitzpatrick?

Guto sentiu o espanto no olho do menino.

— Sim, sim. O que aconteceu com ele foi uma tragédia, ok? Por que estão perguntando sobre Julian?!

— Só eu soube do que aconteceu, ninguém mais da imprensa. Você tem mais informações sobre ele?

— Julian deve ter tido um burnout, cara. Na semana anterior à sua morte, foram anunciadas algumas promoções na engenharia. Todas elas de pessoas incompetentes, mas que eram protegidas pela diretoria, faziam a cena corporativa, sabe? Ele trabalhou duro por anos, era na dele e fazia um trabalho muito bem-feito. Eu tenho certeza de que aquilo mexeu com sua cabeça. Deve ter tido um surto e do nada pulou no trem. Não foi algo pensado, arquitetado, entende? Foi um momento de explosão de raiva. Ele não era disso.

— Disso o quê?

— Disso de suicídio. Era um cara quieto, mas só. Aquela empresa mexe com os brios de qualquer um, pode acreditar.

— Você conhece mais alguém da família? Ou mais algum amigo?

— Não, só conhecia Julian do trabalho mesmo. Todos ficaram em choque, mas ninguém soube mais nada. É a cultura da Stellar a culpada por tudo, cara, pode ter certeza.

— Ok, entendido. Obrigado pelo seu relato.

Guto esticou o braço e cumprimentou o rapaz cordialmente, acenando positivamente com a cabeça como num encerramento da conversa. Em seguida, foi até o caixa e pagou pelo café, antes de sair do local com uma missão muito clara na cabeça.

Novamente, sentiu coisas conflitantes. Seu instinto lhe indicava o próximo passo, que era bem claro, mas significava se envolver um pouco mais naquela história ainda mal-explicada. Ao mesmo tempo, ainda se perguntava como que, em poucos dias, deixou sua rotina previsível e estável de Washington para se jogar no meio de uma cidade pequena no Michigan. Soltou um longo suspiro e decidiu encarar a verdade. Precisava dar mais um passo.

Estava na hora de confrontar Ian Mckellar de vez.

* * *

Um carro estava estacionado na porta do clube. Assim que Guto saiu e começou a andar na direção de Pontiac, o motorista apertou alguns botões do painel e iniciou uma ligação no viva-voz.

— Ele acabou de sair.

— Ótimo. O que ele fez?

— Conversou com um menino lá dentro. Não sei bem o que falaram.

— Ok, não o perca de vista. Siga todos os passos dele e me ligue sempre que tiver qualquer novidade.

— Pode deixar.

CAPÍTULO 11

BRASÍLIA, DISTRITO FEDERAL, BRASIL

As pernas inquietas faziam ecoar o som das batidas do tênis de Deco no chão de madeira do lobby do hotel luxuoso. A mulher da poltrona, de frente ao sofá em que ele estava sentado, desviava os olhos de seu livro a todo momento na curiosidade de entender pelo que tanto aquele homem de meia-idade estava ansiando. Tudo o que ela queria era um pouco de paz para ler, o que não estava sendo permitido.

Desde que se encontrou com o alfaiate no dia anterior, as horas passaram lentamente para ele. O plano era cristalino em sua cabeça e foi montado em alguns segundos. Precisava arranjar algum jeito de falar com o ministro da Saúde e jogaria sua ligação com Pedro Jaworsky como isca. Ele teria que abrir o bico sobre a relação com a Zest, e a esperança de algo iluminar sua investigação residia aí.

Deco só tinha um caminho: pedir ajuda para Vera. Assim que saiu do encontro com o alfaiate, ligou para ela, contou da sua descoberta e pediu ajuda para uma entrevista a dois. Ela comprou rapidamente sua pilha e disse que mexeria seus pauzinhos.

Em tempos normais, cavar uma entrevista com um ministro do governo não era tarefa fácil. Os inúmeros compromissos profissionais e o assédio constante eram barreiras importantes. Deco precisaria aguardar alguma brecha. Mas Joaquim não estava em um momento normal. Pelo contrário, a grande prioridade da agenda era o marketing pessoal. Precisava aproveitar o máximo possível o sucesso do AppSUS para maximizar seu capital político. No próximo ciclo eleitoral, quem sabe, ele poderia ser um forte candidato à cadeira da Presidência da República, e a dança começava desde já.

Tanto era verdade que, em pouco menos de trinta minutos, Deco recebeu uma ligação de Vera confirmando que havia conseguido um espaço com o ministro no dia seguinte, após um evento público. Ela tratou aquilo como se fosse um encaixe no médico. O ponto de encontro seria um hotel cinco estrelas de Brasília, logo após o almoço. Eles teriam pouco tempo, mas era o suficiente.

Deco passou a tarde e a noite sem pensar em mais nada. Tratou de conseguir um hotel para dormir. Assim que se hospedou, não saiu do quarto. Passou o tempo inteiro navegando por sites de notícias para descobrir mais sobre a história do ministro e mais qualquer coisa que encontrasse sobre o Pedro ou a Zest. Seu cérebro concatenou pouca coisa nova de tudo o que consumiu.

A noite foi longa e só ultrapassada graças a remédios para dormir. Lutou contra o instinto natural de abrir o frigobar e procurar alguma bebida para ajudá-lo. Ainda acordou pouco descansado, mas a adrenalina suplantava qualquer sono mal resolvido. Percorreu no automático a rotina de tomar banho, se arrumar e tomar seu café da manhã. Apenas se preocupou em comer o bastante para não precisar perder tempo com o almoço.

Chegou ao hotel da entrevista cerca de trinta minutos antes da hora combinada. Pôde ver Joaquim sair de uma sala de conferência com dezenas de pessoas, que, de acordo com sua pesquisa, eram donos de hospitais do Brasil todo. Todos caminharam para o restaurante pomposo localizado na parte externa e fizeram um almoço barulhento, regado a vinho e assistido por uma infinidade de garçons.

A espera era dolorida e foi amenizada com a chegada de Vera, que não compartilhava da mesma ansiedade que seu amigo, dada sua pontualidade e sua feição leve e serena.

Perto das 13h30, o grupo de pessoas encerrou o almoço e se dirigiu à porta de saída do restaurante. Os dois jornalistas já estavam de pé à espera da saída de Joaquim. Ele cumprimentou cordialmente todos que estavam ali e distribuiu alguns abraços e sorrisos.

Em seguida, um assessor do ministro cochichou algo em seu ouvido e apontou para a dupla que estava o aguardando. Joaquim acenou positivamente e sorriu na direção deles. Mas foi o outro homem que veio ao encontro de ambos e deu algumas instruções. Ele apontou para uma sala particular que o hotel havia disponibilizado para o encontro e orientou que fossem para lá e aguardassem cerca de vinte minutos até que o ministro estivesse pronto para falar.

No tempo esperado, a comitiva do ministro chegou. Junto dela, estava também um fotógrafo, possivelmente vindo do encontro passado, mas que talvez estivesse ali para registrar algo se assim fosse conveniente ou oportuno. Damasceno estava de ótimo humor e cumprimentou a todos com um largo sorriso e a satisfação de quem acabava de almoçar num dos melhores restaurantes da cidade. À Vera coube um abraço mais caloroso, dada a intimidade recente da última viagem juntos.

Assim que todos se sentaram e se acomodaram, ela tomou a palavra.

— Olá, Joaquim! Muito obrigada por nos receber em tão pouco tempo!

— Vera! Sempre é uma satisfação falar com você. Já se recuperou do fuso horário?

— Demorou uns dias, mas já estou no prumo novamente.

— Eu ainda acordo do nada antes do sol nascer, você acredita?

— Acredito! Cada um reage de um jeito, não é?

— Eu ainda estou lutando para entender que voltei para o Ocidente.

A conversa em ótimo humor pausou por alguns segundos à espera de o elo estranho entre os dois se apresentar.

— Olá, ministro. Sou André, jornalista independente, mas muitos me conhecem por Deco.

— Sim, já ouvi falar muito bem de você — respondeu ele prontamente.

— Que bom. Estou escrevendo uma matéria para falar sobre a iniciativa do AppSUS. Como você sabe, há muito interesse nisso fora do país e quero contar os detalhes dele para exportarmos alguma coisa boa.

— Ótimo, ótimo! Bela ideia, Deco. A imprensa cobrir essa história com a profundidade que ela merece é fundamental para o Brasil.

— Eu já tenho muitas informações aqui comigo, mas gostaria de entender com você como tudo isso surgiu. De quem foi a ideia, quem resolveu dar o primeiro passo, como isso foi recebido pelo presidente. Enfim, entender a origem para explicar seu sucesso.

— Ok, perfeito. Estou com o presidente desde os primeiros dias de seu mandato. O grande desafio dele sempre foi evitar a privatização do SUS e garantir que os brasileiros mantivessem seu sistema de saúde gratuito. Foi a promessa número um de campanha. Desde o começo, estive imerso neste objetivo. Fiz o que minha experiência de gestão mandava: conversei com pessoas do ramo, de médicos a administradores da saúde e coletei uma série de ideias. Depois, veio a parte de entender o que era factível e o que não era. Nessa hora, entra a cabeça do líder, que precisa também ponderar aspectos sociais, econômicos, logísticos e até políticos. Não é uma decisão fácil.

— Certo. E quando a solução final foi formatada?

— Sabíamos que precisávamos evitar a sobrecarga do sistema de saúde. Há várias ideias para isso, mas a menos custosa é prevenindo doenças. Qualquer um chamaria essa solução de óbvia e pouco prática ou executável. Então, recorremos à tecnologia para entender se conseguiríamos implementar um sistema nacional de prevenção usando recursos digitais. Aqui em Brasília ninguém nunca gostou de chamar a iniciativa privada para a mesa de debate, mas nossa gestão é diferente e foi crucial para o resultado.

— Então, vocês conversaram com algumas empresas do ramo?

— Sim, com várias delas. De grandes corporações a startups. Trouxemos as melhores cabeças para o jogo e então conhecemos a solução final.

— Como vocês chegaram à Zest?

— Ela foi apresentada por um antigo amigo, Pedro Jaworsky, um empresário de sucesso. Ele sabia das nossas intenções de promover uma solução para o SUS e me ligou dizendo que tinha o parceiro perfeito. Particularmente, não conhecia a Zest, mas fui apresentado a diretores da empresa que vieram até o Brasil a convite dele. Ali soube mais sobre o produto e achei que era perfeito para o que precisávamos.

Deco ficou um pouco surpreso com a revelação. Acreditava, a princípio, que a entrada de Pedro na história havia sido um detalhe de bastidor que talvez Joaquim não quisesse revelar. Mas parecia que ele não tinha nenhum receio em dizer à imprensa que um empresário, que hoje estava afundado na Cracolândia, havia sido a ponte entre a Zest e o governo brasileiro. De qualquer forma, engoliu sua surpresa e, estrategicamente, deixou aquele detalhe para o final.

— Perfeito. O governo comprou a solução sem passar por uma licitação.

— A Zest é única no mundo — interrompeu Damasceno, sem deixar que Deco concluísse seu raciocínio. — Em casos assim, temos leis que permitem que a compra não passe por nenhuma licitação. Até porque seria perda de tempo e de recursos, e o SUS continuava sangrando dinheiro. Precisávamos estancar isso e resolver a situação rapidamente. Justificamos a aquisição, e ela foi aprovada pelo Ministério Público.

— Certo, certo. Ministro, o aplicativo funciona muito bem, mas vem sofrendo algumas críticas de especialistas sobre sua invasão de privacidade. O que você tem a falar sobre isso?

— Essa pauta é muito importante para nós também. Veja bem, aqui há uma troca que o povo brasileiro já entendeu e concordou. Você abre seus dados de movimentos e alimentação para que o governo possa te ajudar a ser mais saudável, o que é uma coisa excelente e gratuita. Em contrapartida, o SUS permanece ativo e atende milhões de pessoas sem custos. Ainda, colocamos um sistema de incentivo ao uso que te permite pagar menos impostos. É uma relação ganha-ganha. Os números mostram que nossas finanças estão melhorando, além do brasileiro feliz com sua liderança. Não vejo onde possa haver dúvida nessa equação.

— A dúvida está no uso desses dados. Como sei que o governo não os está fornecendo a empresas de planos de saúde ou até mesmo vigiando meus passos?

— Veja bem, Deco, essa dúvida só existe porque é o governo. As pessoas abrem seus dados pessoais há anos para empresas de tecnologia, redes sociais, apps de namoro etc., e ninguém se preocupa com isso. Quando há retorno, isso desaparece naturalmente porque o usuário está sentindo na pele o benefício. Entendo o receio em relação ao governo, mas estamos mudando isso aos poucos. As pessoas que hoje ocupam Brasília estão trabalhando para mudar essa imagem, e o AppSUS é o primeiro passo em relação a isso.

A propaganda política já estava começando a ficar um pouco exagerada, mas Deco continuou.

— Houve algum escrutínio em relação à Zest? Pergunto isso porque vivemos num momento de um grande debate sobre acesso a dados quando praticamente tudo o que usamos está conectado.

— Claro, como sempre. Eles só não tiveram que passar por uma licitação de preços, mas foram investigados como qualquer parceiro que irá acessar nossas bases de dados e fornecer um serviço público. Nossos técnicos esmiuçaram a tecnologia do aplicativo e atestaram a segurança dele. Qualquer coisa que viesse contra isso seria um tiro no pé para essas pessoas que estão aqui.

Deco precisou concordar com o ministro naquele ponto. Fez mais algumas perguntas em relação ao futuro do AppSUS e quais seriam os próximos passos da agenda da Saúde. Novamente, Damasceno aproveitou o momento para impulsionar seus próprios feitos. Estava claramente em campanha para elevar ainda mais seu capital político.

A entrevista então se encerrou e todos se cumprimentaram. Mas antes Deco precisou jogar a última isca, quando os gravadores já estavam desligados.

— Ministro, você sabe que Pedro Jaworsky não é mais o mesmo, né? Algumas fontes me disseram que o encontraram nas ruas de São Paulo, viciado em crack.

— Eu fiquei sabendo disso, sim. Veja, eu e Pedro tínhamos um contato mais de negócios, nunca soube o que ele fazia no seu foro íntimo. Alguns amigos me contaram sobre seu vício e que ele havia perdido o rumo na vida. Uma notícia muito triste — resumiu-se a dizer, sem querer muito se estender na resposta.

Em seguida, todos saíram da sala e cada um tomou seu rumo. Deco fez alguns breves comentários com Vera, que pouco contribuiu nas perguntas durante a entrevista. Os dois se despediram na saída do hotel, e ele chamou um táxi para o aeroporto.

A sensação era de uma grande frustração. Seu estômago até doía de tanta expectativa em relação àquele encontro, que nada mais foi do que um momento em que um ex-executivo se vangloriava por tudo que havia feito para o país. O ministro parecia não esconder nada em relação a Pedro e toda a história fazia pleno sentido. Nenhuma ponta solta.

Talvez Guto tivesse razão. Talvez confiar nas palavras de um homem viciado não havia sido uma boa ideia. Deco se sentia procurando uma agulha no palheiro, mas sem nenhuma pista concreta de que ela realmente estava ali, a não ser por seus instintos e sua experiência. Talvez fosse a hora de tomar uma decisão e sair de vez daquela história. Ele havia feito o que podia.

Quando chegasse a São Paulo, ligaria para Guto e teria que dar o braço a torcer para seu ex-sócio.

CAPÍTULO 12

PONTIAC, ESTADOS UNIDOS

A segunda-feira amanhecia, e Guto mal acreditava que ainda estava naquele quarto de hotel. Seu plano inicial de fazer um bate-volta para ter um almoço em família no domingo já havia ido por água abaixo faz tempo e agora precisava encerrar de vez sua passagem na grande Detroit. Ainda havia uma última cartada e precisava fazer essa tentativa antes de voltar para casa.

No dia anterior, assim que saiu do clube de tiro e descobriu um pouco mais sobre o suicídio de Julian, decidiu tomar algumas atitudes mais drásticas. Ligou para Sean, em Washington, para fazer um pedido. Guto entrou no personagem de alta confiança profissional e solicitou a ajuda de cima para resolver de vez a situação e trazer uma novidade final ao caso.

O plano era simples, porém ousado. O Herald tinha conhecimento sobre o caso do suicídio de Julian não revelado pela imprensa. A relação entre a morte dele e a empresa ainda não era clara, mas poderia ser um combustível perigoso no caos em que a Stellar estava imersa. Nessas horas, qualquer ponta solta serviria de alavanca para a opinião pública. Para não revelar o caso inteiro, o jornal queria uma entrevista exclusiva com Ian Mckellar. Esses eram os termos da negociação.

Como já estava acostumado a fazer, o Herald mexeu seus pauzinhos para descobrir o telefone do diretor da Stellar. Não era uma informação tão difícil de encontrar. O pior seria, a partir dele, despertar a atenção de Ian. O jornal utilizou uma série de redes sociais para enviar a mesma mensagem, de forma ainda sigilosa. Nela, os detalhes do caso Julian eram explícitos e o pedido da entrevista era feito. Guto e Sean concordaram em definir local e horário para conduzir a conversa, caso Mckellar mordesse a isca. A opção havia sido o estacionamento de um supermercado em Rochester Hills, a alguns minutos do centro de Pontiac. O horário predeterminado era às catorze horas. Na mensagem, o Herald também especificava os detalhes do automóvel em que Guto estaria para que o encontro pudesse acontecer.

O jornalista passou a manhã inteira de olho no celular à espera de instruções do time do Herald que estava a cargo da mensagem com Ian. Caso ele não respondesse, uma nova reunião seria convocada para entender como a direção jornalística gostaria de proceder. Guto não sabia para o que torcia. Por um lado, ter a exclusiva seria algo extraordinário e poderia lhe trazer várias informações importantes, além de algumas estrelinhas com os chefões. Por outro lado, caso não houvesse resposta, poderia pegar o primeiro avião de volta a Washington para, enfim, passar um tempo com sua família.

Era quase meio-dia quando o telefone tocou. Do outro lado da linha, estava Marcie, do time que acompanhava a história da sede.

— Guto, o Ian entrou em contato!

— O que ele disse?

— Respondeu com um breve "ok" ao nosso pedido de exclusiva.

— Hum, só isso?

— Respondemos que vamos esperá-lo no local e horário definidos, e ele retornou com mais um "ok". E nada mais.

— Entendido. Estou a caminho e devolvo para vocês logo após a conversa. Obrigado, Marcie!

Então, era isso. O plano havia funcionado. Nada como fazer parte de uma empresa de respeito, com estrutura e um time para apoiar os jornalistas de campo que faziam a história acontecer. O tipo de suporte que ele nunca havia experimentado nem nos tempos áureos do *Jornal da Capital*, quando era preciso cobrar o escanteio e correr para cabecear na mesma jogada.

Guto desceu até um pequeno café na esquina e comeu um rápido almoço. Em seguida, pegou o carro alugado e colocou no GPS o endereço da franquia da rede de supermercados na cidade vizinha a Pontiac. Foram cerca de trinta minutos dirigindo em meio a um dia ensolarado, apesar de muito frio e com rajadas de vento constantes. No caminho, aproveitou para repassar tudo o que sabia do caso e estar com os detalhes na ponta da língua.

Chegou ao local acordado cerca de quinze minutos antes do combinado. Estacionou em uma vaga mais distante da entrada principal e resolveu esperar. Não sabia como Ian o abordaria assim que o encontrasse, então ficou dentro do carro com os olhos atentos e o corpo em alerta para qualquer um que se aproximasse.

Faltavam três minutos para o horário combinado, quando dois carros pretos de alto padrão entraram no estacionamento e começaram a vagar pelas alas do local. Eram veículos da Stellar, o que apenas reforçou a expectativa de que a comitiva de Ian havia chegado. Guto se manteve onde estava e ligou seus faróis para ser encontrado mais facilmente. Em alguns minutos, os dois carros já estavam parados próximos a ele.

Assim que os motores foram desligados, um homem de terno, óculos escuros e cabelo raspado saiu do carro pela porta do passageiro e se dirigiu até Guto. Chegando perto de seu vidro, se agachou e deu algumas batidas com a mão, pedindo para abrir.

— O diretor Mckellar está no carro à sua espera.

Guto assentiu com a cabeça, abriu sua porta e caminhou até o veículo indicado pelo possível segurança. Era uma situação estranha e até intimidadora de certa forma, por mais que o agente ativo da entrevista fosse ele mesmo. O local estava praticamente deserto, graças ao dia ordinário da semana e ao horário pouco movimentado.

Se Guto estivesse num filme de terror, saberia que estava perto do seu fim.

Abriu a porta de trás e entrou no carro. Do lado de dentro, um homem sentado com roupas casuais — calça jeans e um suéter vermelho. O pouco cabelo mal penteado e algumas olheiras profundas podiam ser observadas. A primeira troca de olhares foi muito estranha, pois claramente ninguém sabia o que esperar do outro lado.

Porém, Guto acabou tendo um choque assim que conseguiu ler em poucos segundos a expressão daquele homem. Não parecia a figura autoritária, arrogante ou soberba que os veículos da imprensa definiam. Pelo contrário, Ian parecia muito mais envelhecido do que mostravam algumas fotos digitais. Estava com um ar cansado e muito angustiado. Sua cabeça baixa e o olhar pouco confiante também revelavam um homem perdido e inseguro.

Os dois buscaram uma posição que fosse menos desconfortável naquele banco de trás do carro onde aconteceria a entrevista. Tentaram um ângulo na diagonal para que pudessem ter um canal de troca. Ian estava quieto, o silêncio que pairou pedia que alguém quebrasse o gelo e esse seria obviamente o jornalista atrás de uma exclusiva.

— Olá, Ian, prazer. Me chamo Guto e sou jornalista do Washington Herald, como você bem deve saber. Obrigado por aceitar conversar conosco. Será muito importante enfim esclarecermos esse caso para a sociedade.

O diretor assentiu e nada respondeu. Claramente, estava ali a contragosto e em resposta à informação que o jornal havia obtido sobre o suicídio de um funcionário, o que poderia deixar a empresa em uma posição ainda pior. Porém, sua expressão não era de raiva ou resignação. Ele estava com o olhar pouco concentrado e parecia desesperado.

Ian então colocou a mão direita no rosto e esfregou levemente seus olhos, soltando um breve suspiro antes de começar a falar com seu sotaque britânico ainda bastante carregado.

— Vamos lá, o que vocês querem saber?

— Sabemos do suicídio de Julian Fitzpatrick, um antigo funcionário de vocês. Sabemos também que ele trabalhava no seu departamento de tecnologia e que agora está no radar por causa do hackeamento do carro no Michigan. Queremos saber se há e qual é a relação desses dois fatos. E também por que vocês ainda não deram nenhuma declaração formal sobre esses casos.

O diretor novamente soltou um suspiro.

— É óbvio que há uma ligação. Se não, não estaria aqui falando com você. — Parecia que a conhecida arrogância havia emergido. — Amanhã, todos vocês saberão. A Stellar vai convocar uma entrevista coletiva para logo cedo e comunicaremos a todos o que descobrimos internamente. Mas acho que você e seu jornal ficarão felizes de dar a notícia em primeira mão.

Ele estava certo. Guto já se mexia no lugar para ouvir atentamente tudo o que sairia dali. Ian então continuou. Sua voz aparentava mais calma e serenidade.

— Estamos investigando isso há dias. O que aconteceu foi uma intervenção humana. Fitzpatrick era um de nossos engenheiros. Trabalhava num time de desenvolvimento de soluções para carros autônomos. Eu o conhecia de vista porque nossa equipe é muito grande. Seu gestor, meu funcionário direto, descreveu-o como um trabalhador dedicado, bastante competente e de grande futuro na companhia. Pois bem, o que descobrimos é que ele encontrou um jeito de invadir nossos sistemas internos e manipular a inteligência artificial empregada em nossos veículos. Temos sistemas de segurança robustos e gastamos rios de dinheiro para garantir que isso não acontecesse, mas pelo visto falhamos. Fitzpatrick deu o seu jeito, conseguiu entrar no carro do jornalista brasileiro e assumiu sua direção à distância.

— Então, Julian matou Jonas?

— Em resumo, sim.

— Mas por qual motivo? Eles se conheciam?

Ian parou mais uma vez e novamente esfregou os olhos. Estava claramente cansado e sofrendo por dentro ao contar toda a história.

— Há alguns meses, tivemos um processo para promover funcionários na empresa. Periodicamente, revisamos a performance de todos e recompensamos aqueles que julgamos ser merecedores. Fitzpatrick não esteve na lista de pessoas promovidas. Isso obviamente gera muita frustração em todos que passam por isso, mas não acreditamos que era o suficiente. Porém, encontramos uma carta dele anexada num servidor interno, justamente onde se passavam algumas informações sensíveis sobre nossos sistemas de segurança.

— O que dizia essa carta?

— Era praticamente uma declaração de culpa. Fitzpatrick fez uma série de denúncias contra a Stellar, dizendo que praticamos assédio moral com os funcionários, obrigando-os a trabalhar muitas horas sem uma remuneração justa. Ele se mostrou indignado com o tratamento dado a eles, especialmente aos do meu departamento. Como retaliação, ia mostrar a todos o quão frágil somos e como prova invadiria nossos sistemas e provocaria um acidente com um carro aleatório. Com o primeiro que encontrasse na lista. Apenas para nos humilhar e se vingar.

Guto mal conseguia acreditar em tudo aquilo que estava ouvindo.

— E quanto ao suicídio? Ele disse nessa carta que ia se matar?

— Não. Não mencionou nada sobre isso. Apenas falou que se vingaria e acabou por aí. Dias depois, soubemos do suicídio.

— Vocês acreditam que houve um arrependimento?

— Não sou psicólogo para concluir nada, mas acreditamos que Fitzpatrick deve ter entrado em uma espécie de transtorno mental após ter causado a morte de uma pessoa desconhecida a milhares de quilômetros de distância. Ele não deixou nenhuma mensagem dizendo que tiraria a própria vida; nem para nós, nem para sua família. Mas a ligação entre os dois casos é óbvia. Ele se vingou da

Stellar e aquilo mexeu com a cabeça dele a ponto de se jogar nos trilhos do trem.

— Certo, compreendo. E qual será o próximo passo da Stellar?

— Olha, isso é tudo o que temos para falar oficialmente. Amanhã, daremos a entrevista coletiva, mas tenho certeza de que o Washington Herald vai publicar algo ainda hoje. Se vocês tivessem divulgado o suicídio sem uma explicação clara, a imagem da Stellar seria ainda mais arranhada do que já será, pois todos tirariam a mesma conclusão antes de nós formalmente comunicarmos. Isso seria catastrófico. Por isso, estou concedendo essa entrevista. Mais detalhes ou outras dúvidas, amanhã. Agora, por favor, podemos encerrar por aqui? Estou passando por um dos piores momentos da minha vida e tenho muitas coisas a resolver ainda.

Guto sentia a honestidade no ar. A expressão e a voz dele eram coerentes e demonstravam fadiga mental excessiva. Amanhã seria um dia pesado, e a montadora receberia milhões de críticas não só pela alta fragilidade de seus sistemas internos, como pelo ambiente tóxico que fez um funcionário tomar tal atitude e se matar em seguida. As ações da empresa despencariam na bolsa de valores, muito possivelmente Ian Mckellar perderia seu emprego, e sua elevada reputação no mercado seria esmagada em pouco tempo.

Guto saiu do carro e foi até o seu. De lá, rumou até o hotel e, no trajeto, ligou para a equipe de plantão do Herald para contar tudo o que tinha passado, além das outras descobertas que fizera nos últimos dias. A equipe redigiria uma matéria, que seria assinada por Guto, e logo passaria para a aprovação do editor-chefe. Em alguns minutos, a bomba estaria jogada no portal online do Herald, e o mundo saberia em primeira mão o que havia ocorrido nos corredores da Stellar.

Mesmo satisfeito com seu trabalho, chegou ao hotel com uma mistura de sentimentos. Estava feliz por poder planejar o retorno para casa e sair com uma história incrível debaixo do braço. Além disso, traria uma resposta às dúvidas que Marta tinha sobre a morte de Jonas. Ao mesmo tempo, sabia que aquele desfecho não havia saído como o esperado. Tudo o que Deco levantara no Brasil, desde as suspeitas em relação à iniciativa do governo na saúde até a conversa caótica com Pedro Jaworsky na Cracolândia pareciam não ter nada a ver com o caso.

Assim que entrou em seu quarto, ligou para Deco, mas o celular estava desligado. Sabia que estaria em Brasília naquele dia à procura do ministro Damasceno, então possivelmente estava em trânsito ou voando. Em seguida, abriu o site do Herald, e a notícia já estava lá. Em letras garrafais, estampando a página principal com uma chamada impactante. Clicando na matéria, todos os detalhes muito bem escritos e com seu nome logo no começo da reportagem.

Uma sensação de dever cumprido e realização, com altas doses de adrenalina e um coração ainda acelerado. Algo que não sentia desde que deixara o Brasil e encerrara as atividades do *Jornal da Capital*.

CAPÍTULO 13

ROTA AÉREA BRASÍLIA – SÃO PAULO, BRASIL

As pernas agitadas de Deco agora batiam repetidas vezes no chão do avião. A turbulência se prolongou por um tempo maior que o esperado, e a conexão a bordo não ficou estável. Assim que os chacoalhões pararam um pouco, a internet voltou a carregar e ele conseguiu continuar sua pesquisa no celular. Viu que tinham algumas mensagens chegando enquanto fazia sua investigação, principalmente de Guto, mas decidiu cuidar daquilo em outro momento.

Estava à procura de qualquer coisa sobre a Zest, a dona dos caracóis. Desconfiava que havia algo por trás da empresa que ainda não havia sido levantado. O relacionamento com o ministério da Saúde parecia ter ocorrido de forma natural, seguindo as necessidades de um político com fortes aspirações e que enxergou uma oportunidade de ouro para emplacar o primeiro golaço na vida pública. Então, faltava olhar se aquela empresa tinha algo estranho nos bastidores.

Primeiramente, resolveu entender um pouco da história da Zest. Ela havia sido fundada por dois engenheiros que já trabalhavam no Vale do Silício, em outras startups ligadas ao mundo financeiro e do varejo: Mark Goodwin e Jason Speed. Um deles era ex-obeso e resolveu mudar de vida ao adotar, por conta própria, uma série de novos hábitos alimentares e de exercícios físicos, perdendo mais de quarenta quilos em poucos meses e inspirando a própria ideia do negócio. Por meio de sua experiência pessoal, desenvolveu uma metodologia e aplicou tecnologia para criar uma solução que pudesse atender mais pessoas que passavam por situações semelhantes.

Daí nasceu o Good Health, aplicativo que começou sendo febre entre os jovens da Califórnia e depois se expandiu por todo o território americano, atingindo economias estrangeiras importantes num terceiro momento, como a Europa Ocidental, o Japão e o Sudeste Asiático. A Zest foi aprimorando sua criação com o passar do tempo, e, com a injeção de muito capital de risco, hoje era uma das queridinhas entre as startups de tecnologia. Várias notícias apontavam para um iminente processo de abertura de capital em bolsa, o que faria seu valor de mercado disparar e um montante absurdo de dinheiro entrar nos cofres para financiar a expansão.

Havia poucas notícias em portais estrangeiros sobre a parceria da empresa com o governo brasileiro. A princípio, o Brasil parecia ser o primeiro país a adotar uma medida como aquela como política de saúde pública, em parceria com um agente privado.

Uma nova turbulência no processo de pouso fez a internet do avião voltar a perder qualidade, e ele desistiu de continuar pesquisando sobre os sócios da empresa. Daria mais atenção quando estivesse em solo firme e pudesse digerir sua visita a Brasília.

Assim que pousou, Deco andou rapidamente pelos corredores do aeroporto de Congonhas, em São Paulo. Estava compenetrado em chegar o mais próximo possível da ala onde pegaria um táxi para casa para continuar seu trabalho. Porém, teve o trajeto interrompido pelo toque do celular. Era Guto, ligando de fora. De repente, lembrou-se das mensagens que chegaram em seu aparelho e que havia ignorado.

— Fala, Guto.

— Oi, Deco. Tudo bem por aí?

— Nada está muito bem, não.

— Estou te ligando faz tempo.

— Estava no avião, pousei agora. E aí descobriu algo?

Guto fez questão de emitir um suspiro alto.

— Você já viu algum portal de notícia grande nos últimos minutos?

— Não, estava concentrado em pesquisar algo sobre o aplicativo da saúde. Por quê?

— Hum, então vou te contar em primeira mão. O mistério da morte de Jonas já está resolvido.

— Resolvido? Como assim resolvido?

— Resolvido por mim. — Ele claramente estava com um tom de voz satisfeito. — Te mandei algumas mensagens, mas acho que você não viu. Pois bem, aquela história do suicídio do funcionário da Stellar que te mandei ontem realmente escondia muita coisa. Hoje consegui uma entrevista com o Ian Mckellar, o diretor de tecnologia, graças a uma pressão que o Herald fez ameaçando contar a história de forma desestruturada. Falei com ele há poucas horas e foi confirmado que houve um hackeamento do carro de Jonas por um engenheiro aqui da Stellar, chamado Julian, que estava puto com a empresa por não ter sido promovido, e resolveu mostrar ao mundo como seus sistemas eram frágeis. Aí, como prova, invadiu um carro aleatório e o fez capotar. Jonas foi o azarado que pagou o pato. Em seguida, ele deve ter tido algum grande arrependimento e tirou a própria vida. Essa é a história que vai ser contada oficialmente amanhã pela Stellar em entrevista coletiva, mas que descobrimos hoje em primeira mão.

Deco digeria todas as palavras enquanto Guto as pronunciava. Sentou-se num banco do saguão do aeroporto quase como um impulso de quem precisava concentrar suas energias no cérebro e não nas pernas. Sua cabeça já pulsante começou a latejar incessantemente. Uma mistura de sentimentos tomou conta do seu corpo e não conseguia ter a mesma sensação de alegria e alívio que seu ex-sócio passava. Sua feição demonstrava muita estranheza.

Algo estava errado.

— É isso? Esse é o resumo da história?

— Sim, Deco, essa é a história. Me parece que você não ficou feliz.

— Claro que não fiquei feliz, Guto! Quer dizer que um engenheiro fica puto com a empresa por não ter sido promovido, entra no sistema, toma as rédeas de um carro qualquer, mata a pessoa que está dentro e depois "parece" que tirou a própria vida? E você ficou satisfeito com essa história?

— O que tem nela que te deixa insatisfeito?

— E as outras coisas? E o comportamento estranho de Jonas? E tudo o que encontramos em suas anotações, incluindo o nome da Stellar? O que ele sabia do engenheiro maluco? E a citação do homem atrás das cortinas? E o que disse Pedro Jaworsky sobre os caracóis, sobre o ministro da Saúde, sobre a Zest? Isso tudo você não considerou? Cadê o jornalista dentro de você?!

Deco sabia como provocar Guto, e as feridas que existiam na relação começaram a ficar expostas. Nessa hora, já havia levantado de novo e andava para lá e para cá, gesticulando muito.

— Você chama o *feeling* de uma esposa que acabou de perder o marido de prova? Você chama rabiscos em um caderno de um escritor que vive anotando qualquer tipo de coisa de prova? Você chama a fala de um viciado em crack claramente drogado e fora de si de prova? E eu que sou o jornalista relapso? Eu tenho a confissão de um diretor horas antes de torná-la pública. Minha história tem começo, meio e fim e é baseada em fatos e não em delírios ou opiniões — bradou Guto aos berros.

— Eu sei bem o que é isso... você se livrou! Está aí confortável em sua vidinha pacata americana. Já passou tempo longe demais da sua família e quer voltar para casa. Nunca conheceu Jonas nem Marta. Não estava aqui para ver a dor. Não arriscou a vida na Cracolândia. Não, você ficou no conforto do seu emprego bem-remunerado, com sua estrutura de suporte, com um canhão que ameaça qualquer pessoa a revelar qualquer história que seja!

Um silêncio de alguns poucos segundos tomou conta da conexão enquanto ambos tomavam ar.

— Deco, você quer saber a verdade? Eu realmente fiquei muito feliz de ter encerrado essa história sem pé nem cabeça em que você me envolveu. Eu estou com muita saudade da minha família e estou no aeroporto agora pegando o último voo para Washington. Vou dormir em casa com minha mulher e isso me deixa muito feliz. Você está completamente desequilibrado! Não adianta te dar esse conselho um milhão de vezes, mas o que você precisa é de equilíbrio. Se afunda no trabalho e fica cego, colocando em risco sua própria reputação.

— Ótimo, agora eu que destruí minha reputação.

— De acordo com esse caso, me parece que sim. Eu desvendei o mistério e você sequer me agradeceu!

— Obrigado por nada, Guto! Eu saberia dessa história amanhã de manhã! Ao contrário de você, não me importa chegar primeiro. Me importa chegar certo.

— E você acha que não acertei? Me fala então, sabichão, qual é a verdadeira história?

— Eu não sei! Agora vamos ter que engolir essa. Marta vai precisar aceitar que seu marido foi um infeliz na hora errada e no lugar errado. E que se dane seu comportamento estranho recente! Devia ser alguma falta de inspiração para o livro.

— Eu tenho certeza de que ela vai ficar agradecida. Ela não quer uma resposta para essa dúvida, quer saber se o marido se matou ou não! Está claro que não! Isso vai confortar o coração dela e fazer com que toque a vida adiante. Na verdade, quem vai ficar puto com essa história é você, que é a pessoa menos interessada nela.

— Se você acha que a investigação é por mim, significa que não me conhece. Ou que deixou de me conhecer. Adeus, Guto. Parabéns pelo aumento que vai receber amanhã. — E desligou.

Deco soltou um grito abafado e saiu andando rápido sem direção pela área externa do aeroporto. Coçava a cabeça, esfregava as mãos no rosto e bufava sem parar. Não podia acreditar no que acabava de ouvir.

Entrou no táxi e decidiu ir para o bar antes de voltar para casa.

DETROIT, ESTADOS UNIDOS

Guto estava atônito com o fim da ligação. A sensação de felicidade e dever cumprido do dia havia sido estragada pela reação intempestiva de Deco e sua teimosia em acreditar que a história estava cheia de buracos descobertos. Estava muito ofendido por ter a competência atacada, assim como seu comprometimento e sua busca por equilíbrio.

Inveja. Era isso que Deco estava sentindo. Ele não deixaria esse sentimento soar como culpa. Cada um procurou se reerguer de sua própria maneira, e ele havia encontrado a dele. Se Deco estava ainda lutando contra o luto da perda do jornal e de Carla, Guto já não podia fazer muita coisa.

Seus pensamentos foram interrompidos por uma imagem conhecida na TV, que ficava perto do bar na sala de embarque do aeroporto onde esperava pelo voo para casa. Nela, estava a senadora Hudson fazendo mais um pronunciamento à nação. Por sorte, o volume estava alto o suficiente para ele acompanhar.

— Como todos viram pelo Washington Herald, a Stellar irá divulgar amanhã os detalhes sobre o caso de hackeamento do carro autônomo que culminou com a morte do brasileiro Jonas Prieto. Esperamos que as autoridades tomem as devidas providências para responsabilizar a empresa por suas gravíssimas falhas internas de sistemas e que nós, como americanos, comecemos a pensar melhor sobre os aspectos ligados à segurança dos dispositivos conectados. Acompanharemos de perto os desdobramentos. Gostaria também de aproveitar o momento para lamentar profundamente a notícia que acabou de sair por um portal internacional sobre a morte do senador Glenn, meu companheiro de partido, em Tel Aviv. A polícia confirmou que o corpo encontrado numa floresta próxima à capital era dele, após exames comprovarem o DNA, já que estava em estado avançado de decomposição. O senador estava viajando a trabalho pela Europa e seu sumiço começou a chamar a atenção da família há apenas alguns dias. Nossas autoridades já estão em contato com a polícia israelense para que possamos confirmar a causa da morte de Glenn, que, a princípio, parece ter sido um assassinato por motivos passionais. Que Deus conforte sua família e seus amigos próximos e que consigamos trazer luz a essa história o mais rápido possível.

SÃO FRANCISCO, ESTADOS UNIDOS

A casa noturna Palace estava lotada naquela noite de domingo. Uma das baladas mais procuradas pelos jovens e adultos ricos da região tinha acabado de reabrir após um período em reformas, que deixaram o local mais confortável e com mais espaço para os frequentadores VIPs.

Um dos camarotes mais luxuosos estava lotado de homens e mulheres de várias idades. Bebidas, cigarros e drogas eram encontrados aos montes. A música eletrônica dava o tom da dança e da batida da conversa que flutuava pelo ambiente.

Um dos homens que ali estava recebeu um alerta em seu relógio, enquanto conversava ao pé do ouvido com uma linda mulher. A vibração veio junto de uma luz verde. Ele sabia o que aquilo significava. Era preciso parar o que estava fazendo e ir até um ambiente mais reservado, e foi o que ele fez. Chegou à pequena sala, pegou uma garrafa de água e tirou do bolso um *device* muito parecido com um celular.

Aproximou o aparelho do seu olho e viu a tela destravar. Automaticamente, apareceu um vídeo em que a senadora Ellen Hudson discursava em Washington. Na parte de baixo, o título "Senador Glenn é encontrado morto em Tel Aviv". O som estava mudo. O homem sorriu e logo apertou algumas teclas mudando as imagens que apareciam ali. Em seguida, aproximou o aparelho da boca e falou.

— Missão cumprida até aqui. Vamos para a próxima fase do plano.

CAPÍTULO 14

SÃO PAULO, BRASIL
MESES DEPOIS

A gelada noite de domingo instaurava-se na capital. Uma fina chuva, que caía desde o começo da tarde, servia para incentivar ainda mais a introspecção dos paulistanos naquela pré-segunda-feira de inverno. Alguns poucos corajosos andavam nas ruas ou ficavam em bares e restaurantes mais abertos. A maioria das pessoas provavelmente encontrava no refúgio do lar o abraço necessário para confortar a frieza exterior que se impunha na cidade.

Deco estava estirado no sofá com roupas confortáveis. Não era bem um pijama, mas se precisasse descer para receber alguma encomenda, colocaria pelo menos um casaco. A TV ligada desde a hora do almoço num volume mais alto que o normal sintonizava o jornal de notícias ao vivo, cujos âncoras lutavam para trazer as novidades mais frescas do Brasil e do mundo para os telespectadores. A sala era iluminada por apenas um lustre ligado.

Na mesa de centro, a segunda garrafa de uísque já estava aberta. A primeira havia sido consumida desde a noite anterior. O balde que começou repleto de gelo já estava vazio. Até poderia ser preenchido por um novo refil do freezer, mas a preguiça e o frio preponderavam na decisão de sair do sofá. A bebida seria tomada no estilo cowboy, da maneira mais tradicional.

O coração oscilava entre a ansiedade de receber uma notícia aguardada para o dia e a resignação à mesmice de um domingo qualquer na TV. Os sentimentos amortecidos também já não eram uma grande novidade. Parecia que ele já estava devidamente acostumado com a situação. A aceleração do batimento cardíaco era cada vez mais rara e gerava reações que não eram mais tão bem-digeridas pelo corpo.

A expectativa era pelo pronunciamento do ministro do Tribunal Superior Eleitoral, o TSE brasileiro. A tão aguardada tecnologia para gerenciamento e execução das próximas eleições municipais do país seria anunciada. Deco mantinha aquela história ainda sob seu radar. Menos por evidências claras e concretas de que algo havia ali, e mais porque precisava. Já não sabia se era um torcedor ou um jornalista investigativo.

Enfim, por volta das dezenove horas, a apresentadora do jornal chamou ao vivo o discurso das autoridades. A imagem do estúdio foi alterada para um salão oficial do governo em Brasília. Numa mesa comprida, estavam algumas pessoas. No centro, o ministro que presidia o TSE. Ao seu lado, duas ministras do STJ e alguns juristas compunham a direção do tribunal. Ainda, na parte esquerda, quatro pessoas completavam a mesa de discussão. Deco reconheceu-as como membros de coligações partidárias, que foram convidados para uma missão específica: atestar a confiabilidade das urnas eletrônicas.

O anúncio tinha como objetivo divulgar o novo sistema de arquivamento e contagem dos votos por meio da tecnologia de blockchain. Seu desenvolvimento já havia sido comentado pelas autoridades meses atrás, mas ainda num regime de testes. Nos corredores, a novidade era tida como certa, e Deco tinha todos os motivos do mundo para desconfiar daquilo. Seus olhos ganharam uma nova razão de foco.

Todo o discurso foi conduzido pelo ministro principal. Foram cerca de quinze minutos de uma fala unilateral, que dissecou os benefícios do lançamento e enumerou diversos mecanismos e protocolos de segurança, conferidos por técnicos do governo e por políticos designados pelos partidos. Uma fala intencionalmente monótona e carregada de termos técnicos com o objetivo apenas de passar uma imagem de confiança, até porque nem 1% dos cidadãos brasileiros teriam recursos e interesse em conferir a veracidade daquilo. Especialmente naquela noite chatíssima de frio.

Deco estava interessado especialmente na mulher sentada ao lado de um dos ministros do STJ. Ele já havia cruzado com seu rosto em uma de suas pesquisas, quando voltou a se interessar pelo hacker que estaria na missão de fraudar o sistema eleitoral. Sabia que, em um determinado momento, os dois haviam se encontrado numa viagem que ele fez a Brasília, obviamente em segredo. Seus contatos haviam conseguido esse furo. O que eles tinham conversado era um grande mistério e alimentava toda a imaginação possível dele, que queria acreditar numa conspiração tramada por trás das cortinas.

Sacou o celular para fazer mais alguma pesquisa sobre a mulher. Assim que olhou para a tela, viu uma mensagem de Ísis.

"Oi, pai. Tudo bem por aí?"

O coração se acalmou por um instante, mas a sensação de arrependimento voltou.

"Tudo bem, filha. E por aí? Está na casa da mãe?"

"Não, estou na casa da Estela. Sabe quem é?"

Não fazia a menor ideia.

"Claro que sei. Você está bem?"

"Estou com saudades. O que está fazendo?"

Ele sabia no que ela estava interessada.

"Não se preocupe. Estou sem nada para fazer, então já sabe... estou trabalhando. Também estou com saudades."

"Quando vou poder te ver de novo?"

Era doloroso ler aquela pergunta. Não sabia o que dizer e o quanto que ele queria brigar por uma resposta que desse esperança a ela. Os repórteres presentes na coletiva começaram a sabatina aos ministros sobre o novo sistema de urnas eletrônicas, mas ele simplesmente não tinha mais interesse. Até colocou o volume da TV no mudo para poder dar um pouco de foco aos seus pensamentos.

A cara de decepção de Ísis ainda estava estampada na memória. Há duas semanas, em uma de suas visitas dominicais, ela encontrou uma garrafa de vodca aberta debaixo da cama do pai enquanto procurava por um álbum de figurinhas perdido. Ela pegou aquilo e ficou olhando imóvel para ter certeza de que tinha visto certo. Deco entrou no quarto e deu cara com a cena. Os dois se entreolharam e a frustração era sentida no ar. Não houve cobrança ou discussão. Apenas um silêncio sepulcral constrangedor que tomou conta do que restava do final de semana.

No dia seguinte, Carla ligou furiosa. Obviamente, Ísis tinha contado para a mãe sobre o incidente. Deco apenas ouviu, sem esboçar algum tipo de reação. Engoliu o orgulho e a vontade desesperadora que tinha de gritar contra as acusações de sua ex-mulher sobre seu vício inveterado, sobre sua irresponsabilidade como pai, sobre a quebra do contrato assinado por ele de não beber enquanto responsável por ela no acordo de guarda compartilhada.

Como punição, ela decidiu que a filha ficaria por tempo indeterminado sem visitá-lo. Era isso ou um acionamento judicial que levaria a consequências mais drásticas. Ambos sabiam que isso não seria feito pelo potencial mal causado a Ísis. Por mais que não fosse uma ameaça crível, ele sabia entender o recado de uma segunda chance. Também não tinha interesse em romper com Carla. Sua intenção profunda era justamente o contrário.

Nos primeiros dias, sentiu um alívio. A bebida estava mais presente do que ele desejava nos últimos tempos. Não tinha força para lidar com aquela batalha. Ele havia perdido, e ponto-final. A equação ficava mais complexa com a chegada de Ísis. Sem ela, era mais fácil. Podia se entregar à derrota sem culpa, e com uma dose química de amortecimento de suas ansiedades e vazios.

"Não sei, filha, mas em breve."

"Você vai pedir para a mãe?"

"Vamos conversar, sim. Mas não peça nada pra ela. Não é culpa dela."

Alguns minutos sem resposta deixaram o ambiente ensurdecedor.

"Confia em mim, ok? Já, já voltamos ao normal."

"Beleza, pai. Te amo."

"Também te amo."

Deixou o celular na mesa. Tirou a TV do mudo e voltou a atenção à reportagem. A imagem já estava novamente focada nos estúdios, o que revelava que a entrevista coletiva tinha se encerrado. Ele pegou a garrafa de uísque e voltou a encher o copo. Deu mais dois goles profundos para ter a sensação de recomeço. Precisava sacudir a poeira e retomar os esforços na investigação da noite sobre o novo sistema de urnas por blockchain e o provável envolvimento do hacker no esquema todo.

Enquanto tentava reestabelecer uma linha de pensamento, foi interrompido pelo toque do celular.

— Fala, João.

— Deco, tudo bem?

— Tudo.

— Acho que descobri algo.

— Outro surto de gripe?

— Dessa vez, é de verdade, cara.

— Da outra vez também era, João.

— Pode pegar seu notebook e entrar no sistema?

A sonora e contrariada resmungada podia ser ouvida claramente. Deco se levantou-se do sofá e caminhou até o quarto, onde seu computador estava sob a cama. Sentou-se de qualquer jeito ali mesmo, deixou o celular no viva-voz e abriu o notebook. Digitou algumas coisas antes de voltar a se comunicar na linha.

— Pronto, já estou aqui.

— Deixei um gráfico naquela aba da esquerda pra você ver.

Alguns segundos de silêncio até Deco se encontrar.

— Estou vendo. Isso aqui é confuso pra caramba, João.

— Pelo preço que você me pagou, está bom demais.

Não queria voltar àquela discussão, então segurou o ímpeto da resposta.

— Me explica melhor, então.

— Isso aqui é a quantidade de acessos em resposta a notificações do AppSUS de uma cidade no interior da Bahia chamada Jacobina. Está vendo esses picos? Eles destoam muito do comportamento histórico.

— Mas de que forma isso é diferente de um surto de gripe?

— Problemas assim também costumam dar picos, mas mais duradouros. Depois dos alarmes falsos das últimas semanas, eu reconfigurei meu sistema de detecção de anomalias. Agora já temos histórico para entender como curvas epidemiológicas impactam o uso do aplicativo, como resfriados, dengue etc.

— Caramba, você aprendeu até a falar "epidemiológico"...

Uma longa e silenciosa bufada pôde ser ouvida na linha.

— Cara, não preciso passar por isso. Se não está satisfeito com meu trabalho, para de me pagar e deixamos isso pra lá.

O fato é que Deco estava de saco cheio de gastar dinheiro com aquele estudante de engenharia de dados. Já era o quarto mês de serviço contratado e só o que tinha recebido eram expectativas infundadas baseadas em informações equivocadas. O álcool no sangue já estava em doses altas o suficiente para deixar frouxos quaisquer filtros sociais.

— Só estou cansado, João. Explica de novo, vai.

— O que você está vendo aqui é uma clara anomalia do uso do aplicativo. Em nenhuma outra curva de uso, você vai encontrar um comportamento assim. Já revirei de cima a baixo o Brasil inteiro. Podemos concluir que essa cidade aí da Bahia está usando o AppSUS de uma forma muito fora do padrão.

— Entendi. Esse uso estranho tem a ver com respostas a notificações, correto?

— Sim. O sistema está enviando alertas de forma esquisita desde depois do almoço.

— Ok. Fica um pouco aí que vou dar uma rápida investigada.

Deco então mudou a aba do sistema que João havia montado para ele para a página inicial de um buscador. Pesquisou por "Jacobina Bahia" e foi à seção de últimas novidades geradas por notícias, redes sociais, vídeos subidos por usuários, entre outros ingredientes digitais.

Nos primeiros resultados, não encontrou nada de diferente. Os mais relevantes em termos de engajamento das últimas horas tinham a ver com notícias populares locais, como a inauguração de um novo supermercado e a expectativa pelo jogo de futebol do time da cidade. Passou o olho rápido pelos primeiros links, mas não sentiu necessidade de clicar em nenhum deles.

Porém, quando a esperança já estava quase zerada, uma postagem em uma rede social chamou sua atenção. Era de uma usuária de codinome "maria_do_rosario".

"Gente, mais alguém passando mal? Meu marido está vomitando sem parar. O hospital está lotado de gente!"

Já havia duas respostas embaixo da postagem.

"Sim, minha mãe também está mal. Estamos plantados no pronto-socorro."

"Sou vizinho do hospital. Nunca vi tanto carro passando!"

Continuou pesquisando e pouco mais adiante viu outra postagem em outra rede social. Dessa vez, não tinha texto, apenas uma imagem acompanhada de um emoji de espanto. A foto mostrava um corredor todo branco, com algumas listras verdes nas paredes. Várias macas estavam espalhadas com pessoas deitadas, algumas recebendo soro na veia, outras sendo assistidas por médicos ou enfermeiros de jalecos.

— João! Acho que até que enfim esse seu monitoramento se pagou!

CAPÍTULO 15

JACOBINA, BRASIL

A rodovia BR-407 não era das piores em que Deco já havia dirigido. Enquanto guiava o carro pela pista de mão dupla e cruzava com caminhões de grande porte, se lembrava de uma matéria que escreveu no interior do Tocantins, quando ainda estava no começo do *Jornal da Capital* e cobria um caso de corrupção, orquestrado por um importante líder do agronegócio. Aquela havia sido uma das histórias mais bizarras e inóspitas com que já havia tido contato. No seu critério atual, tendo asfalto minimamente cuidado e com poucos buracos já estava satisfeito.

Seu coração estava disparado. Voltava a sentir o combustível de que precisava para se manter vivo. Seus olhos só miravam o horizonte daquela estrada monótona e do interior nordestino com muitas terras, pouca água e uma vegetação rasteira e castigada pela seca. Um rock'n roll tocava alto no carro conectado a seu celular para deixar o caminho mais emocionante e lembrá-lo de seus valores mais intrínsecos, que conectavam com o porquê de estar naquele trajeto solitário.

Não tinha nada certo, apenas seu instinto. O melhor companheiro que poderia ter.

Desde que teve o insight sobre o uso fora do padrão do AppSUS em Jacobina, Deco tratou de revirar tudo o que sabia sobre a cidade. Ela ficava localizada no noroeste do estado, no extremo norte da Chapada Diamantina, um ponto quase que equidistante entre a capital Salvador e Petrolina, uma importante cidade do sul pernambucano. Era conhecida como a "Cidade do Ouro", justamente por ser berço de minas construídas nos séculos XVII e XVIII. Além desta fonte natural de riqueza, ela também era muito visitada pelo ecoturismo, graças às serras, aos morros, rios e lagos que a rodeavam.

Foi a partir dessa pista dourada que Deco começou a pesquisar mais nos perfis de pessoas que haviam feito os primeiros posts em redes sociais. Em alguns minutos, percebeu que boa parte dos acometidos por algum problema de saúde ainda misterioso trabalhava na Mint, uma empresa de origem americana, resultante da fusão com um grupo australiano há cerca de três anos. A mineradora era a terceira maior empresa da indústria globalmente e estava presente em diversos países da Ásia, África e Europa.

A gigante havia se instalado na Bahia há cerca de dez anos, quando se descobriu um enorme potencial de exploração do ouro na região de Piemonte da Diamantina. O governo local realizou uma concorrência que atraiu todas as principais mineradoras do mundo e que foi vencida pelo grupo americano. Desde então, a cidade de Jacobina recebeu uma enorme injeção de recursos vinda de royalties e da geração de empregos e renda com a chegada de uma multinacional montada em dinheiro e com planos de longo prazo. A geração de riqueza também foi espalhada para outras cidades vizinhas, fazendo com que surgisse um novo polo de desenvolvimento econômico.

Deco pesquisou notícias sobre a atuação da Mint e não descobriu nada além de uma empresa extremamente rica e com ampla experiência no negócio. Alguns acidentes em barragens haviam sido registrados na história da companhia, mas nenhum com proporções muito grandes ou que geraram grandes crises de reputação.

O melhor jeito para chegar a Jacobina era pelo aeroporto de Petrolina. Deco conseguiu um voo, saindo de São Paulo às 9h45, e, em pouco menos de três horas, já estava pousando ali. Havia formas de chegar à cidade baiana de avião, mas eram poucas rotas diárias, e os preços estavam muito caros. Claramente, deviam ser reservadas para executivos importantes que iam visitar a operação da mina. Ele então decidiu alugar um carro no aeroporto e ir dirigindo, num trajeto calculado para levar pouco mais de quatro horas.

No tempo estimado, Deco avistou o portal de entrada de Jacobina. Já eram mais de dezessete horas, e o sol começava a se pôr, o que dava um ar mais sombrio àquela cidade no meio do nada. Ele já havia reservado um quarto no melhor hotel que encontrou pela internet, mas seu plano era fazer uma parada antes em outro lugar: o hospital municipal.

Jacobina possui cerca de oitenta mil habitantes e é circundada por morros, que escondem justamente as minas de ouro. Nos primeiros minutos dirigindo pela cidade, Deco identificou que o município era relativamente pobre e se parecia com a periferia de São Paulo, recheado de pequenos negócios, comércios locais e de moradias populares. O trajeto até o hospital levaria cerca de quinze minutos desde a entrada, e ele aproveitou para sentir a vibração dali. Uma típica cidade do interior brasileiro com pessoas mais humildes e com uma infraestrutura urbana ainda básica.

Algo que lhe chamou a atenção foi a quantidade de propagandas sobre a Mint que estampavam grande parte do mobiliário urbano. De acordo com suas pesquisas, a mineradora era responsável por mais de 40% do PIB municipal e empregava cerca de três mil funcionários, sendo uma ampla maioria nativos da cidade. Ficava evidente a relação quase umbilical entre a empresa e a economia local.

Deco virou numa esquina e, de acordo com o mapa em seu celular, já avistaria o hospital municipal, que ficava no fim da quadra, e parecia ser uma estrutura grande, dominando boa parte do quarteirão. Assim que fez o percurso, se deparou com um trânsito de veículos que ainda não havia encontrado em outra parte da cidade.

Ergueu a cabeça e viu que formavam um engarrafamento que tinha o mesmo destino que ele.

Quando percebeu que ficaria preso ali, manobrou seu carro de maneira abrupta e contra as pouco seguidas leis de trânsito e deu meia-volta. Precisava estacionar em algum lugar e ir a pé para entender o que estava acontecendo. Assim que encontrou a primeira vaga na rua, parou e desceu do carro, caminhando em direção à porta do hospital.

Chegando perto da entrada, sentiu o primeiro choque. Muitas pessoas se aglomeravam em trajetos não muito bem definidos. Algumas saíam para a rua, outras seguiam porta adentro. Havia muito barulho, de todos os tipos. Vozes em diferentes entonações se misturavam em um emaranhado de ritmos que continham desespero, pressa, angústia e determinação. Mesmo acostumado a presenciar diversas situações extremas, Deco sentiu seu coração acelerar e as pupilas se dilatarem.

O hospital ainda recebia muitas pessoas. Algumas chegavam andando, outras já estavam em cima de macas. Eram de todas as idades, gêneros e etnias. Todos aparentavam palidez e um olhar distante, com as pálpebras bem caídas. Muitas esperavam atendimento do lado de dentro. Recepcionistas e enfermeiras tentavam organizar algum tipo de fila ou sala de espera, mas claramente a capacidade de atendimento estava para lá de sobrecarregada.

Mesmo com o faro jornalístico ligado, as pernas bambearam e o frio na barriga aumentou de intensidade. Os olhos de Deco cruzavam com os de pessoas angustiadas e em estado de alerta. Após caminhar pelo saguão lotado, precisou se afastar e sair do hospital. A escuridão da noite já tomava conta de Jacobina, e as luzes da cidade estavam acesas.

Assim que saiu, avistou um taxista sentado na calçada. Ele olhava a situação de longe, claramente com uma cara preocupada. Porém, checou seu relógio duas vezes enquanto era observado. Possivelmente, estava aguardando algum passageiro. Seguindo seu instinto, Deco foi até ele para conversar.

— Olá, boa noite, senhor. Está esperando alguém? Precisava de um táxi para ir ao meu hotel.

— Olá, boa noite. Rapaz, estou esperando uma moça que veio trazer o marido. Ela me deu um dinheiro e pediu para aguardar do lado de fora.

— Claro, sem problemas. Eu cheguei hoje a trabalho na cidade e me deparei com isso aqui. Você sabe o que está acontecendo?

— Olha, faz uns dois dias que só se fala nisso na cidade. Parece que houve alguma contaminação que pegou muita gente.

— Contaminação? O que você viu?

— As pessoas estão sentindo enjoo, estão vomitando sem parar. Chegam aqui fracas e muito mal. Ontem e hoje eu só trago gente aqui. De manhã, trouxe uma moça jovem que estava se debatendo toda, coitada.

— Não se sabe o que aconteceu?

— Nada. Eu, se fosse o senhor, tomava muito cuidado com o que vai comer por aqui. Ninguém quer mais botar a mão em comida nenhuma.

Foi com essa recomendação assustadora que Deco deu a conversa por encerrada e acenou com a cabeça, se afastando do senhor sentado com olhar desolado.

Já eram quase dezenove horas e ele percebeu que precisava desesperadamente de um banho e de tempo para assentar suas ideias. Não haveria nada além daquilo que ele descobriria se ficasse mais tempo ali na porta do hospital, observando o caos e tentando conversar com quem quer que estivesse disponível. Decidiu então pegar o carro e dirigir até o hotel para se acomodar e traçar um plano de ação para investigar o mais rápido possível aquele surto sanitário.

Seguindo o mapa pelo GPS, chegou em menos de dez minutos ao hotel. Decidiu se hospedar na única rede internacional de hotelaria que tinha um prédio na cidade, muito mais pelo conforto e pela facilidade. Os preços em Jacobina também eram bem mais acessíveis que os de São Paulo, então pagar por uma noite de sono bem-dormida não era um problema.

Apesar do prédio antigo, o interior do hotel estava todo reformado, possivelmente atraído pela vinda de executivos para visitar a mineradora. Deco caminhou pelo lobby, que estava relativamente pouco movimentado e aparentava uma calma muito diferente do caos que acabara de viver. Chegou até a vazia recepção e começou seu procedimento de check-in.

Durante o cadastro, Deco percebeu que a recepcionista estava um pouco esbaforida e decidiu puxar assunto.

— Dia cheio por aqui? — perguntou ele, com um tom irônico.

— Não muito. Pelo menos não hoje.

— Por que não hoje? Esperam algo amanhã?

— Se tudo o que tiver de reserva aqui no sistema se confirmar, não vai sobrar nenhum quarto vazio.

— Hum, muita gente reservou quarto para amanhã?

— Sim, chegou tudo hoje. Não paramos de trabalhar um minuto.

Possivelmente, o surto em Jacobina já estava na pauta da imprensa nacional. Ele só estava algumas horas à frente.

— O senhor vai ficar com a gente por apenas uma noite? — perguntou ela.

— Talvez queira ficar mais. Fiquei preocupado agora com essa lotação. Ainda há algum quarto disponível para os próximos dias?

— Sim, mas apenas três no momento.

— Então, pega mais duas noites para mim, por favor.

Esperava que fosse suficiente.

De posse do cartão-chave, Deco subiu até seu andar e entrou no tão aguardado quarto. Sua primeira atitude foi tomar um banho longo e quente para relaxar e começar a se ambientar. Instintivamente, abriu pouco a boca, evitando ingerir qualquer quantidade de água. A recomendação do taxista ficou bem ativa no seu consciente.

Enquanto se secava, olhou pela janela e contemplou de longe a paisagem bucólica do sertão baiano. A rotação acelerada que vinha vivendo nas últimas horas se acomodou e um filme passou em sua cabeça para relembrá-lo como havia chegado até ali, sozinho no meio do nada.

Era impossível que sua mente não voltasse à discussão com Guto pelo telefone e à espiral negativa que viveu desde então. O desenrolar oficial da história foi uma grande decepção. Guto entregou sua matéria, elevou seu prestígio internacional, e a imprensa encerrou publicamente o caso. Marta recebeu uma gorda indenização da Stellar, que teve uma onda de demissões acompanhada de uma queda vertiginosa no preço de suas ações e de sua reputação de marca. Ian Mckellar conseguiu segurar seu emprego milagrosamente, tendo sido apontado pelo CEO da montadora como a única figura capaz de reerguer a companhia moral e tecnicamente após aquele enorme escândalo. No final, os culpados receberam suas punições e todos saíram satisfeitos.

Todos menos Deco.

Nas semanas seguintes, ele voltou à casa de Marta. Não ligou para seu aparente contentamento com a conclusão do caso e desabafou todas as suas angústias, como o comportamento estranho de Jonas nas semanas antes da sua morte e até mesmo o trecho do livro do *Mágico de Oz* e sua explicação histórica. A visita caiu como uma bomba nos sentimentos de Marta. Houve discussão, gritos e uma expressa ordem para que ele nunca mais aparecesse ali. A intenção inicial de Deco era passar mais tempo no escritório de seu falecido amigo para buscar mais pistas, mas obviamente ela havia ido por água abaixo.

Toda a revolta e resignação lhe trouxeram ainda mais peso para carregar. Decidiu então reafirmar seu autocompromisso de sempre: confiar nos seus instintos. Ativou seus contatos e teve acesso aos serviços de João, um hacker conhecido por sua habilidade técnica e discrição. Contratou-o para monitorar anomalias e usos erráticos no acesso ao AppSUS.

Esperava receber uma chuva de perguntas e considerações. Em vez disso, João lhe enviou o custo mensal dos serviços. Muito mais acessível do que imaginava. A partir daí, foram meses de uma espera silenciosa por novidades até que Jacobina apareceu em sua vida.

Alguns minutos depois de sua cabeça voltar ao tempo presente, trocou de roupa e desceu até o lobby do hotel novamente. Caminhou até um pequeno bar que ficava perto da porta de entrada e decidiu sentar-se na bancada, mesmo com várias mesas disponíveis. Queria ter a sensação de todo estrangeiro em terra estranha, em que o balcão é o lugar mais democrático de todos. Havia poucas pessoas no local.

Pegou o cardápio e escolheu um sanduíche tradicional. Pediu também uma cerveja para abrir o apetite — e também porque era industrializada. Enquanto dava seus primeiros goles, resolveu puxar papo com o barman, que estava bastante solitário. Era um rapaz alto, forte e que deveria ter mais ou menos a sua idade.

— Opa, boa noite, tudo bem? Sou Deco, vim visitar um parente aqui. A cidade estava agitada hoje, né? Passei na porta do hospital e vi um monte de gente do lado de fora.

— Ah, sim. Rapaz, não se fala em outra coisa por aqui. Estou trabalhando hoje por causa disso, na verdade.

— Ah, é mesmo? Por quê?

— Eu trabalho aqui só de final de semana, para cobrir a folga da Maria, que é a funcionária principal. Mas ela precisou se ausentar hoje porque o marido dela começou a se sentir mal e correu para o hospital.

— É mesmo? Ouvi falar que foi algum tipo de contaminação...

— Olha, deve ter sido. Ninguém sabe de nada, mas eu acho que tem a ver com a Mint — respondeu o barman diminuindo seu tom de voz, como se tivesse lhe contado um segredo.

— Por que você acha isso? — respondeu ele, no mesmo tom de voz.

— O marido de Maria trabalha na Mint há uns dois anos. Eu cruzei com ela hoje aqui, quando cheguei. Ela me disse que todos os colegas dele também passaram mal. Todas as histórias que conheço de pessoas que tiveram sintomas são de funcionários da Mint! — disse o rapaz, arregalando os olhos e aumentando a intensidade das palavras finais.

— Hum, e a Maria te contou como foi isso? Quando ele começou a se sentir mal?

— Disse que foi de repente. Estava à noite em casa, mexendo no celular, quando recebeu uma ordem de que deveria tomar mais água. Foi até a cozinha, abriu uma garrafa, bebeu e alguns minutos depois começou a ter enjoo e vomitou a madrugada toda.

— Peraí, o que você disse? Ele recebeu um aviso?

— Sim, desse aplicativo aí do governo. Ele não devia ter tomado líquido o dia inteiro, então recebeu um aviso para beber água. Desses que aparecem na tela do celular.

— O aplicativo da saúde é o AppSUS? Este aqui? — perguntou Deco, apontando para o aplicativo instalado em seu celular, sem esconder a excitação.

— Sim, e tem outro?

— Não, só estou confirmando. Mas você disse que ele tomou uma água engarrafada?

— Sim! Rapaz, aqui em Jacobina água encanada é artigo de luxo. A maioria das pessoas compra água e estoca em casa. Então — disse ele, voltando a diminuir o tom de voz —, a empresa disponibiliza garrafas d'água para os funcionários levarem para casa.

— Por isso você acha que a Mint tem culpa nisso?

— Não seria muita coincidência se não tivesse?

Coincidência demais, pensou Deco.

Precisaria engolir seu orgulho, gerenciar a raiva e pedir novamente ajuda.

CAPÍTULO 16

WASHINGTON D.C., ESTADOS UNIDOS

Guto jantava sozinho em sua casa naquela noite fria e chuvosa. Sua mulher e seus filhos passaram a segunda-feira de feriado na casa dos avós e decidiram jantar por lá para aproveitar melhor o encontro. Ele precisou ficar em casa para terminar uma matéria importante para o Herald sobre o impacto que as eleições americanas causariam na relação com países do Oriente Médio. Sem a família, pediu uma comida italiana do seu restaurante de bairro preferido e estava se deleitando com o espagueti carbonara com gosto de casa da vó.

Enquanto comia, seus olhos não se desgrudavam do celular. Estava terminando um novo romance policial de um autor descoberto por indicações de amigos. Vinha engolindo aquelas páginas virtuais nos últimos dias e já estava na reta final da história.

Foi quando recebeu uma ligação completamente inesperada. A tela passava a mostrar o rosto de Deco, com quem não falava há meses desde a última briga. Guto respirou fundo enquanto aumentava a velocidade da mastigação. Sabia que teria que atender. Mas não estava preparado para conflitos em meio a uma noite tão tranquila e ordinária.

— Oi, Deco. Tudo bem por aí? — atendeu ele de forma sóbria e indiferente. Um sentimento quase que totalmente verdadeiro.

— Tudo caminhando, Guto. Você está bem? — Sua voz claramente carregava uma preocupação e uma inquietação típicas.

— Tudo bem, sim. Faz tempo que não nos falamos.

— Preciso de uma ajuda sua. Não ouse rir. Eu quero nos poupar de toda a discussão do passado, mas preciso voltar ao mesmo tema. Então, apaga o que conversamos e me escuta pelos próximos cinco minutos. Pode ser?

— Acho que já estou acostumado com isso.

Deco então contou toda a saga desde a descoberta do hacker, passando pela viagem repentina a Jacobina e terminando na descoberta recente da contaminação e do caso contado pelo barman do hotel.

Houve alguns segundos de silêncio na ligação após a história ser encerrada. Guto estava de olhos fechados, com os dedos polegar e indicador pressionando suas têmporas enquanto digeria tudo aquilo.

— Eu sei o que você está pensando, Guto. Se eu não precisasse de você, acredite que estaria tocando tudo por aqui, como sempre fiz. Minha profissão está falando mais alto que o coração. É um último pedido de ajuda e, como te falei, eu vou me certificar amanhã cedo de que minha teoria faz sentido.

— Tudo bem, Deco. Eu te ajudo. Vou conversar com umas pessoas no Herald amanhã e te aviso o que conseguir.

— Tá certo. Tudo bem mesmo? Nenhuma resistência?

— Você não sabe quando se contentar, né? Amanhã nos falamos. Se cuida por aí. — E desligou.

Seu corpo foi tomado por um sentimento de náusea e desconforto. A massa inacabada ainda estava à sua frente, mas ele já não tinha mais apetite. Limpou a boca, tirou o prato da bancada e jogou o restante no lixo. Sua cabeça girava rapidamente, e ele precisou encher novamente o copo com água para mais um gole profundo. Não daria mais para fugir da realidade.

Havia algo por trás de sua rápida aceitação em ajudar que ele não contou para Deco. Nem para ninguém.

Algumas semanas depois de voltar de Detroit com o caso da Stellar resolvido, Guto estava passando um feriado prolongado com sua família na Flórida quando recebeu uma ligação de um número desconhecido. A pessoa do outro lado da linha se identificou como Amanda, a ex-namorada de Julian Fitzpatrick. Ela havia descoberto seu nome na assinatura da reportagem do Herald e, por meios não revelados, conseguiu seu número de telefone.

Na conversa, Amanda estava transtornada. Ela não estava conformada com o desfecho do caso anunciado pela mídia de que ele havia se suicidado. Nos dias seguintes, contou a Guto que decidiu investigar por conta o caso, pois o incômodo de não concordar com aquilo estava muito grande. Após conversar com várias pessoas próximas a Julian, sem conseguir nada valioso, decidiu ir atrás de câmeras de segurança que poderiam ter capturado o ex-namorado momentos antes de se jogar da plataforma do trem. Algo que a polícia provavelmente já havia feito, mas possivelmente com o viés de confirmação e não de dúvida, segundo ela.

Amanda contou que obteve acesso a dois registros. O primeiro era da câmera de um café que ficava próximo ao local do qual Julian se jogou. Ela apenas o mostrou passando por ali com uma velocidade acima do normal, de acordo com sua interpretação. O segundo foi mais revelador. Era de uma loja de conveniência que ficava embaixo da ponte, cujo atendente foi o primeiro a ouvir o barulho do atropelamento. As imagens foram mostradas pelo próprio gerente que ainda estava intrigado com o que viu. Nelas, era possível ver um homem todo vestido de preto e com boné, parado na porta do estabelecimento por muitos minutos e que apenas olhava para cima, em direção à ponte. Em um determinado momento, o homem, que não comprou nada na loja, saiu de sua espera com pressa e sumiu das imagens.

Ao comparar o horário registrado pela câmera da loja com o da ligação do atendente para a polícia, Amanda percebeu que havia um intervalo de pouco mais de três minutos. "O suficiente para ele ter subido na ponte e empurrado Julian", de acordo com suas palavras, as quais Guto nunca mais esqueceu.

Numa tentativa de amparar o sofrimento da moça, Guto sugeriu que contasse aquilo à polícia. Mas ela estava convencida de que ninguém acreditaria em sua teoria sem provas e de que o caso estava formalmente encerrado. Ela confiava que a imprensa pudesse ser o único elo a pressionar as autoridades a continuar investigando a morte dele e decidiu pedir ajuda ao Herald, pelo seu histórico no caso.

Sem saber o que fazer em meio a um momento de lazer, Guto prometeu que iria cuidar daquilo quando voltasse ao escritório. Mas não o fez. Friamente pensando, ele tinha um caso incontestável e com muitas provas versus a conjectura de uma pessoa machucada por um trauma que envolvia sentimentos e atrapalhava seu julgamento imparcial. Por mais que estivesse tocado pelo desespero de Amanda, não podia ceder às emoções.

Na verdade, aquilo era sua desculpa racional para não ter que voltar a mexer num vespeiro que ele já havia enterrado — e sido muito bem-recompensado. Uma desculpa sólida igual a uma gelatina.

Agora, meses depois, Deco vinha com novos detalhes surpreendentes que reviviam o caso. Justo ele, uma pessoa que provavelmente teria levado aquela ligação inesperada mais a sério e que fazia com que seu comportamento jornalístico menos impulsivo fosse colocado na berlinda mais uma vez.

Guto decidiu não trazer mais aquele combustível para o conhecimento dos dois. Não queria inflar o conflito. Deixaria o esqueleto escondido apenas em seu armário e lidaria sozinho com a dúvida, como o fez até então.

Após uma noite agitada por tantas incertezas, acordou no dia seguinte decidido a cumprir o acordo com Deco e tirar o peso dos ombros. Assim que chegou à redação do Herald, foi até a mesa de Simone Winter, que cuidava de uma editoria sobre empreendedorismo e tecnologia. Dotada de um visual geek, ela era uma autoridade em novidades no universo de startups, especialmente vindas do Vale do Silício.

Guto queria de Simone tudo o que sabia sobre a Zest. Em sua explicação de bate-pronto, nenhum detalhe além daqueles que Deco já havia pesquisado do histórico da empresa e do sucesso do aplicativo Good Health. Simone queria saber por que o interesse repentino de seu colega, mas ele não quis abrir muitos detalhes e disse que estava ajudando um amigo brasileiro investigando algo em relação a eles. O que era a mais pura verdade.

— Ah, espera aí... acho que ontem li algo que pode te ajudar. — Simone então abriu seu laptop e digitou no teclado por alguns segundos, procurando uma informação. — Aqui está! Sabia que tinha lido alguma coisa da Zest esses dias. Como te falei, eles estão próximos de abrir o capital. Amanhã haverá um evento fechado para investidores em que devem mostrar alguns números do negócio para sentir a temperatura do mercado, como uma primeira avaliação, se está na hora de ir à bolsa ou não. Os fundadores Mark Goodwin e Jason Speed estão em Nova York esses dias — disse ela com um sorriso no rosto e virando a tela do seu computador para que ele visse uma foto dos donos do negócio posando para alguma jornalista, ambos vestindo uma camiseta amarela com o nome do aplicativo estampado.

Guto então sentiu um impulso muscular que há muito tempo não sentia. Talvez desde seus tempos do começo do *Jornal da Capital* quando o instinto falava mais alto. A culpa que jorrava em seu sistema nervoso se convertia numa coragem e numa explosão que só podia ser canalizada de uma forma.

Ele precisava ir até lá.

Agradeceu à Simone e foi até sua mesa. Pegou alguns materiais e seu laptop e colocou-os numa mochila. Em seguida, chamou um táxi pelo celular e, enquanto esperava, já procurava a próxima passagem de avião para Nova York. Por sorte, a oferta de voos era farta. Bem antes de seu carro chegar, ele já havia adquirido um ticket do próprio bolso para daqui a uma hora e meia, tempo justo e calculado que teria para chegar da redação até o aeroporto Ronald Reagan, passar pelos procedimentos de embarque e se sentar em sua poltrona.

No trajeto, aproveitou para preparar o terreno. Primeiro, avisou sua mulher da viagem repentina e assegurou que voltaria no fim do dia, dizendo apenas ser algo urgente do trabalho. Em seguida, precisava descobrir os detalhes da agenda dos fundadores da Zest para conseguir encontrá-los. Sabia exatamente como seria a abordagem, uma ideia matadora — que tinha vindo de Deco na ligação do dia anterior.

Utilizou toda a estrutura de apoio do Herald e de alguns contatos que tinha entre investidores e repórteres que cobriam o mundo financeiro. Dentre as informações que conseguiu, uma delas era extremamente valiosa. Jason Speed teria um almoço com um executivo importante de um banco de investimentos em um restaurante badalado no bairro de Flatiron. Guto calculou que deveria chegar próximo ao lugar quando os dois estivessem do meio para o fim da refeição.

Com o plano traçado, em poucos minutos já estava sentado no avião que o levaria para Nova York. Os músculos ainda estavam retesados e as mãos seguravam-se nos suportes como se ele tivesse no meio de uma forte turbulência, apesar do voo tranquilo. A respiração era mais curta e podia sentir a esperança de enfim responder às dúvidas de Amanda.

Em pouco mais de uma hora, o avião pousou em La Guardia. Guto então não perdeu tempo e acelerou o passo para chegar o mais rápido possível à porta de saída do aeroporto e procurar o primeiro táxi que encontrasse pela frente. Colocou o endereço do restaurante e seguiu seu rumo. Já era pouco mais de meio-dia, e ele acreditava estar no horário certo, porém justo.

Enquanto estava sentado no banco do passageiro, sentiu o telefone vibrar. Era Deco mandando algumas mensagens. Ele prontamente as abriu. E teve a confirmação de que precisava:

"Acabei de descobrir que várias pessoas que tomaram água receberam um alerta do AppSUS.

Numa delas, a mulher me mostrou aqui que o aplicativo inclusive estava dando mais pontos para quem tomasse água naquela hora. Esses pontos servem para desconto no imposto de renda.

Foi o app que fez eles tomarem água, Guto."

Já não precisava de mais nada. Estava com o ímpeto necessário para agir.

Chegou à porta do restaurante por volta de 13h15. Logo, entrou no local e começou a andar despretensiosamente entre as mesas à procura de seu alvo cuja foto ainda tinha registrada na cabeça. Não demorou muito para encontrar Jason Speed. Estava sentado com mais três homens. Ele e mais dois, vestidos com roupas casuais e portando pulseiras amarelas com a marca do Good Health. Um outro trajava terno e gravata e apresentava uma típica postura de banqueiro de Wall Street.

O plano estava funcionando. Ele precisava esperar do lado de fora do restaurante.

Depois de pouco mais de quinze minutos, saíram pela porta três pessoas. Todos que estavam sentados à mesa, menos Jason. Guto foi pego desprevenido já que seu alvo era justamente o fundador. Mas, numa decisão instantânea, decidiu seguir com o plano de qualquer forma.

— Olá, boa tarde. Desculpem abordá-los assim, mas preciso da ajuda de vocês.

Os três foram claramente pegos de surpresa e não pararam para conversar. Mesmo diminuindo o passo, continuaram andando, como se estivessem fugindo de um mendigo pedindo esmola.

— Meu nome é Guto, sou jornalista do Washington Herald — disse, mostrando suas credenciais. — Eu queria falar com Jason Speed, mas pelo visto ele não está mais por aqui.

— Jason precisou ir a outro compromisso — interrompeu um dos homens de pulseira amarela.

— Hum, então vai ter que ser com vocês mesmo. Precisam investigar algo que está acontecendo com o seu aplicativo.

— Como assim, cara? Do que está falando?

— Vejam estas fotos aqui. — Guto estendeu o celular para a frente dos três homens e foi deslizando o dedo para o lado a cada segundo. Eram imagens de Jacobina, mais especificamente da porta do hospital municipal.

— O que é isso? — perguntou o outro executivo.

— Essas são imagens de uma cidade no interior do Brasil chamada Jacobina. Como vocês devem saber, a Zest fez uma parceria com o governo brasileiro para lançar um aplicativo ligado à saúde para que as pessoas usassem menos o sistema público.

— Sim, nós conhecemos essa parceria.

— Ótimo. O que acontece é que o aplicativo de vocês ordenou por notificações que as pessoas bebessem água e tudo indica que ela estava infectada com alguma coisa. Há algumas coincidências estranhas. A primeira é que o alerta veio no celular das vítimas quase ao mesmo tempo. A segunda é que todas elas trabalhavam para uma única empresa nessa cidade, uma mineradora chamada Mint. Então, em suma, o app induziu uma contaminação em massa que está causando um estrago tremendo nessa cidadezinha e, logo menos, este caso vai começar a pipocar na imprensa de todo o mundo. Só que tem um ponto importante. Apenas eu e um colega jornalista sabemos desse detalhe da história. Para o resto do mundo, é um caso de contaminação alimentar, provavelmente causado por alguma toxina descartada na água de forma inadequada. Mas eu sei que não é isso...

As fotos e a notícia claramente pegaram a todos de surpresa.

— Ok e o que você quer?

— Neste papel está o contato do meu colega jornalista brasileiro que está cobrindo o caso in loco. Eu quero que vocês investiguem internamente o que pode ter acontecido e avisem-no. Tenho que reforçar que esse é um caso muito sério e estamos passando por um momento político muito conturbado no Brasil. Queremos dar uma chance para que descubram a verdade antes que hipóteses comecem a ser ventiladas por aí.

— Certo, entendi o recado, vamos fazer isso — respondeu prontamente um dos executivos da Zest, guardando o cartão com o nome de Deco em seu bolso. — Você disse que é do Washington Herald, né?

— Sim, sou.

— Tenho certeza de que Jason vai querer ir atrás disso logo, principalmente depois do que aconteceu.

— Do que você está falando?

— Ian Mckellar, diretor da Stellar. Ele e Jason se formaram e trabalharam juntos há muito tempo. Depois que seu jornal divulgou aquela história sobre o hackeamento do carro, só o que a gente ouvia na nossa empresa era para evitarmos jornalistas da capital, especialmente do Herald. Bom, não tivemos muita escolha aqui, não é mesmo?

CAPÍTULO 17

JACOBINA, BRASIL

— Muito obrigado, dona Gumercinda.

— De nada, meu filho. Quer açúcar no café?

— Não, prefiro sem nada.

— Sem estragar o gosto original, não é mesmo?

— Sim, vamos sentir esse café baiano!

Deco então se acomodou na cadeira e fingiu ter paciência. Estava realmente tocado pela calorosa receptividade que os moradores de Jacobina tinham, em geral. Nunca um trabalho investigativo de porta a porta havia sido tão bem recompensado com sorrisos, conversas e convites para entrar e se sentar. Porém, na casa da dona Gumercinda, estava atrás de algo que poderia ser muito importante e que valia a pena a espera.

Desde os primeiros raios de sol da manhã, estava trabalhando incansavelmente. Decidiu voltar ao hospital municipal para uma avaliação geral. A entrada já não estava muito agitada, cheia de idas e vindas, mas ainda apresentava um movimento acima do normal.

Assim que chegou, também se deparou com algo já previsto. Um repórter de um importante veículo de mídia local estava posicionado, anunciando qualquer coisa que fosse em frente a uma câmera e transmitindo as imagens ao vivo. A notícia começava a se espalhar. Jacobina começaria a ficar conhecida.

Ao se aproximar do repórter, pôde ouvir o que estava sendo revelado. A princípio, duas pessoas haviam morrido na madrugada, o que deixava o caso ainda mais grave e delicado para quem fosse o responsável. Ele sentiu que precisava acelerar o passo se quisesse confirmar sua hipótese.

Em seguida, começou a executar o plano. Na noite anterior, descobriu com o barman de seu hotel que a Mint construiu uma vila de casas assim que chegou a Jacobina para ajudar na contratação de pessoas que não eram da cidade. Dessa forma, o lugar servia para hospedar geralmente executivos de média e alta gerência, já que quase a totalidade dos funcionários de baixo escalão eram locais. As casas eram todas novas, relativamente espaçosas e se enfileiravam em ruas arborizadas e bastante tranquilas.

O plano era simples e direto. Bateria em todas as portas se apresentando como jornalista e pedindo informações sobre o que aconteceu. Usaria o máximo de sua simpatia para desconstruir o lado intimidador que um repórter de fora geralmente traz consigo.

Já na primeira casa que abordou, conseguiu uma primeira confirmação. Falou com Fabiana, uma adolescente que, apesar de bastante assustada, não se intimidou com a presença dele. A menina disse que sua mãe era funcionária da Mint e que tinha passado mal há dois dias próximo da hora do jantar. Enquanto esperava a carne terminar de assar no forno, tomou um remédio para pressão e começou a sentir dores de barriga. Seu pai, que já era aposentado, foi quem a acudiu e prontamente a levou para o hospital. Ela estava internada e seu estado de saúde não era bom. Mesmo sem saber dar detalhes, disse que a mãe apresentava febre alta incessante e não conseguia se alimentar de jeito nenhum. O pai ia e voltava do hospital, acompanhando a evolução da esposa.

Deco jogou um verde para entender se a mulher havia tomado a água engarrafada junto com o remédio, mas ela não sabia de nada. Nenhuma menção ao AppSUS tampouco foi feita. Porém, Fabiana disse que o vizinho também estava internado no hospital. Ouviu o que precisava.

Em seguida, caminhou até a casa ao lado. Dessa vez, foi recebido por uma mulher de quarenta e poucos anos que se apresentou como Cida, esposa de Márcio, que era funcionário da Mint e que já estava em casa. Ela confirmou que seu marido havia passado mal também, mas que ficou poucas horas no hospital tomando soro e alguns outros medicamentos, até ser liberado. Desde que voltou, porém, ele ainda estava muito indisposto, com alguns episódios de vômito e diarreia, além de uma cor amarelada que tingia todo o corpo.

Cida disse que o marido estava dormindo, e Deco não se sentiu à vontade para insistir e falar com ele. No entanto, perguntou se ela imaginava o que poderia ter acontecido. A mulher disse ter certeza de que havia algo errado com a mineradora, pois todos os seus colegas também haviam passado mal. Deco perguntou sobre a água, mas ela não sabia se ele havia tomado algo. Porém, deu uma informação importante. Márcio era um homem de porte atlético, muito saudável e que não pegava nem gripe, segundo ela. Além disso, era um ávido usuário do AppSUS e havia "zerado todos os índices de saúde". Ela só podia imaginar que algo muito forte havia entrado no organismo dele para causar tamanho estrago.

As duas primeiras conversas já apontavam para situações semelhantes. Mas ele precisava de mais. Foi então varrendo as casas seguintes com o mesmo discurso e se deparando com situações distintas, porém sempre com o mesmo fim: pessoas que passaram mal após tomar água.

Num determinado momento, já próximo à hora do almoço, decidiu mudar sua abordagem. Até ali, não havia conseguido uma brecha para ver de fato a tela de um celular que mostrasse explicitamente o AppSUS atuando. Então, num ímpeto, resolveu que precisava ser mais agressivo.

Assim que tocou a campainha, foi recebido por uma senhora idosa.

— Olá, boa tarde. Me chamo Fernando e sou representante do governo brasileiro, do Ministério da Saúde. Estamos investigando o que aconteceu em Jacobina. Alguém aqui na casa de vocês passou mal recentemente?

— Hã, sim… meu filho. Ele voltou hoje para casa, está em repouso no quarto.

— Ah, que pena. Como ele está?

— Hoje está melhor, mas ainda tem muito enjoo.

— Que bom que está melhorando. Desculpa, qual é o seu nome?

— Fátima.

— Dona Fátima, deixa eu ir direto ao ponto. Estamos analisando como o AppSUS poderia ter ajudado neste caso de contaminação em massa. Para isso, vou precisar ver o celular do seu filho. Eu poderia chamá-lo para me mostrar, mas não quero atrapalhar sua recuperação. Você conseguiria pegá-lo para mim?

— Espera só um minuto que vou ver se encontro.

Poucos instantes depois, ela voltou com o aparelho em mãos e o entregou a Deco. Com a palma da sua mão, a tela foi destravada. *Santa integração de segurança entre pais e filhos*, pensou. Nenhum questionamento em relação a quem ele era.

Ele agradeceu e foi logo ao que interessava. Abriu o aplicativo e logo se deparou com a tela inicial de Miguel, o filho daquela senhora. Correu até o histórico de mensagens para ver as notificações enviadas. Logo, viu que o último alerta havia sido dois dias atrás e indicava o seguinte: "Hora de beber água! Beba um copo cheio e ganhe dez pontos."

Aquilo era um colírio para seus olhos.

Sem que a senhora percebesse, Deco foi rápido em sacar seu próprio aparelho e tirar uma foto da mensagem. Tinha a prova de que precisava. Devolveu então o celular para Fátima, agradeceu sua presteza e disse que o governo iria estudar como prever casos daquele tipo para evitar que voltassem a acontecer. Um monte de ladainha inventada em cima da hora e que tinha colado.

A sensação de conquista e de confirmação de sua hipótese encheu seu peito de coragem. Precisava fazer algo para extravasar aquilo. Antes de prosseguir, mandou a foto recém-tirada por mensagem para Guto como prova. Pensou alguns segundos no que escrever. Deixou a agressividade fluir, mas depois decidiu apagar. Suspirou resignado e apenas colocou um "olha o que eu encontrei em Jacobina".

Aquilo era bom, mas nem um décimo da vontade que tinha de mandar Guto para aquele lugar com suas caretices e desconfianças.

Porém, ainda restavam algumas dúvidas, que seriam difíceis de resolver. Se sua hipótese estivesse certa e alguém manipulou várias pessoas a se hidratarem, como havia acontecido o envenenamento da água, ainda mais ela sendo engarrafada? Teria sido aquilo um trabalho interno ou externo? Por fim, qual era a intenção para causar danos à saúde de centenas de trabalhadores?

Deco resolveu voltar ao hotel para comer e se organizar para a tarde. Logo que chegou, percebeu que o saguão estava repleto de pessoas, a maioria com uniformes, microfones, câmeras e toda a parafernália de imprensa. Definitivamente, a mídia havia descoberto o caso. Não se surpreenderia se a Mint já estivesse sendo pressionada a responder por que grande parte de seus funcionários estava no hospital, com alguns vindo a óbito.

Preferiu andar depressa por ali e refugiou-se no restaurante em uma mesa mais afastada para comer um sanduíche e voltar à ativa. Não queria correr o risco de ser reconhecido por alguém. Enquanto almoçava, observava com olhar curioso o vaivém de seus colegas de profissão. Todos pareciam inquietos, sempre correndo atrás do tempo e com mil coisas na cabeça. Sentia-se como um veterano de guerra olhando para soldados indo a campo, todos brigando pelo mesmo competitivo e tumultuado espaço.

Assim que terminou de comer, voltou ao porta a porta. Estava na hora de continuar batendo perna, mas à procura de algo muito específico: alguém que pudesse lhe apontar alguma pista de como aquela água engarrafada poderia estar envenenada.

As horas seguintes foram de poucas novidades. Continuava percorrendo casas e conversando com pessoas, se identificando como um repórter e sempre ouvindo histórias parecidas. Algumas davam mais e outras menos detalhes. Não chegou a falar com nenhuma vítima direta da contaminação, pois ou estavam no hospital municipal ou estavam de repouso em suas casas.

O sol poente já apontava no horizonte e trazia ainda mais drama à peça faltante da investigação. Ainda não tinha o suficiente. Instintivamente abandonou seu *modus operandi* do dia e começou a caminhar pelas ruas residenciais de Jacobina. Como um bom jornalista, respirou fundo, lutou para deixar sua mente vazia e tentou apenas observar o que o contexto geral daquela pequena cidade baiana ainda escondia.

Foi quando percebeu algumas garrafas vazias de água jogadas no lixo público. Elas eram da mesma marca, que se chamava Girassol, um nome desconhecido para ele. Examinou a embalagem, que era de plástico mole como qualquer outra da categoria; retirou o rótulo, que também não tinha nada demais além do logotipo e algumas flores amarelas em um campo verde de fundo.

Porém, na parte branca de trás, percebeu que havia um código impresso alfanumérico e o nome da Mint descrito em seguida. Para uma empresa estampar o nome de um cliente no rótulo de um produto, era sinal de que ele deveria ter uma importância econômica enorme. Aquela relação não era comum para uma commodity como água engarrafada. A Girassol e a mineradora deveriam ter mais do que um contrato assinado.

Deco agora precisava procurar por outra coisa.

Após algumas investidas, conheceu Sálvio, um funcionário da Mint, que trabalhava no departamento pessoal. Ele indicou que um tal sr. Rubens era o encarregado por receber alimentos de fornecedores para distribuir pela cozinha e também pelas copas presentes em toda a empresa. Dentre essas mercadorias, estavam justamente as garrafas d'água.

Como somente Deco tinha essa pista, não alimentou muito a cabeça de Sálvio sobre por que gostaria de conversar com aquele homem. Mas insistiu em descobrir seu endereço e após um tempo conseguiu a direção. A casa ficava mais afastada e localizada num bairro bem mais humilde de Jacobina, tanto que precisou pegar seu carro alugado e dirigir até lá.

O dia já se encerrava quando chegou ao local indicado. Poucas pessoas passavam por ali e um certo ar bucólico dava o tom da visita, reforçado pelas poucas luzes do sol que se despedia. Um muro baixo separava a rua do pequeno jardim que escondia a casa num recuo. Deco entrou devagar até que viu uma senhora, por volta de sessenta anos, regando algumas plantas. Ele se apresentou como um jornalista e queria conversar com o sr. Rubens. Por sorte, a mulher se mostrou muito afável e disse que era seu marido e que estava fora de casa acompanhando alguns colegas de trabalho que haviam se contaminado, o que não tinha acontecido com ele.

— Entre, meu filho. O Rubens já vai chegar. A cidade está um furdúncio esses dias!

E foi com esse carinho que Deco entrou na casa e logo foi convidado para se sentar na cozinha enquanto aguardava seu alvo. Quando se tocou, já estava tomando um café e dando uma garfada em um bolo de laranja delicioso oferecido por ela. Seu estômago e sua cabeça agradeciam aquela pausa repentina.

A TV estava ligada num programa de notícias local. No terceiro bloco, o âncora anunciou que um porta-voz da Mint, que se apresentou como diretor de relações públicas, estava ao vivo na sede da empresa fazendo um pronunciamento. As imagens do estúdio foram interrompidas pela filmagem de um homem de terno e gravata que lia um documento para uma série de jornalistas à espera de qualquer novidade que fosse. Exatamente como Deco previu que aconteceria.

A declaração levou cerca de dois minutos e não teve espaço para perguntas, como de praxe. As palavras eram confusas e mal-escritas. O tom era de nervosismo e de ansiedade. Basicamente, a Mint admitiu que houve uma contaminação em massa de seus funcionários, mas que ainda não sabiam a origem. Um comitê interno já estava investigando todos os alimentos e bebidas de dentro da empresa para entender o que tinha acontecido. O texto também entoava uma série de pedidos de desculpas e de solidariedade com as vítimas e suas famílias.

— Olá, boa noite — interrompeu uma voz masculina enquanto Deco e dona Gumercinda assistiam à televisão.

— Olá, boa noite. Prazer, sr. Rubens, sou Deco. Desculpe ter invadido sua casa, mas sua esposa me convidou para entrar enquanto esperava por você. Sou jornalista e estou cobrindo este caso que o senhor deve saber bem...

— Sim, sim. Agora vai cair tudo nas minhas costas.

— O que aconteceu, amor? — perguntou ela com toda inocência de quem ainda não havia entendido para onde a história iria enveredar.

— Acabei de receber uma ligação para que eu vá agora mesmo para a Mint. Vão abrir uma investigação e suspeitam de que a contaminação veio da comida. Já sabe quem vai levar a culpa, não é?

O sr. Rubens era um homem relativamente alto de pouco mais de sessenta anos, quase obeso e com uma careca avançada que deixava poucos cabelos grisalhos à mostra nas laterais. Aparentava a exaustão típica de um trabalhador comum que passara os últimos dias imerso em um caos sanitário em sua pacata cidade.

— Sr. Rubens, eu não quero te atrapalhar. Imagino que seja um dia agitado e que você não poderá falar muita coisa para um jornalista nesse momento. Sou experiente e sei como funciona. Eu só tenho uma pergunta para fazer, rápida e direta.

— Manda, rapaz. O que você quer saber?

— A Mint disponibiliza garrafas de água para seus funcionários, certo? Elas vêm de um fornecedor específico?

— Sim, compramos tudo de uma marca aqui da Bahia.

— Você recebe e inspeciona a mercadoria?

— Sim, sempre. Meu trabalho é basicamente checar a data de validade, a quantidade e olhar o estado geral dos produtos. Não tem muito o que conferir. É água engarrafada!

— Ok, entendo. Não notou nada de diferente nos últimos lotes?

— Absolutamente nada. Eu acredito que tenha sido algo ligado à comida. Aqui faz muito calor e qualquer manipulação errada de alimento pode fazer um estrago.

— Hum, Ok. Você disse que o fornecedor é uma empresa baiana?

— Sim, eles ficam numa cidade ao norte daqui chamada Itiúba. Ninguém conhece muito bem no Brasil, mas são fortes pelo Nordeste.

— Imagino que tenham um preço melhor.

— Muito melhor que as marcas mais conhecidas. Rapaz, na Mint o foco é custo baixo. Tudo lá é feito pelo menor preço possível, tem um controle muito grande nesse sentido. É quase uma obsessão. E tudo piorou de uns anos para cá com a nova gestão.

— Houve alguma mudança na gestão?

— Eles trouxeram um novo presidente. Um brasileiro, mas que morou muitos anos fora do país. Nunca havia visitado Jacobina e fala português com sotaque de gringo. Desde que chegou, foi um corte de custo atrás do outro. Várias pessoas foram demitidas, nossos planos de saúde foram reduzidos e por aí vai.

— Você sabe o nome dele? De onde veio?

— Ele se chama Renan Loyola. Até o nome dele é chique. Trabalhava lá com tecnologia em alguma coisa do mundo financeiro. Muito jovenzinho, todo engomado, parece que nunca viu uma mina na frente. Todos acham que ele é um ET.

— Mundo financeiro?

— Sim, não lembro o nome da empresa. Eles já falaram lá atrás, mas não me lembro.

O frio na barriga de Deco foi tanto que ele não escondeu seu ímpeto. Sacou o celular na hora e pesquisou o nome do presidente da Mint numa rede social. Em alguns segundos, confirmou sua assustadora e repentina hipótese.

Renan Loyola também havia trabalhado na Olive. A mesma empresa em que Ian Mckellar passou quinze anos na liderança.

CAPÍTULO 18

JACOBINA, BAHIA, BRASIL

As ruas da já não tão pacata assim Jacobina tiveram seu silêncio de fim de dia interrompido por um carro em alta velocidade. O ronco alto do motor e os pneus derrapando nas viradas acentuadas eram ouvidos por todos os moradores que habitavam a vila de funcionários da Mint. A cena era rara e fez com que alguns que transitavam por ali parassem o que estavam fazendo para observar com estranheza e curiosidade. Depois de um surto sanitário, só faltava uma perseguição policial ou um maluco ensandecido para deixar o contexto ainda mais inusitado.

Dentro do carro, Deco mantinha os braços esticados, mãos apertando firmemente o volante e um olhar determinado e imóvel para frente. Não tinha pressa de nada. Acelerava o máximo que podia naquelas ruas estreitas e rodeadas de pontilhões para extravasar. A respiração era ofegante. A perna esquerda, sem função na condução do carro, estava agitada e ritmada desde que se posicionou no assento, assim que saiu da casa da dona Gumercinda.

Quando chegou a uma avenida mais movimentada, avistou o hotel de longe. Aquele mesmo lugar em que no dia anterior ele se questionava sobre o que o levava ali. Estava enfiado no meio do nada, longe de tudo, sem nenhum sinal de vida para sua filha. Uma angústia interminável o acompanhou durante toda a noite e foi dormir ao seu lado, bem juntinho. Sua única companhia era a confiança de que ainda era um bom jornalista e sabia fazer aquilo. Mesmo ela tentando escapar muitas vezes nos últimos anos, ele lutava com todas suas forças para evitar que a última esperança fosse embora.

Assim que o trânsito apareceu e o farol fechou, parou o carro pela primeira vez. Soltou os ombros e um longo suspiro. Abaixou a cabeça e sorriu com a boca bem aberta, emitindo um som abafado. Queria gritar e celebrar, mas sabia que ainda não era a hora. Só não conseguia mais fingir costume de viver aquele sentimento de vitória tão raro.

Seus pensamentos foram interrompidos por um toque no celular. Olhou rapidamente e viu que era Guto. Pegou o aparelho e refletiu por alguns segundos que pareceram anos. Sua vontade era de xingá-lo e de esfregar em sua cara toda a desconfiança e o julgamento que recebeu. Só de ver o rosto de seu ex-sócio na tela, gravado como um contato antigo, já lhe despertou gatilhos de ira bem sedimentados no passado. Mas fechou os olhos, largou o celular no painel, apertou o botão de atender e deixou no viva-voz. Se esforçou para baixar a adrenalina e voltar a um patamar mais sóbrio de emoção.

— Fala, Guto.

— Deco? Pode falar?

— Posso.

— Descobri uma coisa que você vai gostar.

Um jogo barato para tentar agradar, pensou. Nem para dar uma boa notícia, ele conseguia aumentar a emoção em sua voz.

— Então fala, Guto, porque também estou no meio de uma coisa aqui.

— Jason Speed, o CEO da Zest, é um grande amigo do Ian Mckellar. Estudaram na mesma universidade e trabalharam juntos na Olive, aquela empresa de criptomoedas que foi vendida. Esse é o link que estava faltando desde o começo! Eram as duas informações que Jonas te deu e que nos levou à Stellar e ao Pedro, que apresentou o aplicativo para o Joaquim Damasceno. Nunca fez muito sentido na minha cabeça o que relacionava esses dois fatos, mas agora temos algo. Estou ainda digerindo tudo no caminho para o aeroporto de volta, mas tenho certeza de que você vai ter alguma boa ideia.

O farol abriu, mas ele não saiu do lugar. As buzinas atrás acordaram-no do seu transe momentâneo enquanto processava as palavras. Encostou num posto de gasolina que tinha logo ao lado, enquanto o silêncio pairou na ligação por alguns segundos.

— Deco, ainda está aí?

— Sim… como você descobriu isso?

— Vim aqui para Nova York esperar o Jason, que estava num almoço com investidores. Descobri falando com um assessor dele.

— Você foi até aí? De livre e espontânea vontade?

— Não estou entendendo esse tom, Deco.

Uma breve respiração mais alta, e as mãos subiram para esfregar os olhos.

— Nada, Guto. Estou processando o que me falou.

— Não é incrível isso?

— Sim. Se você souber o que acabei de descobrir…

— O que foi?

— Acabei de saber que a Mint, a mineradora aqui de Jacobina, é presidida por um brasileiro chamado Renan Loyola. Parece que ele assumiu há uns anos e transformou o lugar num grande centro de custos. A bomba é que ele também trabalhou na Olive no passado.

— Nossa! Ian, Jason e este Renan… todos foram colegas de empresa?

— Sim, pelo que parece! Isso tudo é muito louco. Ok, encontramos a ligação, mas o que ela nos diz?

Alguns segundos de silêncio tomaram conta da chamada até que Deco voltou a falar. Já havia voltado a dirigir em direção a seu hotel.

— De alguma forma, todos se deram mal até agora. Ian continuou empregado, mas teve sua reputação destruída. Esse Renan ainda não se pronunciou, mas a Mint está numa baita enrascada aqui. Agora, até o momento, ninguém mencionou nada sobre o AppSUS. A Zest é a única empresa que está fora do radar.

— Você acha que vão descobrir que a contaminação foi motivada por uma ordem do aplicativo para que bebessem água?

— Eu duvido. Isso só nós sabemos.

— Mas, então, estamos considerando que há alguém manipulando esses casos? Stellar e Zest foram invadidas e hackeadas. No primeiro caso, Jonas morreu, e Ian se deu mal. No segundo, apenas o Renan vai se dar mal.

— "Não preste atenção àquele homem atrás da cortina". Lembra dessa frase que encontrei nos papéis de Jonas? Será que a referência ao Mágico de Oz tem algo a ver com isso?

Nenhuma resposta do outro lado.

— Olha, eu sei que você não quer entrar nesse caso, Guto. Tá tudo bem, pode ir pra casa, eu assumo...

— Espera, espera, espera. Eu estou aqui ainda, não estou? Só estou tentando chegar no seu ritmo.

— Beleza.

— Acho plausível o AppSUS estar no mesmo bolo.

— Sim, Guto. Mas tem algo estranho aí ainda. Não consigo ter clareza do papel da Zest. Ela veio para o Brasil pelo Pedro, impulsionou o governo aqui, deu bandeira pro Joaquim... tudo isso para vir aqui para Jacobina, manipular um monte de gente só para ferrar o presidente da mineradora?

— Me parece realmente muita coisa.

Alguns segundos de silêncio novamente.

— A gente tem duas tarefas agora. Você precisa ir atrás dessa Olive aí nos Estados Unidos. Entender o que esses três caras têm em comum, se são amigos, inimigos ou o que for. Alguma coisa aconteceu nessa empresa no passado e talvez haja muitas respostas por ali. Isso não pode ser uma coincidência. Já eu preciso primeiro entender como a água foi contaminada se ela veio de uma empresa formal e estava engarrafada, algo que ainda não está muito claro. E, depois, vou colocar o Joaquim Damasceno na parede.

— O que pretende com ele?

— Primeiro, precisa saber que o que aconteceu aqui em Jacobina é resultado do aplicativo dele. Se alguém descobrir isso, sua reputação vai para o esgoto. Ainda não sabemos se ele tem alguma culpa também. Se estamos lidando com uma manipulação, isso não está sendo feito por uma pessoa só, mas sim por um grupo.

— Eu ficaria espantado se o Joaquim tivesse algo a ver com isso. O que ele ganha?

— Não sei. A gente conseguiu limpar um pouco a neblina, mas ainda tem muita fumaça.

— Você tem razão. Ok, acho um bom plano.

— Você tem certeza?

— Claro, me parece coerente. Temos que investigar a Olive e o Joaquim.

— Não foi isso que quis dizer.

— Seja mais claro, então.

— Tem certeza de que quer continuar nessa? Já me pagou seu favor.

Foi a vez de Guto bufar na linha.

— Esquece o que passou. Agora não dá mais. Já estou nessa com você.

OKLAHOMA CITY, ESTADOS UNIDOS

A senadora Ellen Hudson entrou na parte de trás do carro preto que a aguardava na saída do edifício Billberg, no centro comercial da cidade. Alguns repórteres cobriam sua agenda naquela manhã e tentaram fazer algumas perguntas enquanto ela passava pelo espaço entre o portão de vidro do prédio e o automóvel, mas não foram atendidos. Ela apenas acenou com sorrisos e disse que estava com pressa.

A manhã estava sendo bem mais tranquila que o dia anterior, quando a senadora realizou um comício, em um famoso mercado local, que atraiu milhares de pessoas. Oklahoma era a segunda cidade que a agora candidata à cadeira democrata nas eleições americanas visitava. A campanha pelas primárias estava apenas começando e vários nomes emergiam e se testavam nas pesquisas iniciais para entenderem a força perante o público para um pleito oficial que ainda levaria muitos meses para acontecer.

Assim que Ellen se sentou no banco de trás, um segurança fechou a porta e se acomodou na parte da frente, ao lado do motorista local contratado pela sua equipe, que ainda estava em formação. Ao lado da senadora, estava seu principal assessor, que começava a organizar a agenda de viagens e participações públicas da agora pré-candidata.

— Ufa, enfim, vamos para casa.

— Sim, Ellen. Oklahoma foi um sucesso. Agora, um descanso de dois dias em Washington e voltaremos à ativa no Iowa.

— Iowa… visitei muito Des Moines quando era criança com meu tio. Vai ser ótimo voltar.

— Quer que repasse a agenda agora ou depois?

— Depois, por favor. Me deixe fechar os olhos um pouco para descansar. Teremos essa conversa durante o voo da volta, pode ser?

— Claro, você manda, Ellen. Vou aproveitar para resolver algumas coisas aqui pelo celular.

— Hã, moço, quanto tempo até o aeroporto? — perguntou ela ao motorista.

— Acredito que deva levar uns quarenta minutos. Infelizmente, vamos ter que atravessar alguns locais com trânsito mais intenso.

— Sem problemas. É o tempo que preciso para tirar um cochilo.

E assim o carro seguiu com os quatro passageiros até o aeroporto. Todos tentavam fazer pouco barulho para respeitar o sono da senadora, que chegou a pegar o celular rapidamente, digitou qualquer coisa e, pouco mais de um minuto depois, guardou-o em sua bolsa, respirou fundo e se acomodou em seu espaço para relaxar. Tirou os sapatos e esticou as pernas o máximo possível.

Após cerca de dez minutos dirigindo por algumas ruas menores, o veículo entrou na Exchange Avenue, uma das mais importantes vias de acesso ao centro da cidade. Após o primeiro farol, o caminho estava livre e o motorista conseguiu acelerar bastante até o limite de velocidade. Cruzaram o rio Oklahoma e seguiram em direção à avenida South Pensilvânia, também um local de bastante movimento.

As ruas estavam estranhamente desertas. O carro conseguiu passar boa parte praticamente sozinho em avenidas largas e com bastante comércio em funcionamento, porém sem concorrência com outros veículos. Aquilo fez o motorista comentar para o segurança à direita.

— Nossa, nunca vi essa avenida tão vazia!

— Costuma ter trânsito aqui?

— Tanto aqui quanto na ponte que acabamos de passar.

— Estamos em nosso dia de sorte, pelo visto.

Em seguida, pegaram a 29th Street no sentido oeste. Ainda tudo muito tranquilo. Ellen já emitia sons que mostravam que estava quase entrando num sono profundo com tanto silêncio e poucos movimentos na parte interna. O aeroporto também já conseguia ser avistado de longe. Viraram à esquerda na avenida South May para manterem o itinerário.

Porém, logo que entrou na avenida e seguiu por alguns metros, três carros pretos saíram de ruas transversais e fecharam a comitiva da senadora. O motorista, assustado, precisou frear bruscamente e virou o volante para a esquerda, como num ato de reflexo de saída. Não conseguiu evitar uma colisão leve com um dos veículos que surgiu ali do nada.

Aquilo fez todos se assustarem. A senadora acordou e deu um pequeno grito. O segurança no banco da frente sacou sua arma e mirou para um dos carros.

— O que é isso? — Hudson perguntou aos berros.

Nesse exato momento, um barulho ecoou com força. Era de vidro se quebrando. No caso, o vidro da frente do carro. Ellen estava na diagonal e pôde ver claramente quando uma bala atingiu em cheio o olho do segurança, que estava com a arma empunhada e não conseguiu ter reação alguma. Sangue espirrou com intensidade para a frente, manchando todo o painel que agora também contava com uma enorme quantidade de cacos espalhados.

Os três demais passageiros soltaram gritos de pânico e instintivamente adotaram posições de choque. O assessor se jogou no chão, e Ellen fez o mesmo menos de um segundo depois. O motorista ainda ficou parado e olhava incrédulo para o que estava acontecendo.

No mesmo instante, cerca de cinco homens saíram dos carros. Vestiam casaco de couro preto e usavam calças jeans. Todos de óculos escuros e com cobertura de bandanas nos rostos. Empunhavam armas de diversos tamanhos.

Não demorou muito para que o carro da comitiva começasse a ser alvo de uma enxurrada de tiros. Os primeiros atingiram o motorista em cheio em várias partes do corpo, da cabeça ao tronco. Os barulhos das armas de fogo vinham acompanhados dos impactos na lataria do carro, nos pneus e nos vidros. Ellen colocou suas mãos sobre a cabeça e se encolheu ainda mais em seu canto. Seus olhos se cruzaram com os de seu assessor, que estava na mesma posição fetal, porém com as mãos tapando os ouvidos.

Cerca de dez segundos depois do início do fuzilamento, ela presenciou exatamente o momento em que uma bala atingiu as costas de seu assessor no chão. Ele emitiu um grito de dor e se contorceu. O sangue começou a se espalhar pela camisa rapidamente. Pouco tempo depois, dois tiros novamente o atingiram, na mão e no ombro. Virou-se e foi na direção de Ellen, como se procurasse alguma salvação.

Ela viu novamente o momento em que a bala definitiva explodiu em sua cabeça, fazendo com que muito sangue e outros fluidos jorrassem para cima dela. Ellen soltou um grito de desespero ao perceber que todos haviam morrido, e as balas não cessavam. Fechou os olhos e jogou sua cabeça ainda mais para baixo, protegendo-a com as mãos. A respiração cada vez mais ofegante e o coração pulando pela boca.

Nunca imaginou que morreria daquela forma. Alvejada em um carro numa cidade no meio dos Estados Unidos. Sem saber por quê. Sem poder se despedir da vida.

CAPÍTULO 19

OKLAHOMA CITY, ESTADOS UNIDOS

O hospital Mercy estava com um movimento acima do normal naquele fim de manhã. Vários veículos de imprensa já posicionavam seus carros e minivans do lado de fora, com jornalistas e repórteres fazendo coberturas ao vivo na extensa área externa do lugar. Muitos civis também estavam ali por curiosidade, sentados em muretas de pedras que abrigavam o letreiro principal do edifício.

Todos queriam acompanhar a paciente mais famosa que chegara na noite anterior após ser vítima de um atentado contra sua vida. A senadora Ellen Hudson estava hospitalizada, e nenhum boletim oficial ainda havia sido divulgado para a imprensa. Apenas rumores e relatos de testemunhas alimentavam o noticiário americano após a bomba do dia anterior.

Guto chegou por volta das onze horas da manhã ao hospital, de táxi, junto com a comitiva do Herald. Sua cabeça ainda estava a mil por hora desde o dia anterior com tantas novidades que brotaram desde que decidiu se aventurar em Nova York à procura de qualquer coisa que aliviasse sua culpa por não ter dado a devida atenção ao caso de Julian em Detroit.

Assim que pousou em Washington, recebeu uma série de mensagens vindas da equipe de editores do Herald. Nelas, descobriu a tentativa de homicídio da senadora Hudson em Oklahoma e seu posterior encaminhamento ao hospital. Toda a equipe havia sido morta no atentado. Os chefes do Herald chamaram uma reunião de emergência na redação naquela mesma noite, e Guto estava entre os convocados. Só teve tempo de avisar sua mulher do imprevisto e pegou um táxi até o escritório.

Durante a reunião, a chefia determinou que ele fosse até Oklahoma cobrir os desdobramentos do caso, independentemente do que acontecesse com a senadora. Guto ainda gozava de uma boa reputação com Hudson desde a matéria divulgada sobre o caso Stellar em que ela capitaneou as críticas à fragilidade tecnológica da empresa, além de ter dado a dica informal sobre a desconfiança com Ian Mckellar. Essa vantagem era tida como fundamental para que o jornal pudesse obter informações exclusivas sobre o caso. Ele poderia levar um cameraman e um produtor, que cuidaria dos principais detalhes da viagem e da relação da imprensa. Ali mesmo, todos compraram passagens aéreas para o primeiro voo direto que sairia às 6h30 do dia seguinte.

Enquanto o sol ainda nascia, ele já estava sentado em sua poltrona do avião. Durante o longo voo até Oklahoma, mandou mensagem para Deco explicando a situação ocorrida e que o trabalho o chamava formalmente. A investigação contra a Olive teria que esperar um pouco.

Logo que pousou, os três foram até o hospital Mercy. Todos ficaram espantados com a quantidade de pessoas que já se aglomeravam na entrada do lugar. O táxi os deixou próximo ao portão principal e foi embora.

Guto era o líder jornalístico da comitiva, mas a estratégia havia sido montada no dia anterior. No começo do dia, o Herald contatou o partido democrata e uma das assessoras de Ellen, que não estava na viagem inicial para Oklahoma, para sua sorte. Na comunicação, pediam uma entrevista exclusiva, que seria divulgada em todos os canais do veículo, e davam todo espaço possível para ela. O dia e horário da conversa seriam determinados pela senadora, quando estivesse com sua saúde física e mental restabelecida. Como garantia de seriedade e de alinhamento de agendas, enviariam Guto como o repórter a conduzir a entrevista.

Para a comitiva, a ordem era esperar o contato de alguém indicando os próximos passos. Os editores confiavam que conseguiriam a exclusiva; na pior das hipóteses, receberiam um comunicado padronizado da senadora e teriam que investigar os detalhes por conta própria. Era o que Guto não queria, pois isso implicaria mais dias afundado no meio do nada, fazendo um trabalho de formiga.

Ele então convidou sua equipe para uma cafeteria que ficava ao lado do hospital. Assim como policiais à espera de um criminoso sair da toca, o melhor que poderiam fazer era tomar café, comer qualquer besteira doce que fosse e aguardar que a estratégia do jornal funcionasse.

Enquanto esperavam na fila do café, a TV do local, que estava sintonizada em um canal de notícias, anunciou uma novidade de última hora. A música de alerta já chamou a atenção de todos que estavam por ali, a maioria jornalistas em cobertura, e fez com que a atenção se voltasse para o que seria anunciado.

— Uma notícia de última hora sobre o estado de saúde da senadora Hudson. O hospital Mercy acaba de soltar o primeiro boletim oficial indicando que ela está bem, acordada e que se recupera do choque emocional causado no dia anterior. Ela sofreu apenas lesões físicas leves e não corre nenhum tipo de risco, devendo receber alta num futuro breve. Uma ótima notícia para toda a nação, que ainda está em choque pela tentativa de homicídio de ontem.

Uma clara agitação tomou conta de todos os presentes. Alguns saíram da fila do café apressados, possivelmente para decidir o que fazer a partir daquela novidade. O burburinho se instaurou, e o silêncio de antes deu lugar a um zunido de vozes que ali ecoavam.

Guto e seus companheiros permaneceram tranquilos. Aquilo era uma boa notícia e poderia inclusive acelerar a resposta quanto ao plano do Herald.

Assim que pegaram suas bebidas, os três se sentaram em uma mesa e ficaram esperando o tempo passar. O programa jornalístico da TV começou a fazer uma análise sobre o cenário político americano, que acabara de ganhar uma nova agitação com o ocorrido.

Tanto os democratas quanto os republicanos estavam passando por suas primárias, em que definiriam quem seriam os candidatos finais para concorrer à cadeira presidencial no ano seguinte. Do primeiro lado, várias figuras importantes disputavam a nomeação, abrangendo desde atuais políticos até empresários e celebridades. Um primeiro debate online seria realizado em duas semanas e prometia afunilar um pouco mais a decisão que deveria ser tomada em até dois meses.

Entre tantas alternativas, duas surgiam com mais probabilidade, de acordo com os críticos e as pesquisas. A primeira era a senadora Hudson, por sua natural força política e elevada presença midiática nos últimos tempos. Toda a bandeira de segurança digital levantada recentemente era muito bem-aceita pela sociedade, que também ansiava pela primeira presidente mulher da história do país.

Como principal opositor, estava o senador Miles Holiday, do Missouri. Mais experiente na política e com uma abordagem liberal e pró-mercado, ele ganhava muito a simpatia de Wall Street e de muitos jovens de grandes centros urbanos, que se identificavam com sua promessa de crescimento econômico, puxado pela maior competitividade das empresas americanas globalmente. Além disso, Holiday também abocanhava uma boa parcela de conservadores do meio-oeste que não gostavam de bandeiras mais protecionistas erguidas pelos republicanos.

Um *outsider* também permeava a discussão dos favoritos à cadeira democrata. Ele era Jimmy Gallup, um apresentador de um dos talk shows mais famosos do país que começou a se arriscar com opiniões mais ácidas em relação à política nos últimos meses. Ele pediu demissão do cargo e decidiu seguir seu caminho como influenciador digital, à espera de que as pesquisas lhe dessem esperança para concorrer de forma mais séria à indicação do partido.

As atenções de Guto foram interrompidas pelo toque do celular de Fred, o produtor do Herald. A boa notícia havia chegado. A equipe da senadora Hudson aceitou dar a entrevista exclusiva para o jornal e queria fazê-la em duas horas. Ellen já estava recomposta e gostaria de falar de seu quarto no hospital. A conversa deveria ser breve e direta, respeitando seu momento emocionalmente delicado. A equipe de pronto aceitou os termos e combinou os próximos passos. Depois, foi a hora de ligar para a chefia em Washington com as boas novas e preparar o editorial para divulgar a novidade assim que estivesse materializada.

No tempo indicado, todos já estavam na recepção do hospital se identificando como os jornalistas que iriam entrevistar a senadora. Não tiveram problemas em passar pela segurança e seguiram as indicações até os elevadores que dariam na ala norte, onde ficavam os quartos de internação. Subiram até o 12º andar, onde encontraram mais uma barreira de seguranças, que pediram para todos esperarem do lado de fora, até que fossem chamados, algo que levou apenas alguns minutos.

O quarto de Ellen era bastante espaçoso, talvez o maior dali. Logo na entrada, havia uma antessala, onde estavam duas mulheres formalmente vestidas, portando tablets e telefones. Guto imaginou que eram assessoras democratas convocadas para dar o suporte necessário para a senadora, já que toda a sua equipe havia sido assassinada. Passando ali, encontraram Hudson sentada no pé da sua cama. Ela estava vestida com uma camisola hospitalar azul clara grossa e usava uma jaqueta preta por cima, como se tentasse disfarçar aquele traje pouco glamoroso. Os cabelos loiros vistosos estavam penteados e jogados para o lado, como num visual mais relaxado. O semblante mostrava um abatimento evidente, com o olhar, antes pulsante, aparentando um desolamento e pouca energia. Alguns arranhões no rosto e no pescoço também lembravam a todos por que a tão poderosa mulher estava naquela posição vulnerável.

— Olá, senadora — cumprimentou Guto com um sorriso carinhoso assim que seus olhares se cruzaram. — Bom revê-la, mesmo que nessa situação. Como você está?

— Estou bem dentro do possível. Ainda me recuperando do que aconteceu, mas agradecendo muito a Deus por ter me poupado.

A voz firme e imponente ainda estava presente, mas apresentava uma hesitação pouco comum para ela.

— Imagino que não tenha sido fácil.

— É uma cicatriz para uma vida inteira. Três pessoas morreram do meu lado.

— Que Deus conforte suas famílias.

— Sim. É tudo tão terrível e difícil de processar.

— Fique à vontade. Gostaríamos de entrevistá-la porque a nação está à espera de notícias suas.

— Sim, eu devo isso a eles. Acabei de gravar um vídeo do meu celular e postei em minhas redes sociais. Disse que estava bem e que em breve devo sair daqui. Não mencionei que daria esta exclusiva ao Herald, mas imagino que vocês irão alardear assim que sair daqui, certo?

— Com certeza. Você está pronta?

— Sim.

O cameraman então ligou seu aparelho portátil, e Guto ativou seu microfone de lapela que já estava instalado. Ele também capturaria o som de Hudson, que estava bem próxima. Não queriam ter que passar por um desgaste de instalar qualquer tipo de aparelho eletrônico em uma paciente de hospital.

— Seremos breves, senadora.

— Pode me chamar de Ellen, por favor. Nem minha família veio me visitar ainda. Vocês são as primeiras pessoas que estou vendo ao vivo depois do atentado, então acredito que somos íntimos o suficiente.

— Claro, Ellen. Por favor, queremos que conte o que aconteceu com você no dia de ontem.

Hudson então descreveu com alguns detalhes toda a rotina que tiveram em Oklahoma, desde a reunião com alguns representantes de comércio locais até o trajeto ao aeroporto. Ela contou que estava tirando um cochilo quando foi pega de surpresa com a freada do carro e a chuva de tiros que veio em seguida e que alvejou todos em momentos diferentes. Enquanto contava os momentos mais tensos, a voz embargou e a expressão corporal em gestos e feições ficou cada vez mais frágil e assustada. Claramente, havia um trauma que ainda estava sendo processado.

— Ellen, você acha que o plano era matá-la ou assustá-la?

— Com certeza, me matar! Eles cuspiram tanta bala no carro que não poderiam imaginar que alguém escaparia com vida. Estou aqui por um milagre!

— E quem você acredita que está por trás disso?

— Muito obrigada pela pergunta. Minha equipe me trouxe uma informação hoje de manhã que me deixou atônita e muito desconfiada. Nós estávamos trafegando por Oklahoma às 4h30 da tarde, um horário de muito trânsito. Meu motorista inclusive já tinha me alertado que deveríamos demorar para chegar até o aeroporto e, por isso, aproveitei para dormir. Mas, incrivelmente, pegamos ruas e avenidas livres, sem uma alma penada. Em um tempo recorde, já estávamos próximos do destino final.

— E o que você acha que aconteceu?

— Sabrina, venha aqui — ordenou Ellen a uma das mulheres que estava sentada na antessala do quarto e que deveria ser a assessora com a informação bombástica. Seu semblante e postura já haviam mudado, de medo para coragem. Até o tom de voz começava a ficar um pouco diferente.

A moça chegou com cara assustada e um tablet em mãos à espera de mais uma ordem de Hudson.

— Conte ao jornalista o que descobriu.

— Ah, sim. Ontem foi o recorde de trânsito em Oklahoma no ano. Descobrimos isso pelo site da prefeitura.

— Recorde de trânsito? Mas e como explicar as ruas livres? — perguntou Guto.

— Sabrina me disse que encontrou uma série de postagens em redes sociais de moradores reclamando de um trânsito enorme no centro da cidade. Todas as mensagens foram colocadas em horários próximos ao evento comigo. Olhamos o mapa da cidade e percebemos que o congestionamento fora do comum ocorrido no centro fez com que as ruas da região sul, onde eu estava, ficassem livres, ou seja, houve um gargalo que concentrou todo o fluxo de carros nesta região.

— Você parece ter uma hipótese para isso.

— Sim, tenho! Se você ler as postagens nas redes sociais, muitas pessoas reclamam que o Move desenhou rotas estranhas para eles e fez com que todos pegassem as mesmas vias, na mesma hora.

— Move, o aplicativo de trânsito?

— Sim, esse mesmo! Todos usam isso para dirigir neste país, certo? Pois bem, o Move criou rotas fora do padrão para várias pessoas que seguiram as instruções e se afundaram num trânsito horroroso.

— Seu motorista usou o aplicativo também?

— Não! Não que eu tenha visto, pelo menos.

— Senadora... Digo, Ellen, o que você está insinuando?

— Alguém manipulou o aplicativo para gerar um trânsito incomum numa parte da cidade a fim de que meu carro pudesse trafegar livremente até a rua em que sofri uma emboscada.

Guto sentiu o coração disparar, e seu rosto ruborizou automaticamente. Ele já tinha ouvido aquela história antes.

— Você também tem uma hipótese de quem estaria por trás disso?

— Eu tenho muitos inimigos. Estou mexendo com gente poderosa no universo da tecnologia, com as leis pelas quais estou brigando para termos mais segurança no nosso mundo conectado. Não sei quem foi! Mas sei que usaram o aplicativo para me matar. Essa pergunta que você me fez eu quero que esteja na cabeça de todo americano: quem quis me matar?!

— Alguma suspeita em cima da empresa? Da Move?

— Eu deixo essa incumbência para vocês, jornalistas. Nesse universo tech, todos se falam, todos conversam. Eu estou em plena campanha para concorrer à presidência do país. Não tenho tempo ou energia para isso. A partir de agora, minha segurança será reforçada e muito, mas não vou me amedrontar! Não vou deixar esses canalhas vencerem!

Guto ficou na dúvida se contava para a senadora sobre os achados que ele e Deco tiveram nos últimos dias. Sobre o que aconteceu no Brasil, onde um outro aplicativo também parece ter sido invadido. Sobre as novas descobertas no caso da Stellar. Sobre a ligação encontrada entre os fundadores de todas as empresas envolvidas nos casos e a Olive. Seria bom ter uma ajuda do calibre de Ellen Hudson na investigação de todos esses casos, que agora ganhavam mais um integrante e um envolvimento extremamente complexo e ambicioso.

Mas se calou. Terminou a entrevista, anotou alguns últimos detalhes e agradeceu-a pela exclusiva. Precisava digerir aquilo tudo e queria antes ouvir a opinião de Deco. Seu próximo passo seria entender os atores por trás de um novo aplicativo no jogo de cartas que se desenhava em sua mesa.

CAPÍTULO 20

JACOBINA, BRASIL

O dia amanheceu, e Deco não precisou do despertador para acordar. Pouco depois das seis horas, já estava com os olhos abertos na cama, enquanto os poucos raios de sol penetravam na escuridão do quarto de hotel. Permaneceu na mesma posição por vários minutos. Não havia nada de prático que poderia fazer tão cedo naquele fim de mundo.

Ainda deitado, experimentou uma sensação de tontura quando tentou levantar-se. Não era por menos. Mesmo que tentasse estabelecer uma rotina e ligar seus motores aos poucos, não conseguia. Na verdade, não sabia nem como tinha conseguido dormir em meio a tantos pensamentos cruzados e coisas para descobrir. Estava lendo um livro com as palavras cortadas pela metade e precisava simular quais encaixes mais faziam sentido.

Cansado e excitado ao mesmo tempo, sacou o celular à procura de alguma mensagem de valor. Nada por enquanto. Sabia de quem a estava aguardando, mas não queria pensar muito a respeito. Ainda precisava descobrir onde enfiar o orgulho e a raiva que teimavam em aparecer sempre que a imagem de Guto brotava em sua mente.

Deco sabia quais seriam os próximos passos. Estava ansioso para ir até Brasília e pressionar Joaquim contra a parede. Sua participação naquela possível manipulação em massa ainda era uma incógnita. Em se tratando de um político com ambições presidenciais, não podia duvidar de nada, apesar de os desdobramentos da operação parecerem mais uma ameaça do que uma oportunidade.

Porém, antes precisava descobrir ainda mais duas coisas. A primeira missão era ampliar a caçada sobre Renan Loyola. Na noite anterior, descobriu que o presidente da Mint no Brasil faria um pronunciamento no dia seguinte para a imprensa. Ele não precisava estar ali para ouvir, obviamente, mas tentaria fazer uma abordagem antes da coletiva. Com o sr. Rubens, descobriu onde ele morava e faria um plantão logo cedo na porta de sua casa. Não estava muito esperançoso de obter algo valioso, mas precisava tentar.

A segunda missão seria ir até a fornecedora da água engarrafada que abastecia a Mint. Pesquisando na internet pelo nome da empresa e da cidade, informações também passadas pelo sr. Rubens, descobriu que a sede ficava a duas horas e meia de carro de Jacobina, o que era perfeito para ele. Daria uma passada ali e depois seguiria viagem para Petrolina, ao norte, onde ficava o aeroporto mais perto. No último horário da noite, havia um voo direto para Brasília e pretendia estar nele.

Assim que o relógio tocou às 7h30, decidiu levantar-se da cama. Tomou um banho e se vestiu. Jogou tudo o que tinha restante no quarto dentro de sua mala improvisada. Quase estava íntimo daquelas paredes brancas e sem graça que já conheciam todos seus pensamentos mais profundos.

Fez o check-out e tomou um rápido café da manhã no hotel. Em seguida, foi até o estacionamento onde estava seu carro alugado e seguiu rumo ao endereço de Loyola. Não demorou muito até chegar. Procurou pelo número e logo encontrou aquela que seria casa de Renan. Era uma casa bonita, toda pintada de laranja-claro e com dois andares. Não conseguia ver o fundo com clareza, mas dava para perceber que o quintal devia ser grande e abrigar uma bela área de lazer. Nada diferente do esperado para a residência de um presidente.

Deco estacionou perto dali e decidiu esperar dentro do carro. Sentia-se como um desses policiais à paisana que ficavam de tocaia por horas até que o suspeito saísse para o mundo externo. Só lhe faltava a rosquinha e o café para se sentir num filme hollywoodiano.

Cerca de trinta minutos depois, seu alvo apareceu. Renan saiu de casa com dois homens que trajavam roupas informais e que deviam ser seus seguranças. Era um sujeito de fácil reconhecimento e se parecia muito com as fotos que ele encontrou na internet. Beirando os quarenta e poucos anos, era alto, muito magro, de cabelo ralo e óculos grossos e bastante chamativos, além de uma barba impecavelmente feita.

Não havia outra opção. Ele precisava agir.

Deco saiu do carro e andou rapidamente na direção do homem. Foi interceptado pelos seguranças, que tomaram sua frente e o intimidaram apenas pelo porte atlético e feições de poucos amigos.

— Olá, Renan, bom dia. Estou em paz. Me chamo Deco e sou jornalista. Gostaria de falar algo rapidamente…

No meio da frase, foi atingido em cheio na cara por um soco desferido por um dos brutamontes. Deco sentiu uma tontura na hora e caiu no chão com o impacto. A dor veio como uma locomotiva, pegando seu nariz, boca e cabeça. Sentiu o gosto de sangue e automaticamente levou as mãos até os lábios onde pôde perceber um corte profundo na parte inferior.

Enquanto tentava se recompor, só conseguiu observar a comitiva entrar num carro estacionado na rua e ir embora. Não olharam para trás. Não prestaram socorro. Mal se importaram com seu estado. Aquilo havia sido um claro recado de que Renan Loyola desprezava não só a imprensa, mas qualquer ser humano.

Deco ficou um tempo sentado no chão avaliando o ocorrido. Depois de um minuto, percebeu que não havia perdido nenhum dente e que o sangramento não era muito grande. Sua gengiva estava machucada e o queixo também, mas ele se recuperaria bem. Não havia nada a fazer, a não ser engolir seu orgulho e sua frustração e seguir em frente.

Pelo visto, apenas Guto sabia fazer abordagens pacíficas àquela turma de homens que haviam trabalhado juntos num passado não tão distante assim.

Voltou ao carro e decidiu que era hora de partir de Jacobina. Renan daria uma entrevista em alguns minutos e falaria qualquer abobrinha para se defender e mostrar que a Mint apuraria os fatos da contaminação. Ele não era jornalista para receber as mesmas migalhas que os outros.

Assim, pegou o celular e colocou no aplicativo o endereço da Girassol, a fornecedora de água engarrafada da Mint. A rota indicava uma viagem pelas estradas baianas e um trajeto que levaria duas horas e meia, o que significava que chegaria por volta do meio-dia. Respirou fundo, enxugou mais um pouco o sangue com a manga da camisa, colocou um rock alto no rádio e seguiu viagem. Era o último pit stop antes do aeroporto de Petrolina e de rumar para Brasília.

No horário estimado, avistou uma placa que dizia “Bem-vindo a Itiúba”. Pelo que tinha pesquisado anteriormente, a cidade do sertão baiano tinha pouco mais de trinta mil habitantes. Bastante arborizada e cercada por morros, suas ruas eram estreitas e abrigavam casas bastante humildes. Abriu um pouco o vidro para sentir o ar de fora, e logo percebeu que fazia um calor muito grande. Voltou a ligar o ar-condicionado e foi direto à sede da fornecedora.

Chegando ao local, avistou a grande estrutura de um galpão industrial com aparência exterior bem antiga e pouco conservado. Estacionou seu carro e seguiu a pé. Uma guarita simples recebia os visitantes, encimada por uma placa também desgastada com o tempo com a palavra “Girassol” em azul-escuro. A recepção não era das mais calorosas e um funcionário uniformizado estava sentado do lado de fora, mexendo em seu celular, sem se preocupar em nada com a chegada de Deco.

Dava para perceber que as tardes não costumavam ser muito agitadas por ali.

— Olá, boa tarde.

— Boa tarde — respondeu educadamente o homem, tirando seu olhar da tela e encarando Deco.

— Eu me chamo Deco e sou jornalista. Estou fazendo uma matéria sobre o desenvolvimento do interior baiano para negócios. Queria falar com algum responsável na empresa, talvez alguém da área de marketing ou operações. Consegue me ajudar?

Pela expressão inicial, o homem claramente não tinha a menor ideia do que fazer com aquela pergunta.

— Olha, acho que hoje não tem ninguém aqui para te receber.

— Não precisa ser nenhum mandachuva não, só precisava conversar com alguém. Vai ser uma boa vitrine para a empresa, sair na mídia nacional, sabe como é. Tenho certeza de que alguém terá um tempinho para falar comigo.

O homem se remexeu na cadeira, com o desconforto de quem teria que tomar alguma atitude. Entrou na guarita e ficou por ali por alguns minutos, enquanto Deco esperava do lado de fora. Saiu com a mesma cara carrancuda de quem entrou e anunciou em voz alta.

— A dona Letícia vai vir.

— Dona Letícia?

— Ela é filha do dono.

— Ah, ótimo. Vou aguardar aqui.

Deco então sentou-se em uma pequena mureta do lado de fora enquanto esperava por algum representante da empresa. O estômago já avisava que precisava fazer uma pausa para o almoço assim que possível. Seu plano era fazer algumas perguntas exploratórias sobre o negócio e tocar em temas como de onde vinha a água engarrafada, como a empresa geria a qualidade de seus processos e produtos e quais eram os principais clientes.

Cerca de quinze minutos depois, uma mulher de cerca de cinquenta anos apareceu na guarita. Vestia roupas informais e usava óculos grossos e com visual antigo. Estava com um olhar assustado, típico de quem foi pega de surpresa com algo que não costumava acontecer no dia a dia.

— Olá, boa tarde — disse ela ao cruzar o olhar com Deco.

— Boa tarde. Letícia, certo?

— Sim.

— Prazer, me chamo Deco. Sou um jornalista independente e estou escrevendo uma série de artigos sobre o crescimento econômico do interior baiano. Já entrevistei alguns políticos e agora estou falando com empresas locais, de diversos setores... agronegócio, mineração, enfim. Gostaria de saber um pouco mais sobre a história da Girassol, que, pelo que estudei, vem se tornando uma marca bem conhecida de bebidas aqui no Nordeste.

— Ah, sim. Veja, eu poderia atendê-lo, mas hoje não é um bom dia.

— Vai ser muito rápido. Não vai te tomar mais de quinze minutos e será uma propaganda gratuita para vocês se mostrarem para o mundo.

— Foi a polícia que o mandou aqui, não foi?

— Polícia?

— Sim, foram eles. Você não é daqui. Do nada, está interessado na minha empresa bem no meio da crise que estamos passando.

— Crise?! Não sei do que você está falando. Pode checar minhas credenciais, não tenho nada a ver com a polícia daqui.

— Olha, vamos investigar o que aconteceu, ok? Mas tudo o que sabíamos já contamos para a polícia. Usar a imprensa para nos pressionar é jogo sujo e não vamos concordar com isso.

— Letícia, eu não sei o que está acontecendo, juro por Deus. Minha curiosidade sobre a história de vocês é genuína. Sou um jornalista investigativo e não tenho rabo preso com ninguém.

A mulher parecia estar se convencendo e sua expressão corporal indicava que estava saindo da zona de defesa.

— Olhe, há uma semana encontraram o corpo de um funcionário morto aqui dentro da Girassol. Seu nome era Jorge. Ele foi assassinado com um tiro na cabeça e deixaram-no no meio do armazém.

— Nossa! Eu não fazia ideia.

— A polícia suspeita de um acerto de contas. Esse funcionário trabalhava com a gente há muitos anos, mas tinha ficha suja na polícia. Já tinha sido preso no passado por posse de drogas. Nós demos a ele uma oportunidade de conseguir um emprego, e ele estava na linha por um bom tempo. Mas vira e mexe se envolvia em alguma confusão na cidade.

— Entendi. A polícia acha que o crime foi cometido por alguém de dentro da Girassol?

— Não sabem. Estão revirando tudo e intimidando nossos funcionários. Jorge tinha muitos inimigos por aí e não era das pessoas mais simpáticas. Enfim, está um caos e não quero nosso nome em matéria alguma. Queremos ficar quietos na nossa até essa poeira baixar.

— Ok, respeito — respondeu ele, fazendo uma breve pausa antes de continuar. — Queria fazer uma última pergunta, por curiosidade. Em que departamento o Jorge trabalhava?

— Ele era supervisor de qualidade dos nossos produtos. Era quem fazia a checagem final das nossas garrafas antes de saírem para distribuição.

CAPÍTULO 21

PALO ALTO, ESTADOS UNIDOS

O dia amanhecia, e o despertador de Guto o acordou quando os primeiros raios de sol se espalhavam pelo quarto. Mesmo tendo ido dormir cedo na noite passada, seu corpo ainda estava cansado, e ele sentia que precisaria de um dia inteiro na cama para se recuperar da agitação que vinha passando desde a ligação-surpresa de Deco.

Assim que terminou a entrevista com a senadora Hudson no dia anterior, Guto alinhou a estratégia com a redação do Herald, que o enviou sozinho para o Vale do Silício, onde ficava a sede da Move. A hipótese de manipulação do aplicativo de trânsito já havia sido anunciada em primeira mão por ele e tomava conta do debate nas principais redes sociais americanas. Alguns veículos morderam a isca e já estamparam em seus portais a pergunta que provavelmente ecoaria por meses mundo afora: quem havia mandado matar Ellen Hudson? E muitos também faziam a questão subsequente: o que a Move tinha a ver com essa história?

Guto foi requisitado para comprar uma passagem para São Francisco no mesmo dia e seguir com a investigação por lá. A senadora deveria ter alta o quanto antes, e Oklahoma já não seria mais um palco relevante. Todo o agito havia sido migrado instantaneamente para o Vale do Silício e vários jornalistas já deveriam seguir para lá.

Por sorte, era também na região que ficava a sede da Zest, em uma cidade muito próxima de onde seria enviado oficialmente. Guto então precisaria organizar a agenda para cobrir esses dois compromissos, um pelo qual estava sendo pago, e outro com o qual tinha uma dívida moral consigo mesmo. Uma feliz coincidência do destino.

Durante o voo de ida, aproveitou para investigar um pouco mais sobre a Move. A empresa havia sido lançada alguns anos atrás quando pressões regulatórias fizeram com que gigantes da tecnologia precisassem vender parte de suas operações integradas, evitando assim uma grande concentração de dados e, por consequência, de poder. A partir dessas pressões, alguns novos mercados, que antes eram dominados por essas corporações, nasceram e viram surgir uma série de concorrentes para resolver os mesmos problemas de antes.

Um desses braços foi o de serviços de geolocalização em mapas, com inteligência artificial para levar as pessoas do ponto A ao ponto B da melhor maneira possível. Rapidamente, vários fundos de capital de risco adquiriram as tecnologias vendidas e montaram seus próprios negócios, gerando uma nova competição global por aplicativos de mapas. Nesse momento, nasceu a Move, que foi fundada por três sócios com passagens por startups, consultorias e bancos de investimento.

Guto foi prontamente entender se havia ligação de algum dos três com a Olive, o que fecharia o ciclo. Porém, nenhum deles havia passado pela finada empresa de criptomoedas. Buscou relações mais claras entre os sócios e os nomes que estavam contidos na lista de envolvidos no lamaçal de suspeitas — Ian Mckellar, Jason Speed e Renan Loyola. Novamente nada encontrou. Pela primeira vez, estava sem uma pista tão clara para seguir.

Assim que levantou da cama, conectou-se com a equipe do Herald que já estava trabalhando há algum tempo na costa leste. Eles contaram que ninguém da Move havia entrado em contato ainda ou se pronunciado depois da denúncia do dia anterior. Guto então sugeriu que marcassem entrevistas com pessoas ligadas ao mundo da tecnologia de mapas para explorar como o aplicativo poderia ser hackeado. Aquilo geraria algumas pautas interessantes ligadas ao tema e pressão na Move caso se negassem a falar.

Além disso, ele aproveitaria o maior contato com o Vale do Silício para colher o que pudesse sobre o passado da Olive e seus principais executivos.

Durante o café da manhã, cerca de uma hora depois, recebeu mensagens confirmando duas entrevistas aceitas depois de o time do Herald trabalhar com suas sugestões. A primeira delas aconteceria em meia hora com um consultor de tecnologia especializado em geoprocessamento. Vinte minutos depois, o executivo de uma startup de segurança de dados também havia topado uma conversa informal em um conhecido lugar da cidade. Guto correu para terminar o café o mais rápido possível já que sua manhã tranquila ganhava uma inesperada agitação.

Seguindo as instruções do time em Washington, foi até um pequeno prédio corporativo em Palo Alto onde se encontrou com Jack, o consultor que daria a primeira entrevista. Nela, aproveitou para conhecer mais profundamente o âmbito tecnológico que permitia que as pessoas pudessem se locomover de um ponto a outro guiadas por uma máquina. Não mencionou nada a respeito da possibilidade de fraude do sistema da Move, mesmo sabendo que seu entrevistado estava louco para debater sobre o assunto. Sua experiência no jornalismo o ajudava a separar a narrativa para que os especialistas se atentassem apenas às suas respectivas áreas de conhecimento.

Em seguida, foi até um café no centro da cidade, onde faria sua próxima entrevista. O executivo se chamava Boris e se apresentou como diretor de operações de uma empresa em franco crescimento, especializada em criptografia de dados. A conversa foi bastante amigável, e Guto percebeu claramente que o homem estava bastante interessado em conjecturar todas as possibilidades daquele caso de hackeamento do sistema. Obviamente, resolveu dar corda para a conversa e, após alguns minutos, traçou possibilidades pelas quais a Move poderia ter sido invadida por terceiros para resultar no cenário observado em Oklahoma.

Guto tinha o que precisava para uma boa matéria de aquecimento sobre as falhas de segurança. Se a Move não quisesse se pronunciar rapidamente, os americanos já teriam muita conversa de bar para solucionar o grande mistério da nação naquele momento.

Estava guardando suas coisas na mochila, quando se deparou com um jovem na fila do caixa com uma camiseta que lhe despertou a atenção. Ela dizia "Museu Olive" e tinha o antigo logo da empresa de criptomoedas. Precisava entender melhor aquilo com seu convidado local.

— Hã, Boris. O que é aquilo na camiseta do garoto ali?

— Um possível fã da Olive — respondeu o executivo após olhar para onde Guto estava apontando.

— Sim, mas o que é esse museu?

— Ah, sim. Desde que a Olive foi vendida, sua antiga sede virou um museu aqui no Vale. Você sabe, a ascensão das criptomoedas foi muito comemorada pela nova geração de jovens que nunca simpatizou com os bancos tradicionais. Então, fizeram um museu contando sua história. Ele é venerado por muitos aqui na Califórnia que trabalham com fintechs.

— Isso me interessaria muito. Você sabe onde fica?

— Sim, fica logo ao sul, em Sunnyvale. É o último edifício remanescente da Olive, já que os demais foram demolidos.

Guto então agradeceu imensamente por aquela informação valiosa. Ficou tão empolgado que pagou o consumo dos dois e ainda deixou uma gorda gorjeta para o local. Estava na hora de uma pequena mudança de agenda na manhã. O Herald já teria muita coisa para se divertir à tarde.

Pouco tempo de pesquisa online já serviu para que encontrasse o local do museu. Ficava a cerca de vinte minutos de carro. Durante o trajeto, parou em um drive-thru qualquer para comer um sanduíche e seguiu viagem.

Chegou ao local indicado no mapa e avistou um prédio comercial baixo, com cerca de quatro andares. Na fachada, um letreiro moderno, porém discreto, anunciava "Museu Olive" ladeado por um aviso menor dizendo "Uma história sobre as criptomoedas". Guto não imaginava que a revolução das moedas digitais de anos atrás pudesse ter gerado tanta paixão. Na entrada, percebeu que o movimento era bem baixo, a ponto de ser o único na fila para comprar uma entrada. Escolheu a visita guiada e pagou alguns dólares a mais para isso.

Em alguns minutos, pôde dar uma olhada geral no museu. Ele ocupava o andar térreo do prédio e era composto de corredores iluminados com exposições de fotos e objetos. Era relativamente pequeno e parecia ser uma singela homenagem e não um ponto turístico muito badalado. Rapidamente, foi abordado por um rapaz de cerca de vinte e poucos anos que vestia uma camiseta muito parecida com a que viu no café.

— Olá, boa tarde. Sou Rudolph e serei seu guia no museu. Primeira vez aqui?

— Sim, estava passando pela região e resolvi conhecer.

— Também é um fã da Olive? — perguntou o garoto superanimado.

— Na verdade, sou um jornalista e curioso por natureza. Estou conhecendo algumas empresas aqui do Vale do Silício e resolvi fazer uma parada rápida.

— Ah, ótimo. Vai gostar muito daqui.

— Você é funcionário do museu?

— Sou estudante de tecnologia em Stanford e este é meu trabalho voluntário. Sou apaixonado por blockchain e faço parte de várias comunidades que discutem o futuro das moedas digitais. Então, aqui é mais um hobby para mim.

— Entendi. Não imaginava que a Olive tinha gerado tantos fãs assim.

— Ah, ela é nosso grande orgulho. A Olive foi a primeira empresa que fez um projeto muito bem-executado e que enfrentou os reguladores com seriedade e organização. As moedas digitais são uma afronta ao sistema financeiro tradicional que sempre concentrou muito poder e dinheiro. As gerações mais jovens alçaram a Olive à grande disruptora desse modelo. Mesmo sendo vendida depois, entendemos que o mundo dos poderosos se ajoelhou à revolução tecnológica.

Guto assentiu e resolveu seguir o fluxo normal do museu, fingindo interesse nas explicações técnicas de Rudolph. Num determinado momento, chegaram ao ponto em que estava realmente interessado. Ele mostrava os primeiros passos da Olive, com uma história tradicional entre as startups — criada por amigos em um lugar informal com poucos recursos e muito suor.

Guto então resolveu interagir mais quando viu uma foto de duas pessoas na parede. A da esquerda já havia cruzado seu caminho há alguns dias.

— Então, a Olive foi fundada por esses dois caras?

— Sim! Jason Speed e Sridah Pajani. Speed era o cérebro comercial, e Sridah o técnico. Uma dupla perfeita.

— Os dois continuaram na liderança até a venda da empresa?

— Não, apenas Jason. A história de Sridah é bastante conturbada na verdade. Ele ficou na empresa apenas pelos primeiros oito meses e depois sofreu com problemas mentais. Ninguém sabe bem ao certo o que ele teve, apenas que foi internado, por um ano, em um hospital psiquiátrico aqui nos Estados Unidos. Depois, dizem que voltou para a Índia, seu país natal, onde mora até hoje. Mas sabemos pouco sobre ele.

— Hum, curioso. Nunca voltou a empreender?

— Não. Ele sumiu do mapa. Ainda é muito venerado no meio acadêmico e pelos amantes de tecnologia. Sridah foi um gênio ao desenhar a solução técnica da Olive e seu algoritmo é estudado por todos até hoje. Uma pena que tenha tido seus problemas psicológicos.

— Entendi. Jason seguiu solo então depois disso?

— Ele convidou alguns amigos de Stanford para fazerem parte da liderança da empresa e foi esse time dos sonhos que fez a Olive despontar em crescimento de usuários. Muitos ficaram até o fim e embolsaram um bom dinheiro na venda, como Mark Mont e Ian Mckellar, e outros saíram antes para tocar seus próprios negócios.

— Rudolph, eu sou brasileiro, acho que não te contei. Soube que teve um conterrâneo meu que passou pela liderança da empresa, não foi?

— Sim, Loyola. Mas ele ficou apenas três meses na empresa, nem o consideramos como parte do time dos sonhos. Só quem conhece mesmo a história sabe dessa passagem. E, para ser sincero, dizem que os dois não se bicavam desde os tempos de faculdade, então ninguém entendeu muito bem por que ele foi parar na Olive, mesmo que por pouco tempo.

— Não se bicavam na faculdade? E isso é conhecido?

— Sim. Jason faz parte de uma turma de formandos em engenharia da computação de Stanford conhecida como a Geração Dourada. Isso porque havia grandes gênios entre eles, sendo que muitos se tornariam fundadores de startups que se transformaram em empresas bilionárias anos depois. Essa geração é venerada até hoje na universidade. Pois bem, Loyola é um ano mais novo que Jason e também fez parte de uma turma de nomes importantes, mas nunca tiveram a alcunha ou o destaque público em Stanford.

— Como se fosse uma rixa entre veteranos e calouros?

— Sim, basicamente. Mas é uma rixa muito conhecida. As turmas de engenharia criavam times de vários esportes, e os jogos entre as gerações eram cercados de rivalidade, brigas e discussões. Já ouvimos dezenas de histórias dessa época. Quem sabe contar muito bem é o sr. Cook.

— Sr. Cook?

— Sim, Desmond Cook, nosso professor de Inteligência Artificial. Ele é da época de Jason, Loyola e outros feras aqui da Olive. Foi um dos únicos a não se aventurar no mundo corporativo e ficar na academia.

— E esse sr. Cook continua dando aulas em Stanford?

— Sim, ele praticamente mora lá dentro. É uma lenda! Um cara divertidíssimo. Era muito amigo do seu conterrâneo Loyola.

Guto sorriu e sentiu seu pulso acelerar. Pediu licença um minuto e foi checar rapidamente algo em seu celular. Abriu a página de pesquisa e digitou o nome dos três sócios da Move para averiguar seu passado. Um deles, chamado Hyun Lee So, descendente de coreanos, também havia estudado em Stanford. Checou sua idade em uma matéria: quarenta e cinco anos. Muito próxima dos demais.

Bingo. A chave não era a Olive.

— Ah, bom saber. Bem, Rudolph, muito obrigado. Vou precisar sair agora, acabei de ver o horário. Você acabou me ensinando muito mais do que a história de criptomoedas.

CAPÍTULO 22

PETROLINA, BRASIL

Deco tentava se ajeitar deitado nos bancos de espera do aeroporto. Aquela seria sua tão merecida noite de sono após percorrer centenas de quilômetros pelo sertão nordestino. O soco desferido pelo capanga de Renan Loyola no raiar do dia começava a doer com mais intensidade e a boca inchada já o incomodava bastante. Seu corpo pedia por um lugar mais aconchegante para repousar, mas não seria possível.

Chegou ao aeroporto de Petrolina perto das 21 horas, pouco mais de uma hora antes de o último avião para Brasília partir. Porém, uma chuva torrencial e inesperada começou a cair e fez com que todos os voos fossem cancelados. Sem ter o que fazer, comprou passagem para o dia seguinte, no primeiro horário. Procurou algum hotel na região para pernoitar, mas se deparou com uma falta quase completa de infraestrutura. Os poucos quartos disponíveis estavam todos ocupados pelos passageiros que também haviam perdido seus voos e que fizeram reservas antes que ele. Por sorte, encontrou uma hospedaria que oferecia um espaço para que tomasse um banho, o que já ajudou a lhe trazer alguma dignidade após horas a fio no calor do dia.

A noite foi tumultuada e nada agradável. Dormiu de forma interrompida pelo barulho, pelas pontadas que recebia das cadeiras improvisadas em sua coluna, e pela cabeça, que não parava de funcionar. Perto das 6h30, quando o aeroporto voltou a ter algum movimento, acordou e decidiu lavar o rosto e escovar os dentes no banheiro público. Tomou um café da manhã reforçado em uma cafeteria do lado de dentro e logo foi até seu portão para aguardar o embarque.

Quando o relógio apontou oito horas, sentiu que precisava mandar uma mensagem importante. Havia pensado no texto com carinho durante as últimas horas da noite anterior e queria que ele chegasse ao seu receptor no começo do dia. Ele já o havia deixado prontinho no app de mensagens e era só apertar o "enviar":

"Olá, Joaquim. Aqui é Deco, o jornalista que escreveu o artigo sobre o AppSUS. Preciso falar com você urgentemente. Descobri que o aplicativo foi hackeado e que o incidente da Mint em Jacobina tem a ver com isso. Tenho provas definitivas e fortes comigo. Minha intenção não é revelar nada por enquanto, mas sim pedir sua ajuda e comprometimento em resolver este caso. Estarei em Brasília hoje à tarde e preciso falar com você. Me responda neste número mesmo. Obrigado."

Desde o último encontro dos dois, Deco havia conseguido o número do ministro com sua assessoria de imprensa. Assim que escreveu o artigo em seu blog pessoal, mesmo que apenas para dar satisfação, compartilhou o link com Joaquim e recebeu uma resposta de agradecimento. Ele estava em alta e qualquer jornalista que falasse bem de seus esforços era muito bem-vindo.

Agora, era só esperar o peixe morder a isca e que a reação fosse a desejada. Não tinha plano B.

O voo até Brasília foi tranquilo e pousou pouco depois das onze horas. O dia na capital estava muito ensolarado, com um forte calor seco típico do Centro-Oeste brasileiro. Assim que tocou o solo, voltou a ter conexão com a internet e logo foi checar o celular. Havia funcionado. Joaquim respondeu a mensagem de forma muito direta.

"Me encontre às 15h neste local."

Junto do texto, uma marcação geográfica que apontava para uma rua tipicamente residencial na cidade, próxima ao Hospital Universitário. Deco imaginou que o ministro teria algum compromisso por ali e resolveu marcar o encontro num local pouco óbvio, onde não teria o risco de cruzar com alguém da imprensa. Deco respondeu com um "Ok" e voltou a guardar o celular. Já tinha o que precisava.

Assim que passou pelos procedimentos de saída do aeroporto, decidiu pegar um táxi até um restaurante que conhecia de outras passagens pela capital. Em seus anos de dono de jornal, visitou Brasília com frequência e já tinha referência de onde ir para se sentir em casa. Chegou relativamente cedo, mas logo pediu seu almoço. Estava faminto e precisava de uma refeição decente, digerida com paz e tranquilidade, após a correria insana dos últimos dias em que mal conseguiu respirar.

Após comer, pegou o celular para mandar uma mensagem. Respirou fundo, sentiu o coração bater mais forte e novamente o aperto no estômago, sua válvula de escape emocional. Desde a última ligação em Jacobina voltando para o hotel, não tinha tido mais contato. Soube por uma mensagem seca e direta do ocorrido em Oklahoma e que o plano de investigar a Olive havia sido adiado por um dia pelo menos. Enquanto seu novelo se desenrolava, não tinha a menor ideia de como estavam as coisas nos Estados Unidos.

A frieza de sempre. Agora mais indesejada do que nunca.

Deco então esticou o almoço num café ao lado e aproveitou para se atualizar das novidades do mundo lendo notícias. Perto das quinze horas, chamou novamente um táxi e seguiu até o ponto de encontro indicado. Chegou cinco minutos mais cedo e logo se postou perto de uma árvore que ficava próxima a um prédio baixo da rua.

Pouco tempo depois, um carro preto virou a esquina e se aproximou. Na frente, duas pessoas formalmente vestidas e com caras de poucos amigos. Segundos depois, a porta de trás se abriu e dela saiu Joaquim sozinho. Estava também vestido de terno, sem gravata, e usava óculos escuros, que tirou enquanto andava na direção de Deco. Seu semblante estava sério e com uma feição rígida. O andar era rápido e direto, com alguns olhares laterais para se certificar de que estavam apenas os dois.

— Boa tarde, Deco. Que bom que veio. — Abriu a conversa, esticando sua mão direita em cumprimento, já com um ar um pouco mais amistoso, mas sem perder a tensão.

— Olá, Joaquim. Obrigado por responder minha mensagem e por me encontrar hoje mesmo.

— Não podemos ficar muito aqui, você sabe. Me conte o que quer.

— Estive nesses últimos dias em Jacobina, na Bahia. Imagino que já saiba o que aconteceu por lá.

— Sim, tomei conhecimento ontem. Uma contaminação em massa dos funcionários da mineradora. O governo já está recebendo pressão de todos os lados para investigar o caso e até para punir a empresa severamente.

— Não foi culpa da Mint, ministro.

— Como você sabe?

— Conversei com dezenas de pessoas em Jacobina, parentes das vítimas. Elas contam que os funcionários envenenados receberam mensagens no AppSUS, incentivando-os a tomar água, para se hidratarem. Algo corriqueiro. O saneamento básico da cidade é defasado, então a Mint fornece água potável engarrafada aos seus funcionários, que as levam para casa. Pois bem, ao tomar água, eles começaram a passar mal, quase todos no mesmo dia, na mesma hora.

— E como você sabe que a água estava contaminada? Ela era industrializada!

— Estive no fornecedor deles, que também fica na Bahia. É uma empresa nacional chamada Girassol. Para a minha não surpresa, o funcionário responsável pelo controle de qualidade foi encontrado morto na sede. Estão todos enlouquecidos por lá.

— Então, você está sugerindo que uma mesma pessoa está por trás desses dois eventos?

— É muita coincidência se não estiver, não concorda?

Joaquim então soltou um grunhido de resignação. Parecia surpreso com aquela história, mas ao mesmo tempo não estava confrontando ou descredibilizando Deco e sua linha de raciocínio. Sua cabeça assimilava cada palavra e parecia já bolar uma resposta ou uma saída para aquela iminente crise.

— Qual o interesse por trás?

— Preciso de sua ajuda justamente para achar esta resposta. Você não consegue pensar em ninguém que pudesse querer te atacar?

— Você pode imaginar que uma pessoa como eu tem muitos inimigos, não é? Mas se fizessem algo assim para me atacar, essa história já estaria na imprensa. O que estão esperando? Alguma reação minha?

— Não sei dizer. Mas somente você tem acesso à segurança do aplicativo. Se ele foi manipulado, algum rastro foi deixado. Preciso que mexa seus pauzinhos para investigar isso dentro da sua cozinha.

— Claro, vou fazer isso o quanto antes. Não posso dar muita bandeira ou explicar o verdadeiro motivo, mas vou atrás dessa resposta.

— Ótimo, ministro. Conto com sua ajuda.

— E o que vai fazer com essa história? Não veio até aqui apenas para me avisar na boa vontade. O que quer de mim?

Era a primeira vez que Joaquim esboçava alguma impaciência.

— Digamos que me interesso mais pela verdade do que pela audiência. Acredite que confio nas suas intenções e na sua índole. Se me trouxer a verdade, os responsáveis serão punidos e é isso que desejo. Meu trabalho já terá sido cumprido. Mas, ministro, temos que ser rápidos aqui. A Mint vai começar a investigar por conta própria e talvez chegue à mesma conclusão que eu. Eles não serão tão bonzinhos se a falha vier de algo do governo. Então, rapidez é a alma do negócio.

— Entendi, claro.

— Ah, e, apesar de eu ser um jornalista independente, não estou sozinho nessa. Então, não adianta fazer algo contra mim.

— Não sou um bandido, se é o que pensa. Preciso ir. Se souber de mais alguma coisa, me mantenha informado.

— Ok, estou no aguardo da sua resposta.

Os dois se cumprimentaram com um cordial aperto de mãos, e Joaquim voltou para seu carro oficial. Deco esperou o veículo sair do campo de visão e não conseguiu segurar um sorriso de satisfação. A leve apreensão de acabar de ter prensado um ministro e talvez futuro presidente do Brasil contra a parede era fichinha perto da enorme satisfação que sentia. A epopeia vivida nos últimos dias estava se pagando, e ele enfim voltava a se sentir potente.

A primeira pessoa que veio à sua cabeça foi Ísis. O coração apertado com que se despediu dela desde a última vez que se viram agora parecia dar espaço para uma nova esperança e um novo capítulo que poderia ser escrito. Queria logo contar à sua filha o quanto seu pai ainda era útil. Mas sabia que ainda não era a hora.

A missão em Brasília estava cumprida. Chamou um táxi e seguiu direto ao aeroporto. Estava na hora de voltar para casa e reorganizar as ideias, à espera de um retorno de Joaquim e de mais descobertas vindas dos Estados Unidos. No caminho, conseguiu comprar uma passagem para um voo que iria para São Paulo em duas horas. Seria o maior presente de todos poder terminar o dia em sua cama quentinha dentro de seu apartamento.

Além disso, estava sóbrio há dois dias.

Assim que chegou ao aeroporto, o telefone tocou. Atendeu-o prontamente com o coração batendo forte e um tímido sorriso no rosto.

— Fala, Guto!

— Oi, Deco. Tenho algumas novidades por aqui.

— Que bom, eu também.

Ele então descreveu sua saga no interior baiano e seu recém-finalizado encontro com o ministro; Guto contou sobre Oklahoma, a entrevista com Ellen e suas descobertas sobre os ex-funcionários da Olive.

— Então, você está indo até Stanford agora?

— Sim. Estou a caminho. Não acho que a Olive seja o elo. Esses caras se conhecem há mais tempo, desde a faculdade. É onde se encaixa o sócio da Move, um coreano. Preciso conversar com esse professor que fazia parte da turma.

— Mas tudo por causa de uma rixa universitária?

— Não sei dizer, mas nada me tira da cabeça que há algo aí.

— Você tem alguma hipótese?

— O mundo dos negócios aqui não é só mil maravilhas, Deco. Amigos um dia podem se tornar inimigos, ainda mais se tiver algo no passado. Eu sinto que alguma coisa aconteceu dentro do grupo. Fizeram muito dinheiro, se tornaram grandes executivos poderosos. Não engulo o fato de que o cérebro técnico da Olive tenha terminado num hospital psiquiátrico. Acho que tem vários esqueletos no armário nesse passado.

— E como pretende abordar esse professor?

— Não sei, mas vou pensar em algo nos próximos minutos. Deixa que eu me viro.

Deco mal reconhecia a pessoa do outro lado da linha. Respondeu com um silêncio afirmativo até que Guto voltou a falar.

— Sinto que estamos próximos. Assim que sair de lá, eu te ligo.

— Ok, devo estar no avião indo para São Paulo. Mas agora já tenho conexão a bordo, então vou ficar com o celular em mãos o tempo todo. Me avise assim que tiver algo.

— Combinado, então. Nos falamos em breve.

E, assim, desligaram. Um calor reconfortante se espalhou pelo peito de Deco, dissipando uma dor que já morava ali desde muito tempo atrás. Respirou fundo, sentindo os olhos marejarem. Era como se um peso enorme tivesse sido retirado de seus ombros. Quase involuntariamente se pegou relembrando situações e sentimentos do passado que pareciam esquecidas no fundo da memória.

Fez então todo o procedimento de check-in e, em pouco menos de uma hora, já estava dentro do avião, pronto para embarcar. Ao longo do voo, ficou de olho grudado na tela do celular à espera de

Guto. Qualquer mensagem que aparecia fazia sua pulsação acelerar. Mas, durante o trajeto de uma hora e meia, nada chegou. Teve que engolir a frustração e aceitar que a espera talvez durasse mais tempo do que imaginava.

Logo que passou pelo procedimento de desembarque, chamou um táxi por aplicativo e ficou esperando do lado de fora, para sentir o vento e um cheiro mais urbano depois de alguns dias no interior. A noite estava bastante agradável, e uma brisa suave soprava em seu corpo.

Foi interrompido por uma vibração no celular. Assim que viu a tela, o coração acelerou. Não era uma mensagem de alguém conhecido, mas de um remetente cujo nome não conhecia, apenas o sufixo — @zest.com.

"Olá. Você não me conhece e deve continuar assim. Sou do departamento de engenharia da Zest. Você e seu amigo abordaram nosso diretor Favors há alguns dias em Nova York com uma suspeita de hackeamento do nosso aplicativo que roda no Brasil. Nós investigamos internamente. De fato, o sistema de segurança da Zest estava fragilizado e entendemos que foi deixado intencionalmente assim por um ex-funcionário. Sofremos um ataque de fora e não sabemos o estrago que gerou, mas ele já foi consertado. Os diretores da Zest já sabem disso, mas não querem que vaze para a imprensa. Porém, estou sem dormir desde que descobri que a pessoa que fez isso em nosso sistema se chama Michael Grujedsky, um amigo meu. Ele morreu há alguns meses em um acidente doméstico. Você não conseguirá me contatar mais e esta mensagem vai ser apagada dos nossos registros em alguns segundos. Mas, por favor, descubra o que aconteceu com Michael."

Precisava de Guto mais do que nunca agora.

CAPÍTULO 23

PALO ALTO, ESTADOS UNIDOS

A Universidade de Stanford ficava a poucos minutos de onde Guto estava hospedado. Logo após obter a pista do guia no museu, não hesitou em ir correndo para a faculdade atrás de uma pessoa importante que poderia elucidar melhor a relação entre os atores envolvidos, ainda em segredo para a grande imprensa, nos casos de hackeamento de aplicativos que culminaram com as mortes de Jonas, funcionários da Mint e da comitiva da senadora Ellen Hudson.

A tarde ensolarada e o clima fresco corroboravam com a esperança e o otimismo que enchia seu peito naquele dia. No caminho, Guto aproveitou para fazer algumas ligações para o Herald e entender se haviam obtido alguma resposta da Move. Mas, talvez para sua sorte, ainda estavam no escuro, e a empresa não havia se pronunciado. Prometeu então escrever mais tarde sobre as duas entrevistas da manhã e enviar a matéria no fim do dia.

Pouco depois das catorze horas, já estava parando seu carro no estacionamento da universidade. Ficou impressionado com o tamanho do local e com a imponência de alguns edifícios que compunham o campus. O dia estava ensolarado, e o movimento era tranquilo para um dia normal de aulas. Caminhou por alguns minutos e logo chegou à entrada principal.

Passando pelo portão inicial, se deparou com um grande hall de entrada que recebia todos em Stanford. Um balcão com vários recepcionistas era o convite para que estranhos se orientassem em busca de informações. Ele se posicionou no fim da fila de visitantes e esperou até chegar sua vez.

Já tinha o plano em mente. Agora, era torcer para dar certo.

— Olá, boa tarde, bem-vindo a Stanford — saudou a recepcionista com um largo sorriso no rosto.

— Olá, boa tarde.

— Em que posso ajudá-lo?

— Meu nome é Guto Mangabeira e sou um jornalista do Washington Herald — disse ele, mostrando suas credenciais na carteira, quase como um policial à paisana com seu distintivo. — Estou escrevendo uma matéria importante sobre a Geração Dourada de Stanford e procuro um professor de vocês chamado Desmond Cook, que era deste grupo, da escola de engenharia. Como consigo uma entrevista com ele? Podem me ajudar?

A recepcionista claramente estava perdida com aquele pedido inusitado. Provavelmente, a maioria dos visitantes devia procurar por tours guiados pelo campus ou informações sobre cursos. Depois de expressar seu estranhamento no rosto, ela fez um gesto com a mão para que ele esperasse um pouco. Em seguida, saiu de sua cadeira e foi até os bastidores da recepção, onde ficou por um tempo enquanto Guto esperava pacientemente.

Enfim, voltou e com uma cara sorridente. Parecia trazer boas notícias.

— Senhor...?

— Guto.

— Sr. Guto! Não costumamos atender jornalistas por aqui, eles geralmente contatam nosso departamento de Relações Públicas.

Mas minha supervisora vai avisar o professor Cook por mensagem que tem alguém à sua procura. Você pode esperar ao lado por um instante até que ela obtenha alguma resposta?

— Claro, sem problemas. Vou aguardar aqui.

E, então, Guto andou dois passos para a direita e apoiou seu corpo de mais de 1,80 metro na bancada de madeira imponente e meticulosamente restaurada do local. Foram alguns minutos que pareceram séculos à espera do retorno. Em um determinado momento, outra mulher se aproximou dele, por fora do balcão.

— Sr. Guto?

— Sim, eu mesmo.

— Olá, sou supervisora do atendimento aos visitantes. Contatei o departamento de professores e seu pedido foi encaminhado para o sr. Cook. Ele topou conversar com você.

— Nossa, que bom! Vai me ajudar muito na minha matéria.

— Ele ficou um pouco surpreso com o pedido, mas adiantamos qual era o tema. Ele gosta de falar de seu passado como estudante.

— Quem não gosta, não é mesmo? Onde devo encontrá-lo?

— Ele pediu que o encontre em nosso pub.

— Vocês têm um pub aqui dentro?

— Sim. Aqui está o mapa do campus. Siga esta direção e vai encontrá-lo. Ele vai encerrar suas aulas às 16h30 e poderá atendê-lo a partir desse horário. Pegue o crachá de visitante na recepção e fique à vontade para conhecer nossas dependências.

Guto então agradeceu imensamente a ajuda e cumpriu as ordens, com um grande sorriso no rosto.

O caminho até o pub fazia com que ele precisasse percorrer todo o amplo e verde campus da universidade, conhecida como "A Fazenda", justamente por ter sido construída em cima de uma. Guto caminhou por toda a extensão da Main Quad, uma praça central do lugar com várias obras de arte a céu aberto e rodeada por estruturas de pedra em formatos de arcos que conferiam a Stanford uma arquitetura bastante vistosa e clássica. Uma bela igreja também ficava próxima à praça e trazia uma imagem de muita imponência.

Enquanto percorria os corredores dos prédios até o local indicado no mapa, observava todos os estudantes que cruzavam seu caminho. A maioria deles era jovem, vestindo roupas casuais e pareciam já ter aparência de genialidade. Em seu íntimo, começou a imaginar o quanto aquela concentração de inteligência e poder deveria gerar grandes ideias e talentos para o mundo dos negócios e da política. Possivelmente, devia ter passado por muitos futuros milionários enquanto caminhava.

Seu imaginário também tentava simular como deveria ser o cruzamento de tantos amigos no passado percorrendo aqueles corredores. O ambiente onde estava havia sido o palco do encontro entre Renan, Ian, Jason e muitos outros atores daquela engrenagem que ele e Deco tentavam desenhar, ainda muito incertos sobre o que ela revelaria.

Alguns minutos depois, avistou o pub, que ficava próximo à Escola de Negócios de Stanford. Ainda faltava mais de uma hora para o encontro com o professor Cook, então só restava esperar. Não quis entrar para não parecer um solitário estranho, então ficou do lado de fora, sentado em um banco. Aproveitou para sacar o celular e começar a escrever a matéria que deveria enviar ao Herald sobre as entrevistas que fizera de manhã cedo.

Sua cabeça ficou entretida na história até que viu uma sombra se aproximar de sua tela.

— Você é o jornalista?

A voz vinha de um sujeito alto, com uma calvície bem avançada e alguns poucos cabelos grisalhos. Usava óculos e roupas mais formais, como camisa e calça social. Mas estava com um sorriso no rosto e as mãos erguidas à espera de um cumprimento.

— Sim. Sr. Cook?

— Pode me chamar de Desmond.

— Prazer, Desmond. Sou Guto, do Washington Herald.

— Confesso que não estava esperando por um jornalista hoje.

— Eu serei breve, prometo.

— Vamos lá, então. Aceita uma cerveja?

— Claro, por que não?

E foi assim, com um jeito simpático e bem-humorado, que o sr. Cook se apresentou a Guto, apontando com as mãos na direção da porta de entrada do pub. A primeira impressão era de um homem agradável, que estava com disposição para uma conversa. Afinal, se o convite foi para uma cerveja, significava que tempo não era problema e que, possivelmente, ele estava interessado em falar.

Assim que entraram no pub, Desmond se dirigiu ao balcão e pediu duas *pints* de uma marca de cerveja local, já escolhendo por Guto. Sempre liderados pelo professor, os dois pegaram as bebidas e foram até uma mesa de canto onde se sentaram. Possivelmente pelo horário, o pub estava relativamente vazio, com poucos alunos presentes.

— Então, você quer saber mais sobre a Geração Dourada?

— Sim, Desmond. Faço algumas matérias especiais para o Herald e atualmente estou escrevendo sobre a cultura de inovação do Vale do Silício em tempos de questionamento sobre o impacto da tecnologia na vida das pessoas. Você deve saber bem sobre esse forte debate, certo?

— Ah, mas claro. É só do que se fala. A tecnologia virou a grande vilã nos últimos anos.

— Sim. Estou interessado em entender a cabeça dos executivos que lideram grande parte das empresas de tecnologia de hoje, que já assumiram um papel importante na economia. Então, parte da minha investigação está em saber quem eles são, de onde vieram e quais foram as influências de sua formação. A Geração Dourada é um poço de talentos e fiquei sabendo que você fez parte dela e agora leciona aqui.

— Sim, exatamente. Aposto que achou mais fácil entrevistar um professor do que um CEO metido de uma empresa, certo?

Guto assentiu com uma risada desconcertada.

— Eu estou brincando! Veja, adoro falar sobre esse tema. Muitos dos meus colegas resolveram sucumbir ao mundo do dinheiro, mas eu preferi ficar na academia. É mais seguro aqui dentro.

O professor possuía um jeito bastante leve de conduzir a conversa. Estava relaxado e parecia não ter amarras na língua. Guto iria aproveitar aquilo o máximo possível.

Como parte da estratégia, as primeiras perguntas foram em cima de por que a Geração Dourada foi tão especial vinda de um lugar que já forma muitos talentos. Cook mencionou a "sorte" de terem se graduado num período de explosão de tecnologias revolucionárias, como a inteligência artificial e a computação quântica. As possibilidades destravadas por elas fizeram com que mentes brilhantes enxergassem novos caminhos e pudessem tirar do papel as mesmas ideias que seus predecessores apenas rascunharam. Ele demonstrava bastante intensidade e paixão ao lembrar do passado e contava com detalhes sobre palestras e aulas que tivera quando era jovem que o influenciaram muito em sua profissão atual.

Após um começo mais abrangente e feito para quebrar o gelo, estava na hora de Guto enveredar a conversa para onde queria.

— Uma dessas startups de sucesso criadas por seus amigos foi a Olive, certo?

— Sim! A Olive foi criada aqui neste pub, meu caro! Eu participei de várias conversas!

— É mesmo?

— As criptomoedas estavam apenas começando quando éramos alunos. Blockchain era um termo difícil de entender e não uma tecnologia tão massificada quanto hoje. Então, começamos a desenhar o que seria a cripto perfeita tecnicamente falando. O mundo de fintechs estava explodindo em recursos de capital de risco e todo estudante de Stanford queria morder uma parte dessa enxurrada de dinheiro.

— E quem resolveu seguir com a empresa de fato?

— Essa foi uma história bem controversa. Como toda startup, muitos participam do pensamento inicial, mas poucos vão lá e executam. Todos deram sua parcela de contribuição, inclusive eu, mas foi Sridah que de fato fez a parte técnica. Nada teria saído se não fosse o brilhantismo daquele indiano! Jason foi esperto o suficiente para colar nele e insistir para que abrissem um negócio. Quem realmente organizou tudo foi ele.

— Mais alguém da geração entrou junto?

— Na verdade, Sridah era nosso calouro, um ano mais novo. Teoricamente, não faz parte da Geração Dourada, mas isso é tudo uma grande babaquice que a mídia inventou. Nós jogávamos futebol todos juntos e o companheiro de quarto de Sridah, que também é brasileiro como você, nos apresentou a ele. Então, bebíamos juntos aqui, mesmo o indiano sendo mais quieto e fechado.

— O brasileiro é Renan Loyola, certo?

— Sim, Loyola! Foi ele que acabou azedando toda a história.

— Como assim?

— Desde o começo, Loyola quis fundar a Olive, mas precisou voltar para casa devido a um problema pessoal ou algo assim. Ficou um tempo no Brasil e depois voltou para cá. Quando chegou, Sridah já havia tido seus problemas psicológicos e deixado a empresa. Jason convidou alguns amigos aqui de Stanford para fazer parte da liderança da Olive, como Mark e Ian. Loyola quis entrar, mas não havia mais espaço. Parece que trabalhou em um projeto específico por uns meses. Eu não sei bem o que aconteceu ali, mas ele entrou com processo contra Jason quando a empresa foi vendida.

— Processo em relação a quê?

— Loyola queria uma fatia da bolada bilionária que Jason embolsou, é claro! Foi ele quem apresentou Sridah para o grupo. Além do mais, ele deu várias ideias no começo, ótimas por sinal, mas não estava aqui quando precisava estar. Então, quando houve a venda e todos ficaram mais ricos ainda, ele queria seu pedaço. Mas nunca conseguiu comprovar isso na justiça.

— Me parece justa sua pedida, não?

— O conceito de justiça é relativo, meu caro — disse ele, tomando mais uma golada de sua cerveja, que estava quase no fim, enquanto

Guto mal havia tocado na sua. — Se eu quisesse, também poderia entrar com um processo pra cima de Jason e exigir meus milhões de dólares. Mas nunca daria em nada. E, também, não é uma boa ideia mexer com ele! Desde a faculdade, sempre fazia trotes pesados e gostava de experimentar uma sensação de fora da lei, sabe? Uma vez, mexeram com uma menina da qual ele gostava, mas não era correspondido. Jason pagou para dois brutamontes darem uma surra no rapaz na saída do campus! Ele não ficava nas fronteiras do bom senso, todos sabiam disso.

Guto começou a confabular algumas hipóteses e achou que devia ser um caminho.

— Fico também bastante surpreso com o desfecho do indiano nessa história. Se tinha alguém que deveria levar uma bela grana na venda da Olive seria ele, certo?

— Ouvi dizer que Jason e os rapazes enviaram um dinheiro para Sridah. Ninguém sabe bem ao certo onde ele está. Sei que andou se aventurando como consultor de algumas startups aqui do Vale, mas nunca saiu mais da Índia. Fazia seu serviço à distância. Eu o conhecia pouco, apesar de frequentar nossas rodas. Era sempre muito recluso e de poucas palavras.

— Parece que seu nome ainda é muito ecoado no mundo da tecnologia...

— Sim, eu sempre menciono em minhas aulas que fui amigo de Sridah Pajani. O cara é uma lenda. Fez um código magnífico para criar a blockchain da Olive. Um trabalho de primeira linha e que foi vanguardista para nossa geração. Uma pena que tenha se afundado na depressão, de verdade.

— Professor, mudando um pouco de assunto. Recentemente, algumas pessoas dessa Geração se meteram em apuros, certo? Tivemos Ian Mckellar se envolvendo no escândalo da Stellar, que foi hackeada e causou aquele acidente com seu carro autônomo. Agora, temos toda essa polêmica envolvendo o atentando contra a senadora Hudson graças ao bug da Move, que tem entre seus sócios um de seus amigos. O que você pensa disso?

— Cara, isso dá muita história. Mas antes preciso ir ao banheiro porque a cerveja já está fazendo efeito. Me espere aqui que eu já volto.

E foi assim, quase na melhor parte, que Desmond deixou a mesa e se dirigiu ao banheiro. Guto estava muito empolgado com o que tinha ouvido até então e já podia confabular muitas coisas. Sua excitação era tamanha que resolveu mandar uma mensagem para Deco. Ficou feliz de se sentir permitido a fazer isso sem culpa, remorso ou ansiedade sobre o que o outro lado iria pensar.

"Deco, estou aqui conversando com o professor em Stanford. De fato, há uma briga entre Jason e Renan por causa de dinheiro na venda da Olive. Nada a ver com rixas de faculdade. Jason parece ser um cara perigoso, vingativo, e acho que pode ser um elemento de caos nesse grupo. Ao mesmo tempo, há um antigo fundador da Olive que está sumido do mapa e que também não levou nada na jogada. Estou trabalhando nessa hipótese. Em breve, terei mais notícias."

Guto estava empolgado e decidiu se levantar da mesa e caminhar pelo pub, que começava a ganhar algum movimento. Numa das paredes, percebeu que havia muitas fotos antigas enquadradas e posicionadas. Chegou mais perto e viu que possivelmente eram de ex-alunos de Stanford. Muitos deles famosos, como políticos e executivos conhecidos de hoje em dia. Ficou curioso para saber se alguém da Geração Dourada estaria por lá.

Após alguns minutos olhando para as imagens, se deparou com uma foto em particular. Nela, uma turma de amigos sentados em uma grande mesa daquele pub em um momento do passado; entre eles, alguns rostos conhecidos, muitos sobre os quais havia conversado com o professor Cook poucos minutos antes. Porém, algo na foto chamou sua atenção. Teve que se aproximar para conferir melhor.

Ao chegar mais perto, confirmou sua primeira impressão. Um outro rosto conhecido por ele, alguns anos mais jovem, mas que estava ali de forma inesperada. Abriu a boca e franziu a testa, cozinhando todos os miolos que já estavam há dias funcionando freneticamente. Aquilo não fazia muito sentido. Teria algo a ver com o que estava investigando?

O pub de repente silenciou-se em sua cabeça e as engrenagens se encaixaram.

Na verdade, fazia muito sentido! E trazia uma nova ótica para a história... um novo ingrediente surpreendente e chocante!

Guto se afastou e decidiu voltar à mesa onde estava sentado. Porém, foi interceptado por um vulto na escuridão do pub, que parecia revelar uma pessoa alta e forte, que o abraçou em silêncio e logo colocou um pano úmido com força em sua boca. Ele tentou se desvencilhar dos braços daquele estranho, mas seu esforço foi em vão.

Alguns segundos depois, Guto apagou.

CAPÍTULO 24

ROTA AÉREA BRASIL — ESTADOS UNIDOS

A tela na frente da poltrona de Deco atualizou o tempo faltante para o pouso em solo americano. Todos os números mudaram quando as 4:00:00 viraram 3:59:59, o que chamou sua atenção. O corpo implorava para que inclinasse mais a cadeira e tentasse dormir, mas sua cabeça não deixava. A falta de sono impedia que os neurônios elaborassem algo muito rebuscado. Parecia um morto-vivo em estado constante de alerta.

Estava assim há alguns dias. Desde a noite em que pousou em São Paulo e aguardou alguma resposta de Guto, que nunca chegou. Foi a última vez que dormiu decentemente. Ainda não entendia bem o que esperar daquela nova relação recém-reconstruída. Sentia-se como no dia seguinte a uma recaída com uma ex-namorada. Era de esperar uma ligação? Quem deveria tomar a primeira atitude? O que fazer com a mágoa do passado? O que fazer com aquele afeto repentino renascido? Não sabia o código e a etiqueta esperada por um vaso dourado que tentava ser colado com chicletes.

No dia seguinte, acordou bem cedo e logo checou a tela do celular. Sem resposta, ainda. Foi assim por toda a manhã. Tentou ligar inúmeras vezes para Guto, mas só caía na caixa postal. Deixou recados e mais recados. Mandou inúmeras mensagens. Não desgrudou da tela por um segundo. Mesmo na nova configuração da dupla, aquele sumiço não estava certo. O pior é que não tinha com quem contar ou para quem perguntar.

Foi Jennifer, a mulher de Guto, que quebrou o silêncio. Já eram quase quatro horas da tarde, quando recebeu a ligação. Estava nervosa e com um claro desespero na voz. Eles não se conheciam pessoalmente, e Deco imaginava que seu nome já devia ter sido mencionado por Guto alguma vez.

Na chamada, ela revelou que foi avisada pelo Herald que Guto não havia voltado para o hotel na noite anterior. Suas coisas ainda estavam intactas no quarto, da mesma forma que as tinha deixado. O último contato feito com o jornal havia sido à tarde. Ninguém conseguia falar com ele fazia quase 24 horas, um marco crítico que já acionaria a polícia e o transformaria oficialmente em um desaparecido.

Jennifer lembrou que tinha acesso a um serviço que rastreava as últimas ligações feitas por Guto, que ficavam registradas em uma conta digital privada. Ela então acessou o arquivo e achou o número de Deco como sendo o último com quem seu marido conversou, por meio de mensagem, no fim da tarde.

Ela precisava e merecia respostas, e Deco teve que tomar sua decisão em instantes. Uma das mais difíceis de sua vida.

Para Deco, estava claro que quem quer que estivesse por trás daquele jogo de manipulação e hackeamento de aplicativos havia pegado Guto. Seu ex-sócio provavelmente chegou no ponto certo da resposta quando visitou Stanford e começou a estabelecer as relações que seus ex-alunos tiveram desde a faculdade até as origens da Olive. Um acidente ou qualquer coisa do gênero seria coincidência demais e já teria sido descoberto pela polícia. Sua última mensagem revelava sobre um antigo fundador da Olive que não tinha levado nenhum dinheiro com a venda. Ele estava muito próximo de ligar o ponto final.

Guto devia estar vivo. Essa era sua esperança. Friamente, sabia que tinha razão. Era um jornalista de uma empresa de potência, influência e muitos recursos, que poderia trackear facilmente um possível assassino. Mas estava tratando de uma vida. E não era qualquer uma. Tinha forma, história, família e uma conexão forte demais para ser tratada como uma lógica especulativa.

O peso da culpa veio como se fosse um milhão de sacos de areia nas costas. Se não fosse por sua insistência e intervenção, ele deveria estar vivendo sua feliz e ordinária vida em Washington com a mulher e os filhos. Não iria se perdoar se algo de mais grave tivesse acontecido.

Porém, envolver mais pessoas não parecia algo sensato. O Herald já havia acionado a polícia, o que parecia o bastante. Colocar Jennifer na história ou até contar aos oficiais sobre o enredo por trás dos panos que estavam investigando tampouco parecia uma boa ideia. Não, Deco precisava continuar no protagonismo daquela jornada. Ele havia colocado Guto nesta enrascada, e ele era a pessoa mais indicada para tirá-lo de lá.

Foi então que mentiu para Jennifer. Disse que trocou algumas mensagens com seu marido sobre assuntos triviais. Eram amigos de longa data e não precisavam de um motivo especial para conversarem. Ela ficou claramente desapontada e frustrada por não saber de mais nada. Ele pediu desculpas e tentou passar uma mensagem de força e esperança. Após desligar o telefone, se derramou em lágrimas de vergonha e angústia.

Nos dias seguintes, continuaram trocando mensagens, mas a polícia nada encontrou. O Herald emitiu um comunicado oficial sobre o desaparecimento e, mesmo sem muito alarde pela mídia, seu rosto estava presente no site principal do jornal, com um número de telefone caso alguém tivesse alguma pista. Avisados por Jennifer, os investigadores chegaram a entrar em contato com Deco, mas ele repetiu a história novamente, dessa vez por mais tempo e tendo que responder a mais perguntas. Nunca havia mentido tanto na vida em tão pouco tempo.

Se sua lógica estivesse certa, ele também estaria na mira dos capturadores de Guto, por mais longe que morasse. Entrou, assim, em estado de alerta constante. Pediu a Íris que redobrasse os cuidados com segurança, inventando um medo repentino com assaltos em São Paulo. Evitou maiores contatos com a filha. Passou a olhar para trás e para os lados sempre que saía de casa. Nunca suspeitou de tanta gente com quem cruzou na rua ou no trânsito, chegando a sentir concretamente que estava sendo perseguido algumas vezes. Em casa, trancou a porta de todos os jeitos possíveis.

As noites em claro começaram a ser uma realidade.

Os dias seguintes ao sumiço de Guto também revelaram outros desdobramentos. A Move enfim emitiu um comunicado por meio de seus canais oficiais digitais e em um pronunciamento feito pelo seu CEO. A empresa revelou ter realizado uma investigação interna em seus sistemas de segurança e detectou que o hackeamento não veio de seu aplicativo, mas sim da rede de telecomunicações. Eles ainda apontaram a operadora específica que foi invadida, chamada Horizon, uma das grandes marcas dos Estados Unidos do momento. Dessa forma, entrava mais um elemento exógeno àquela história já repleta de atores difusos e com poucas conexões óbvias.

A Horizon se prontificou a responder às acusações dizendo que não reconhecia a invasão e que seus sistemas eram muito seguros, com uma série de dados como prova. Mesmo assim, o prejuízo para a imagem das telecomunicações nos Estados Unidos já estava feito. Todas as marcas listadas em bolsa tiveram queda recorde nas cotações de suas ações no dia seguinte, e um novo debate acerca da segurança da internet começou no país.

Ao mesmo tempo, na outra ponta, ao acompanhar a agenda de Renan Loyola, Deco desconfiou que possivelmente seu desafeto de Jacobina teria descoberto algo. O presidente da Mint foi chamado para uma reunião em Brasília com o presidente para discutir as ações de reparo que a mineradora faria em relação à contaminação em massa de seus empregados. Por ser uma concessão pública, a empresa devia respostas à população. Publicamente, no mesmo dia em que se encontraram na Bahia, Renan já havia se pronunciado para confirmar o ocorrido e que aquilo deveria ter acontecido por algo consumido dentro das instalações da empresa, assumindo a culpa.

O que chamou a atenção de Deco, na verdade, é que logo depois de se encontrar com o presidente do Brasil, o CEO da Mint também teria uma reunião oficial com o ministro Joaquim Damasceno. O que uma mineradora teria a ver com a saúde, nos moldes do que havia sido veiculado oficialmente? Teria Renan descoberto o link com o AppSUS e ameaçado o ministro? Os detalhes e os temas discutidos entre quatro paredes de Brasília não haviam sido publicados.

Como cereja do bolo, Deco descobriu também que Renan viajou para Londres no dia seguinte de sua ida à Brasília. Poderia ser algo despretensioso e até ordinário na vida de um alto executivo, se não fosse pelo destino e pela investigação que fez assim que Guto o avisou do antigo sócio da Olive que havia sumido do mapa. Após pesquisar muito em diversos sites, ele descobriu que Sridah Pajani estava morando na capital britânica, tendo saído em algumas fotos com empresários locais. Teriam Renan e Sridah alguma ligação especial? Estariam eles unidos à espera da derrocada de Jason, um desafeto, de acordo com a última mensagem de Guto, já que Damasceno poderia desmascarar aquele hackeamento?

E ainda restava a última pergunta... o que o Brasil tinha a ver com os casos da Stellar e da Move?

Deco sentiu então que precisava agir, e o palco das respostas não era mais onde estava, mas sim os Estados Unidos. O novo integrante da história era Michael Grujedsky. O engenheiro dedurado por um colega da Zest que havia sido o responsável por intencionalmente deixar o aplicativo frágil em termos de segurança. Convenientemente, ele estava morto agora e não podia responder a essa acusação. Deco estava inconformado porque não conseguiu dividir essa novidade com Guto e só ele — e a empresa detentora do aplicativo — sabiam dessa descoberta.

Nos dias anteriores, fez o que pôde para investigar à distância tudo o que a internet sabia sobre aquele homem. Porém, não conseguiu quase nada. Michael simplesmente não tinha um perfil oficial em nenhuma rede social ou algum rastro. Digitalmente, era quase como se não existisse.

Porém, havia uma pequena ponta à mostra. Seu sobrenome não era dos mais comuns, então resolveu pesquisar sobre algum parente que pudesse ajudar. Rapidamente, encontrou Holly Grujedsky, uma corretora de imóveis de um escritório renomado de Seattle. Deco entrou em contato por mensagem e pediu para marcar um encontro. Disse que estaria se mudando para a cidade em alguns meses a trabalho e queria ajuda para encontrar uma casa. Ela prontamente aceitou e marcaram uma reunião. Aconteceria no mesmo dia em que ele pousaria na cidade.

Não havia mais outros Grujedskys nas redes sociais. Holly deveria ter algum parentesco forte com Michael — irmã, filha, esposa... Era a única esperança de Deco e, se tinha algo em que ele confiava, era em seus instintos. Sem pensar duas vezes, comprou uma passagem e, em pouco mais de 24 horas, já estava voando para os Estados Unidos.

Os primeiros raios de sol brilhavam quando desceu em Dallas, sua escala, antes de fazer imigração e rumar para outro voo para Seattle. Sem intercorrências, teve mais um trajeto tranquilo até seu destino final. Chegou por volta da hora do almoço. Estava faminto, cansado, com uma leve enxaqueca e precisando de um banho. Mas a procura por respostas falava mais alto.

Assim que desembarcou, checou o horário e calculou que teria menos de duas horas até a conversa com Holly. Era apenas o tempo necessário para escovar os dentes, lavar o rosto, comer algum sanduíche no aeroporto mesmo e ir até a locadora para pegar seu carro alugado previamente. Desde Jacobina, entendeu que autonomia no transporte era a chave para qualquer investigação que viesse a fazer.

Além de se sentir mais seguro dirigindo o próprio veículo, em meio a dúvidas de perseguição.

Fez tudo dentro do roteiro e cinco minutos antes do agendado já estava na sede da imobiliária na qual Holly trabalhava. Precisou começar a desenferrujar seu inglês para se identificar na recepção e aquecer o cérebro para a conversa de logo menos. Em poucos minutos, já estava com o código de visitante no celular e subindo os elevadores até o 35º andar, onde deveria aguardar para ser chamado.

Deco foi recebido numa pequena sala com um grande sorriso de Holly, uma corretora nata que viu ali um potencial cliente para o concorrido mercado de imóveis americano. Ela era loira, baixa e bem magra, trajando roupas formais. Após os cumprimentos iniciais e uma explicação rápida sobre seu sotaque não nativo, Deco decidiu que precisava ir direto ao ponto. Seus instintos estavam à flor da pele e o cansaço extremo não lhe dava margem para rodeios ou firulas na conversa.

— Como posso te ajudar? — Foi a pergunta abrangente feita por ela, com a deixa perfeita.

— Holly, vou ser muito direto ao ponto, pois não quero que perca tempo. Eu não estou aqui à procura de uma casa para morar. Estou aqui para falar de Michael.

O semblante pacífico e confiante de Holly deu lugar a um olhar perdido, de surpresa e que logo fez sua postura mudar para defesa.

— O que quer saber de Michael?

— Sou um jornalista que descobriu que ele fez algo terrível, que culminou na morte de algumas pessoas e que está impactando a vida de outras milhares. Eu não quero contar o que sei à polícia, porque tem muita gente poderosa no meio. Vim até você, pois tem o mesmo sobrenome. Nem sei o que você é dele, para ser sincero. Tudo que sei está bem guardado e não estou sozinho nessa, então peço que não chame segurança ou algo do tipo. Não vou te envolver em nada, só preciso de…

— Michael era meu irmão — interrompeu ela, com um olhar triste, mas um pouco mais seguro.

— Ah, sim.

— Sou sua única irmã.

— Holly, Michael trabalhou em uma empresa de tecnologia e, por algum motivo que desconheço, deixou uma fragilidade intencional de segurança. Pessoas entraram ali e fizeram coisas terríveis. A polícia ainda não sabe disso, apenas um dos engenheiros, que era amigo do seu irmão e descobriu o ocorrido.

— Ah, meu Deus! Agora, as coisas parecem fazer sentido — falava uma Holly cada vez mais conturbada e angustiada.

— Você sabe no que Michael pode ter se metido?

— Meu irmão era engenheiro de computação. Era um homem bom, honesto, íntegro, muito inteligente e trabalhador. Mas tinha muitos fantasmas! Nunca aceitou sua homossexualidade, por exemplo. Lutou contra seus desejos e instintos por décadas, e até teve esposa e filho. Porém, tinha um amante por muitos anos chamado Ryan. Ele me contou isso um ano antes de morrer. Estava transtornado por ter traído a família e por não se sentir uma pessoa normal dentro de tantos parâmetros que a sociedade coloca. — Holly começava a esboçar um ar saudoso enquanto falava. — Mas isso não é importante aqui. Ele começou a mudar de verdade depois de trabalhar na Kuait.

— Kuait?

— É uma empresa de segurança digital que fica em Mountain View, na Califórnia. Michael se mudou para o Vale do Silício onde trabalhou em uma série de startups. Certo dia, me disse que foi contratado por essa Kuait. Conversávamos sempre e percebi que ele foi ficando cada vez mais afastado, estressado... se queixava muito das longas horas de trabalho e da pressão dos chefes. Depois, saiu dessa empresa e foi para outras por um tempo, mas percebi que algo mudou ali. Sempre que tocava no assunto, sua expressão se alterava e ele não queria falar sobre o tempo na Kuait. Aquilo nunca saiu da minha cabeça, mas imaginei que era apenas uma experiência ruim de trabalho, nada além disso. Agora, você aqui na minha frente está me levantando dúvidas...

— O que você está pensando?

Holly hesitou. Seu olhar foi para o infinito e sua boca se contorcia, como se estivesse na dúvida se falava o que estava em sua cabeça. Os olhos também começaram a marejar, e ela, instintivamente, esfregou suas mãos no rosto. Começou a gemer, como se lutasse contra um choro visceral.

— Holly, sei que nos conhecemos há alguns minutos e que essa história pode acender alguns fantasmas do seu passado. Mas peço que confie em mim. Se não quisesse descobrir a verdade, já teria contado tudo à polícia e eles estariam interrogando você numa delegacia qualquer.

— Meu irmão foi assassinado — disse ela, com lágrimas caindo do olho e uma voz desesperada. — Na noite que tudo aconteceu, ele me mandou uma mensagem dizendo que estavam tentando matá-lo e que precisava de ajuda.

— Não foi um acidente doméstico, então?

— Não! A polícia disse que foi um vazamento de gás e que a casa explodiu em poucos segundos. Mas meu irmão me mandou um áudio dizendo que sua casa, que era toda automatizada, não obedecia mais aos seus comandos. As portas estavam trancadas, assim como as janelas, e a temperatura interna só aumentava e aumentava. Alguém invadiu os sistemas internos. Michael disse que queriam matá-lo. Ele, a mulher e o filho foram literalmente cozinhados vivos dentro daquele lugar!

— Meu Deus, que horror! Não fazia ideia. Ele já tinha mencionado antes para você sobre algum tipo de perseguição que vinha sofrendo?

— Não, jamais! Assim que recebi o áudio, fiquei assustada e fui voando para a casa dele. Mas eu moro numa região distante e estava muito trânsito em Seattle naquela noite. Quando cheguei, as chamas já haviam consumido tudo e todos já haviam morrido.

— Nossa, consigo imaginar seu pânico e desespero. Você ainda tem essa mensagem? Mostrou para a polícia?

— Não, eu apaguei! Estava com medo do que iria acontecer. Temi por mim e por meus filhos também. Não confio na polícia. E também não queria ninguém importunando minha família ainda mais, depois de tanta tragédia. Passei muito tempo com medo de ir até a farmácia. Fui ter alguma paz faz menos de dois meses.

— Desculpa estragar sua paz, Holly. Mas fico feliz que tenha me contado.

— O que você vai fazer com essa informação?

— Preciso saber por que Michael está inserido nessa história que estou investigando. Ele é um nome estranho a tudo. Não posso te dar detalhes, desculpe, pois há muito em jogo e várias vidas dependem do sigilo. Mas há agentes poderosos por trás e o que Michael fez, aquela falha de segurança que comentei, foi uma parte crucial do enredo. Então, eu preciso entender suas motivações e suas ligações com todos esses agentes poderosos.

— Como te falei, meu irmão sempre foi muito íntegro, um cara bom.

— E mudou depois de trabalhar nessa Kuait, certo?

— Certo. Eu conhecia muito bem seu olhar! Se alguém quisesse fazer mal para ele, deve ter vindo de sua experiência nesse lugar. Ele era certinho, não jogava, não fazia apostas ou algo do tipo. Nunca atravessou um farol vermelho.

— Ele chegou a falar sobre algum nome dessa empresa? Mencionou alguém especificamente?

— Hum, ele criticava várias pessoas, mas em especial o presidente. Já o ouvi falar inúmeras vezes que ele era o grande câncer do lugar.

— Certo, isso já me ajuda. Vou precisar investigar melhor esse passado. De resto, algo mais lhe vem à mente?

— Não, já falei mais do que eu podia, para ser sincera.

— Imagino que falar sobre a morte de Michael não seja fácil para você, mas tenha certeza de que o que me falou aqui vai ajudar muita gente. Ninguém é sempre bom ou mal... se seu irmão fez alguma coisa, nem sabemos se foi intencional ou se foi coagido a fazer. Dou minha palavra que vou descobrir e, em breve, você saberá a resposta.

E, assim, se despediu de Holly e caminhou para fora do escritório até os elevadores. Sua cabeça girava a mil por hora. Precisava se planejar e fazer muitas pesquisas, agora com tanta informação nova recebida. Assim que o elevador chegou ao térreo, caminhou até o estacionamento onde seu carro estava parado. Pegou o celular para pagar e destravar sua saída, quando viu uma mensagem na tela inicial de um número desconhecido:

"Estamos com Guto."

Em seguida, um carro em alta velocidade vinha do fundo do estacionamento com farol ligado em sua direção. Não pensou duas vezes. Precisava fugir.

CAPÍTULO 25

SEATTLE, ESTADOS UNIDOS

Era difícil se acalmar e concatenar qualquer ideia que fosse. Quando percebeu, já estava acelerando seu carro nos apertados corredores do estacionamento comercial em direção à saída, com seu perseguidor colado na traseira. Todo seu organismo se concentrou na única tarefa de se afastar da situação e procurar um porto seguro.

Deco desceu uma ladeira longa e logo viu a catraca de saída. Ela era automaticamente liberada graças a um código dentro do carro que se conectava com uma central e dizia que aquele veículo já havia pagado por sua permanência. Do lado de fora do prédio, teve uma primeira sensação de alívio, após deixar o claustrofóbico lugar onde havia sido encurralado.

À luz do dia, também conseguiu ter uma imagem melhor do carro que o perseguia. Era um SUV preto e tinha os vidros todos filmados. Não conseguia enxergar com clareza a parte de dentro, mas podia perceber a existência de dois vultos, um no volante e outro no banco do passageiro.

A inclinação imediata era fugir e despistar o carro de trás. A sensação de estar na região central de uma cidade grande também lhe transmitia a ideia de que tiros não seriam disparados. Por alguns minutos, se sentiu num filme, cruzando ruas e avenidas com uma velocidade acima do normal e tendo alguém na sua cola. A perseguição não parecia que iria ceder.

— Farol à frente fechando em dez segundos — ecoou uma voz feminina no interior do veículo.

Deco se assustou e logo entendeu que era o sistema interno do carro. Uma luz verde, antes apagada, agora estava acesa no painel central. Logo em cima um aviso de "Inteligência Artificial". O botão de acionamento ficava perto do volante, à sua esquerda. Logo, imaginou que deveria ter ligado aquilo na pressa de dirigir, em algum movimento atabalhoado que fizera com as mãos no volante.

Ficou impressionado também com o tipo de aviso. Já havia dirigido carros conectados antes, mas em nenhum momento presenciara uma conexão entre automóvel e algum elemento público, como faróis. Seattle era um importante polo tecnológico no país e deveria contar com algum sistema de cidade inteligente que também pudesse conversar com outros objetos conectados.

Veio então, o estalo. Tudo estava conectado. Seu carro a seu celular e ao farol da cidade.

A era da Internet das Coisas.

Deco não estava lidando mais com um caso de hackeamento de aplicativos ou celulares. Aquilo era uma invasão de absolutamente tudo que estivesse conectado. Foi assim com o carro de Jonas e com a casa que matou Michael. Quem estava por trás daquilo, atrás das cortinas, como a alusão ao Mágico de Oz, sabia de todos os seus passos e deveria ter acesso a tudo o que havia conversado, ouvido, lido ou escrito nos últimos dias ou até mesmo meses.

Demorou pouco mais dos dez segundos estimados pelo carro, e encontrou o farol fechado. Seu perseguidor estava logo atrás. Outros veículos também passavam por ali e se enfileiraram nas faixas ao lado. Ainda estava numa rua movimentada de pedestres, atravessando e andando pelas calçadas. Ninguém saiu ou se mexeu. Foram segundos em que conseguiu estruturar algum pensamento.

A única pergunta que vinha em sua mente era: o que Guto faria naquela situação?

Se quisesse fugir, precisaria ficar completamente offline. Então, desligou a conexão do carro, tornando-o um velho e bom veículo manual. Pegou o celular do bolso e o deixou sem internet. Olhou em sua carteira e deu graças a Deus por ter trocado dólares ainda no aeroporto de São Paulo, devido a uma medida recente de aumento de impostos para gastos no exterior pelo governo brasileiro. Não precisaria usar algum tipo de pagamento eletrônico, pelo menos por alguns dias.

Aquilo dificultaria muito sua vida, mas era o necessário.

Nos últimos segundos de relativa paz enquanto o farol ficava fechado, concluiu que havia apenas uma coisa a fazer: dirigir até o Vale do Silício, onde ficava a sede da Kuait, a empresa de segurança digital que, segundo Holly, desgraçou a vida de seu irmão e deveria ter uma pista do porquê ele fragilizou o sistema da Zest — e, possivelmente, poderia ter a ver com o hackeamento de outras coisas da história. Seu parco conhecimento geográfico dos Estados Unidos indicava que deveria ser uma longa viagem, porém possível. Confiaria em placas da estrada, já que não poderia abrir um aplicativo de geolocalização. Mas antes precisava despistar seus perseguidores. E teria que fazer aquilo confiando apenas em seus instintos.

O farol abriu, e ele seguiu. Sempre numa velocidade alta e com olho no retrovisor. Virou à esquerda em uma avenida larga e movimentada que devia conectar pontos importantes da cidade. Dirigiu por alguns minutos até que enxergou uma placa indicando Califórnia, com uma saída três quilômetros à frente. Provavelmente, encontraria mais placas como aquela até chegar próximo de Mountain View, no Vale do Silício.

A saída era composta por uma alça de acesso que entregava os carros a um grande viaduto. Deco seguiu por ele, que fazia uma curva longa e passava por um cenário bastante urbano e com muitos edifícios. O perseguidor continuava próximo, às vezes sendo o carro logo atrás, às vezes com um ou dois automóveis de distância.

Mais à frente, mais uma placa de Califórnia, com outra saída à direita. Junto com o nome do estado, vinha o indicador I5-S, que Deco sabia que era o nome da estrada, uma Interestadual de número 5, rumo ao Sul. Seguiu as orientações e em alguns quilômetros já estava na grande rodovia, plana e larga. Já enxergava menos prédios ao seu lado e um cenário pouco menos urbano. Devia estar deixando Seattle.

Dirigiu por cerca de vinte minutos na estrada, mas ainda visualizava o SUV preto pelo retrovisor. Mesmo acelerando bastante, a rodovia reta e com um fluxo definido deixaria praticamente impossível a tarefa de despistar. Precisava resolver aquele problema e de um plano melhor.

Foi então que avistou à direita um edifício da Polícia Estadual. Tinha que sair da estrada principal para chegar próximo dali. Seu instinto fez com que tomasse a decisão na hora e pegou a saída próxima. Não poderia contar com a ajuda prática de policiais, mas podia pensar em alguma forma de intimidar seu perseguidor. Desceu por uma rua de acesso e logo se viu numa avenida menor, que cruzava embaixo da estrada I5. Como esperado, sua companhia ainda vinha logo atrás.

Deco teve uma ideia ao olhar para a frente do prédio. Ele ficava em uma esquina e ocupava uma área grande do quarteirão. No cruzamento, um semáforo. Pelo tamanho das avenidas, deveria ter um tempo longo para segurar os carros e fazer o tráfego fluir. Enquanto estava a poucos metros do edifício, o farol estava verde. Deco então começou a diminuir a velocidade, para desespero de alguns carros que estavam atrás.

Olhou para os céus e pediu uma ajuda divina. Seu plano improvisado tinha que funcionar.

Quando estava quase sem esperança, viu a luz do semáforo ficar amarela. Deco então acelerou bruscamente, fazendo com que a fila de trás demorasse para reagir, incluindo o SUV. Passou pelo cruzamento quase na mudança para o vermelho e virou à direita, na esquina do prédio da Polícia. Para sua alegria, o perseguidor ficou preso no farol. Ele provavelmente não iria querer chamar a atenção de autoridades.

Era a deixa de que precisava. Deco acelerou o máximo que pôde. Resolveu fazer um zigue-zague entre as ruas mais estreitas que ladeavam a avenida maior, virando várias vezes à esquerda e à direita. Seu coração estava a mil por hora. Sua atenção era dividida entre a direção e o retrovisor. A cada segundo que se passava e o SUV preto não aparecia no radar, ele ganhava uma esperança a mais.

Após alguns minutos andando entre casas, viu um grande supermercado à frente. Entrou no estacionamento do lugar e foi até a parte subterrânea. Apesar de o instinto pedir que continuasse fugindo, precisou racionalizar. Não sabia o quão sustentável seria aquela fuga desenfreada. Possivelmente, seu perseguidor imaginaria que ele seguiria dirigindo em desespero. Então, desceu até o último nível do estacionamento e encontrou uma vaga, no meio de dois outros carros. Parou de ré, desligou o veículo e foi para o banco de trás.

A sensação de ficar ali era angustiante. Seu coração batia forte, e a respiração ofegante não dava paz. Olhou no relógio e viu que já eram quase catorze horas. Resolveu esperar por uma hora ali dentro. Se ninguém suspeito aparecesse, teria vencido. A próxima fronteira do medo seria na saída do supermercado, mas duvidava que o perseguidor ficaria do lado de fora.

Foi a hora mais demorada de sua vida. Não podia mexer no celular ou pedir ajuda. Estava desconectado do mundo, isolado de tudo e de todos. Sua cabeça tentava pensar de forma mais clara em toda a situação em que se metera, mas não tinha energia para isso. Precisava focar primeiro em salvar sua pele.

O relógio então apontou quinze horas. Nenhum SUV preto ou algo suspeito apareceu ali. Decidiu dar mais trinta minutos. Não queria estragar uma estratégia improvisada, mas que aparentava sucesso por causa de mais um pouco de espera. Os trinta iniciais se estenderam por mais uma hora. Estava exausto e não aguentava mais ficar parado.

Deco deu partida no carro e começou a subir os andares do estacionamento, rumo à saída. Por sorte, havia um caixa manual, que aceitou suas notas e o liberou. Quando virou na rua e viu novamente a luz do dia, seu coração voltou a disparar à procura de algo suspeito. Olhava em todas as direções, com o pé pronto para acelerar o máximo possível caso visse alguma coisa. Por sorte, nada chamou sua atenção. Carros e pedestres passavam, mas nenhum sinal de seu perseguidor. Seu plano parecia ter funcionado.

A mistura de adrenalina com alívio o pegou de jeito. Começou a chorar como uma criança enquanto dirigia e procurava novamente um retorno para a estrada I5-S. Percebeu o quanto represou o medo de morrer no meio do nada e nunca mais ver sua filha, a Carla ou os pais. Mesmo tendo afastado o perigo imediato, ainda estava numa grande enrascada. Precisava ser forte e construir um plano.

Depois de alguns minutos, voltou à estrada e continuou dirigindo. Olhava no retrovisor e à frente à procura do SUV preto, mas nada encontrava. Começou a sentir seus músculos relaxando e a cabeça voltando a pensar com mais clareza. Se permitiu respirar fundo várias vezes para recuperar a calma e para que as lágrimas secassem. Não podia se entregar ao pessimismo.

Depois de quase uma hora dirigindo, viu que o sol estava indo embora e a noite começava a chegar. Nesse mesmo momento, uma grande placa indicava que Portland estava a oitenta quilômetros, e São Francisco, a única cidade entre as listadas ali que ele sabia que ficava na Califórnia, a mil quilômetros. Concluiu que precisaria parar para comer, descansar e pensar um pouco. Sabia que Portland era uma grande cidade, e que, em sua condição, aquilo era um mau sinal. Só o que queria era um lugar simples, pouco movimentado e longe dos holofotes.

Tinha combustível para mais trezentos quilômetros. Abençoou mil vezes sua locadora por ter lhe entregado o carro com o tanque cheio. Decidiu então dirigir por mais um tempo, passar por Portland e procurar alguma cidade pequena para pernoitar logo em seguida. Continuou na estrada principal e viu a noite chegar de vez enquanto guiava solitário, no silêncio de seu veículo, passando ao lado de mais uma grande cidade americana.

Assim que deixou Portland, começou a ficar atento para onde iria parar. A próxima grande cidade seria Salem, setenta quilômetros à frente. Após cerca de vinte minutos, viu uma placa que indicava para Woodburn, que imaginou ser um dos pequenos municípios da região. Sem nenhum tipo de critério, decidiu pegar a saída e deixar a estrada principal.

Em alguns minutos, se viu dirigindo em uma pequena cidade dos Estados Unidos, repleta de casas antigas e alguns comércios locais. Era relativamente bem-urbanizada e iluminada, apesar de erma. Uma mistura de clima pouco receptivo com ingredientes que ele buscava naquele momento, que era um esconderijo do mundo. Andou por alguns quarteirões, até que viu um hotel à frente do jeito que queria. Simples, porém minimamente organizado e arrumado. Sua cabeça suplicava por uma pausa.

O hotel era composto por um prédio de dois andares, comprido e cheio de portas na sequência. Ao lado, havia um estacionamento a céu aberto e uma pequena edícula que devia funcionar como recepção. Estacionou na primeira vaga que viu e saiu do carro. Era a primeira vez que esticava o corpo desde que deixara o prédio onde encontrou com Holly em Seattle. Sacou a pequena mala que levara consigo do Brasil do porta-malas e foi até a porta de entrada do local.

Como esperado, não teve problemas em conseguir um quarto. Pagou pelo pernoite em dinheiro e deu o passaporte como documento. Aquela espelunca não devia deixar nada registrado digitalmente na nuvem. Em alguns minutos, já estava de posse da chave do apartamento, que ficava no andar de cima. Antes de subir, foi até a pequena lanchonete ao lado e pediu o sanduíche mais reforçado que encontrou no cardápio, junto de duas cervejas geladas.

Subiu até seu quarto, abriu a porta e soltou um longo suspiro quando a fechou. Sentou-se no chão e abraçou suas pernas, como se tivesse chegado em casa aliviado após lutar na guerra. Um sentimento muito próximo da realidade. O apartamento era extremamente simples, com uma cama de casal, um banheiro ao fundo e uma TV em cima de um móvel de madeira. A fome batia forte e decidiu atacar a comida enquanto ainda estava quente. As cervejas desceram como água e trouxeram um breve sentimento de paz.

Assim que terminou de comer, tomou um longo e demorado banho. Deixou a água quente bater em seu corpo livremente e por muitos minutos. As ideias vinham sem estrutura, sem ordem, sem finalidade. Queria poder ligar para Ísis, para seus pais, para alguém... mas estava completamente sozinho.

Não tirava Guto da cabeça. Por um tempo, se sentiu como seu velho amigo. Querendo um pouco de paz, de controle e de previsibilidade.

Se por um lado, a desconexão com o mundo o deixava solitário, por outro se sentia mais seguro naquele quarto de hotel. Não havia como ser rastreado. Podia ficar ali por dias se precisasse.

Deco vestiu roupas novas, limpas e confortáveis. Escovou os dentes e olhou no relógio. Eram quase 21 horas e ele estava exausto. Sentia que, pela primeira vez em muitos dias, queria dormir profundamente, sem se preocupar com o futuro. No dia seguinte, resolveria o que fazer e voltaria para a estrada rumo à Califórnia.

Porém, ligou a TV para trazer algum barulho em meio a tanto silêncio que experimentou nas últimas horas. Navegou livremente por canais de todos os tipos, até parar no noticiário local. A manchete principal, escrita em vermelho na parte de baixo da tela, acendeu todos seus sentimentos de alerta novamente:

"Urgente: executivos são presos acusados de tentar matar a senadora Hudson."

Foram necessários alguns minutos de reportagem para que entendesse o que havia acontecido — e para sentir seu faro jornalístico aguçado e recompensado. A polícia havia prendido quatro pessoas naquela tarde, sendo duas delas rostos já conhecidos por Deco: Hyun Lee So e Jason Speed. Além deles, um diretor de tecnologia da operadora Horizon, antes apontada pela própria Move como o elo hackeado no ataque de Oklahoma, chamado

Matt Pumblee. O outro nome era Felix Torres, acusado de chefiar assassinos profissionais de aluguel. De acordo com a polícia, os quatro arquitetaram todo o plano de hackeamento do aplicativo e da posterior execução da política.

Um fator interessante estava nas razões anunciadas pela imprensa. Hyun, Speed e Pumblee eram apontados como a ponta de um iceberg de executivos do Vale do Silício que queriam se livrar de Ellen Hudson nas primárias entre os democratas por ser uma candidata contrária aos interesses das empresas e a favor de maior regulação. Os três teriam arquitetado o plano em si, mas havia muitos outros por trás cacifando e apoiando a iniciativa. Os investigadores não deram mais detalhes, mas disseram que novas prisões poderiam ser realizadas em breve.

Porém, algo ainda estava faltando. Jason havia sido preso, mas ninguém disse nada sobre sua empresa, a Zest. Não havia menção ao AppSUS, sobre Jacobina ou qualquer coisa que o ligasse ao que Deco havia descoberto dias atrás. Ele estava preso por fazer parte de um grupo de conspiradores contra a senadora, mas sem que seu aplicativo tivesse tido alguma participação. Talvez a ida de Renan Loyola e seu suposto encontro com Sridah em Londres estivessem correlacionados com aquilo — possivelmente, haviam sido eles a dedurar os antigos companheiros de universidade. Não se sabia, porém, se tinham alguma culpa naquele cartório também e estavam achando bodes expiatórios.

E era possível que o caso do Brasil fosse revelado nos próximos dias conforme as investigações avançassem.

Em meio a tantas dúvidas, uma coisa era certa. Os homens por trás das cortinas começavam a ser descobertos e aquilo poderia ser uma boa notícia para sua sobrevivência. Desligou a TV e tentou dormir. O dia seguinte prometia ser agitado.

CAPÍTULO 26

WOODBURN, ESTADOS UNIDOS

Deco acordou cedo, pouco antes das seis da manhã. Mesmo com os músculos latejando da cabeça aos pés, o fuso horário e a adrenalina correndo sem controle no organismo teimavam em tirá-lo da cama. Assim que a consciência voltou ao corpo, a razão tomou conta e ganhou protagonismo em seus sentidos. Precisava seguir sua missão rumo à Califórnia e, quanto mais cedo colocasse o pé na estrada, melhor.

Em pouco tempo, tomou mais um banho, trocou de roupa, escovou os dentes e estava pronto para sair. O sol ainda mal havia dado as caras e ele já estava carregando suas malas escada abaixo para deixá-las no carro. Passou rapidamente na recepção para fazer o check-out, comprou duas águas e voltou para o volante. Tinha muito chão para percorrer e ideias para organizar.

Antes das sete horas, estava novamente na I5 rumo ao Sul. Placas que mostravam a distância para São Francisco começaram a aparecer, o que lhe trouxe mais argumentos para tentar relaxar os ombros. Nos primeiros minutos, ainda se viu olhando algumas vezes para o retrovisor e para os lados à procura de algum carro estranho que pudesse estar o perseguindo, mas nada encontrou. A estrada estava tranquila.

Dirigiu por quase duas horas até que a fome despontou e percebeu que precisava tomar café. Nesse meio tempo, conseguiu chegar num racional para o que devia estar acontecendo nos bastidores. Estava certo de que sua vida dependia do que já sabia e do que ainda não sabia. Guto provavelmente já tinha todas as informações, ou quase isso, mas estava sendo mantido sob custódia apenas porque tinha outra pessoa muito próxima de descobrir as mesmas coisas.

Se Deco conseguisse achar as peças faltantes no quebra-cabeças, teria algo muito valioso em mãos e poderia negociá-lo para que Guto fosse libertado. Se falhasse em montar o restante, possivelmente os dois seriam eliminados, assim como devia ter acontecido com Jonas. Nunca precisou tanto de sua habilidade investigativa como agora.

O que estava faltando ali possivelmente envolvia os outros atores ainda não revelados pelo esquema, como os colegas de Stanford — Renan, Ian, entre outros, e o envolvimento do Brasil e do ocorrido em Jacobina. Além disso, o rastro deixado por Michael também era misterioso. Deco colocava todas as fichas no que poderia encontrar em Mountain View ao puxar mais um fio daquele novelo com a empresa de segurança Kuait.

Se ao menos pudesse ter uma conexão com o mundo exterior, a investigação seria mais fácil. Mas permanecer offline era uma questão de sobrevivência.

Parou na beira da estrada para comer, num restaurante ordinário e despretensioso. Tomou um típico café da manhã americano, com panquecas, ovos mexidos e bacon. Estava faminto e precisava reequilibrar as energias. Deu uma olhada num mapa colocado na parede do lugar e percebeu que estava em Roseburg, ainda no estado do Oregon. Mais um pouco e já devia entrar na Califórnia, mas ainda faltavam algumas boas milhas.

Menos de trinta minutos depois e já estava novamente seguindo viagem pela estrada. Dirigia quieto e concentrado, sem ao menos o barulho do rádio para lhe acompanhar e fazer com que se sentisse menos solitário. Vários pensamentos chegavam e saíam de sua cabeça, tanto do turbulento momento presente quanto de várias coisas do passado, mas não conseguia fixar em nada ou ser muito reflexivo. Parecia que só conseguia canalizar energia para sair o quanto antes daquela situação angustiante.

A paisagem da estrada já havia mudado bastante durante as horas seguintes. Muitas florestas ladeavam a larga e movimentada rodovia, deixando um cenário extremamente agradável e verde. Depois de muito tempo dirigindo, checou no relógio e viu que já eram quase quinze horas. Seu estômago novamente pedia por mais uma pausa, assim como sua bexiga. Seria inevitável.

A placa indicava que Deco estava na cidade de Willows, já no estado da Califórnia. A última indicação dizia que São Francisco estava a pouco mais de trezentos quilômetros à frente, o que já o animou bastante. Pegou uma saída da I5 e avistou um restaurante próximo que parecia um italiano pelo nome e logotipo. Era pequeno e confortável, perfeito para suas ambições. Estacionou o veículo na primeira vaga que encontrou e foi até a parte de dentro.

Sentou-se num lugar mais isolado e fez seu pedido. Algo bastante reforçado. Tomou pelo menos dois litros de água assim que a garçonete trouxe a jarra para a mesa. *Ansiedade devia dar muita sede*, pensou, pois nunca se sentiu tão seco assim em toda a vida.

Enquanto aguardava, algo lhe chamou a atenção na TV, que estava ligada em alto e bom som para todos ouvirem. O programa sintonizado era de notícias e as câmeras mostravam um palanque erguido em cima de uma multidão de pessoas que se aglomeravam ali. No púlpito, uma bandeira americana com a estampa de "Ellen Hudson" em vermelho, com letras estilosas, algo típico de uma propaganda eleitoral. Em pouco menos de cinco minutos, ela chegou andando por um corredor improvisado, acenando para a multidão com um forte e simpático sorriso no rosto.

Durante esse tempo, os comentaristas do programa rasgaram elogios à senadora pelos seus feitos recentes e sua postura frente aos eleitores. Um deles mostrou uma revista impressa que a classificou como o verdadeiro Unicórnio do Vale do Silício, realçando as características típicas do animal imaginário — a raridade e o misticismo — e brincando com a alcunha que muitas startups de grande valor de mercado recebiam. Ela era considerada uma joia bruta, dessas que não aparecem todos os dias.

Ellen parou em frente ao microfone, limpou a garganta e começou seu discurso.

— Boa tarde, São Francisco! — bradou ela, sendo respondida prontamente por uma legião de pessoas com aplausos e gritos. — Estamos muito felizes em receber o resultado da última pesquisa de intenção de votos. Nossa liderança aumentou incríveis dez pontos percentuais e já temos quase metade dos eleitores que apoiam a candidatura desta chapa como a escolha democrata para as próximas eleições! — A cada fala entusiasmada de Hudson, novos gritos e aplausos ecoavam.

— Em alguns dias, teremos o primeiro debate ao vivo do meu partido, onde terei o prazer de discutir minhas ideias e projetos para a América junto com meus colegas Miles Holiday e Jimmy Gallup. Recebemos uma enxurrada recente de fake news de que eu estaria os difamando nos bastidores para minar suas respectivas candidaturas. Quero que fique bem claro que não faço esse tipo de jogo. Sei que o senador Holiday respondeu a essas insinuações com raiva acima do normal e foi endossado por seus apoiadores. Não vou entrar em algum tipo de bate-boca, mas quero deixar claro que não faço nada por baixo dos panos e que vencerei por méritos e por ter os melhores planos pelo julgamento dos americanos.

Deco olhou em volta e percebeu que todos no restaurante estavam vidrados na TV e mostravam feições amistosas e receptivas à fala da senadora. Ela realmente parecia gozar de uma ampla aprovação, pelo menos na Califórnia, um estado tradicionalmente democrata.

— Muitos me acham agressiva demais. Tenho essa pecha no senado, e tive em toda minha vida de executiva. É o preço que pago por ser mulher. Quando uma mulher é assertiva e convicta em suas ideias e atitudes, recebe o selo de agressiva! Uma pena que meus concorrentes também usem dessa mesma retórica ultrapassada e misógina. Aqui, gostaria de lembrar do meu saudoso companheiro de vida política Glenn Robinson, assassinado há pouco tempo, por motivos que ainda ansiamos por respostas da polícia israelense. Eu e Glenn sempre concordamos e discordamos sadiamente em nossa jornada. Tenho certeza de que, se ele ainda estivesse aqui, estaria concorrendo para valer nessas primárias democratas e seria um páreo duríssimo. Sempre admirei sua força e determinação. Um homossexual que enfrentou a avalanche de preconceito que ainda assola este país e que defendeu bandeiras de inclusão, diversidade e respeito merece ser lembrado sempre que discutimos política. Sentimos sua falta, Glenn, onde quer que você esteja. Tenha certeza de que estarei levando sua bandeira sempre!

Uma nova enxurrada de aplausos. Neste momento, a TV colocava a foto de um homem de meia-idade no canto inferior da tela, com o texto "Senador Glenn". Deco sentiu novamente sua mão coçar para pesquisar mais sobre aquele político, cujo nome não era amplamente desconhecido por ele, mas não tinha todos os detalhes de sua trajetória e, principalmente, de sua morte por assassinato.

Os minutos seguintes foram marcados por uma série de propostas e ideias que a senadora despejou em rede nacional para o futuro do país. Desde que entrou no circuito, inicialmente com a informação sobre Ian Mckellar e posteriormente como mais um alvo da rede de executivos do Vale do Silício, Deco começou a se interessar mais por aquela proeminente e poderosa figura de Washington. Guto já a havia mencionado várias vezes e revelava sua admiração pela combinação de competência, força e renovação que ela trazia ao cenário político.

— Por fim, todos vocês viram que ontem a polícia nacional prendeu alguns executivos que confabularam em segredo para me matar! Estou aqui, firme e forte, para dizer que não só falharam, como foram descobertos! Nós não somos um país que deixa criminosos à solta! Não é assim que se trata a democracia americana! Somos um país livre e não entregue a uma elite econômica, cujos interesses não são os mesmos da maioria do povo! Estou muito feliz de poder ver a justiça sendo cumprida. E quero reafirmar meu compromisso com todos de que não será isso que irá me amedrontar! Ainda vou lutar por regulações e por um equilíbrio mais justo e saudável das nossas vidas como seres humanos em relação à tecnologia. Estou aqui no meio do Vale do Silício, onde me formei e comecei minha carreira, para assegurar a todos que minha principal bandeira está mantida e cada vez mais forte!

A senadora parecia estar passando por um ápice naquele momento. Seu rosto era vibrante e sua expressão confiante. Algo esperado para um político em campanha, mas, no caso de Ellen Hudson, aquilo era realmente natural. A trajetória vivida nos últimos meses mostrava que estava na crista da onda no cenário americano.

— Para terminar, gostaria de agradecer a todos vocês que me apoiaram. Ainda temos um caminho pela frente até que o partido defina o nome que irá às eleições. Mas todo o suporte que tenho recebido em comícios como este e nas ruas aquece meu coração e me faz ter a certeza de que escolhi a minha verdadeira vocação, que é a de servir ao meu país e liderar a nação aos desafios que temos pelo futuro. Agradeço também à minha família, que está sempre ao meu lado, especialmente a Ryan, meu marido, que tirou uma licença do seu trabalho para gastar sola de sapato ao meu lado. Eu te amo, amor, você é minha fortaleza e juntos somos melhores!

O fim do discurso de Hudson foi sucedido por mais uma chuva de aplausos e gritos do público que o acompanhava in loco. Mas, naquele restaurante no meio do nada, Deco teve mais um estalo. O nome do marido da senadora. Ryan. Estava com ele fresco desde a conversa com Holly no dia anterior.

Seria o marido de Ellen algum infiltrado? Estaria ainda a senadora em perigo de vida? O plano dos executivos ainda poderia ser cumprido?

A inquietude de lidar com tantas perguntas sem ter caminhos para respondê-las fez com que ele saísse rápido daquele restaurante.

Após alguns minutos, já estava novamente na estrada I5 rumo ao Sul. O dia caminhava para seu fim. Intuitivamente, Deco sentiu acelerando ainda mais seu carro, como se quisesse chegar ao destino antes de a noite cair.

Alguns quilômetros depois, continuou seguindo placas para São Francisco e mudou de rodovia para a I-505. Dirigiu por mais cerca de trinta minutos e, enfim, avistou a primeira placa que mostrava a distância para algumas cidades do Vale do Silício. Seguiu o trajeto indicado por quase duas horas e viu os últimos raios de sol irem embora, dando lugar a uma estrelada noite de lua cheia.

Eram quase dezenove horas quando atravessou um portal de entrada para Mountain View. Soltou um suspiro de alívio e cansaço. Nem sabia mais dizer por quantas horas infindáveis estava dirigindo naquela mesma posição, em silêncio e com uma sensação constante de desconforto e ansiedade. Sua tarefa agora era encontrar a sede da Kuait e, de alguma forma, dar um jeito de encontrar seu CEO. Provavelmente, não seria naquela noite, mas esboçar um mínimo plano era necessário. Precisaria encontrar mais um hotel na beira da estrada para mais um pernoite.

Deco então parou em um posto, pois precisava abastecer seu carro. Foi até a loja de conveniência e perguntou para a caixa se sabia onde era a sede da Kuait. No superconectado Vale do Silício, aquilo era uma pergunta equivalente a quanto é a soma de dois mais dois. A mulher, no entanto, não fez nenhum esforço para pegar seu celular e pesquisar, apenas disse que não sabia. Porém, um dos clientes do lugar ouviu a pergunta e resolveu ajudar.

— Eles ficam do lado do Cuesta Park. Siga as placas que vai encontrar. É um prédio baixo, mas com cores chamativas, em laranja. Não tem erro.

Deco agradeceu ao homem pela indicação e por não ter insinuado algo como "veja em seu smartphone, oras bolas". Voltou ao carro e guiou por algumas quadras até encontrar placas que apontavam para o Cuesta Park. Em cerca de quinze minutos, entendeu que havia chegado ao lugar esperado e rapidamente enxergou o prédio da Kuait. Era de fato bastante imponente e destacado em meio à paisagem. O logo da empresa também não passava despercebido.

Estacionou o carro logo na frente e decidiu sair para um reconhecimento. Entendeu aquela pausa mais como uma sensação de alívio e missão cumprida do que para obter algo em troca. Algumas luzes estavam acesas nos andares do prédio, o que indicava que pessoas ainda trabalhavam, mas a recepção estava com apenas uma pessoa. A chance de encontrar alguém importante ali era baixa. Precisaria voltar no dia seguinte se quisesse ser mais eficaz.

Foi então que ouviu um barulho estridente de pneus derrapando na pista. Virou a cabeça e lá estava ele: o SUV preto. O mesmo que o perseguiu em Seattle no dia anterior. Sentiu um frio na barriga imediato e todos os seus instintos de fuga foram novamente ativados. Correu para o carro, deu a partida e começou a acelerar. Não acreditava que estava passando pela mesma situação.

Desta vez, porém, não teve tanta sorte. Após virar à esquerda na primeira quadra, se deparou com uma rua sem saída que terminava numa cerca de madeira, possivelmente uma fronteira com um condomínio de casas. Logo atrás, pelo retrovisor, viu o carro vindo em sua direção, encurralando-o naquele beco. Não pensou duas vezes. Abriu a porta do veículo e começou a correr em direção à cerca, numa primeira intenção em tentar pulá-la. Porém, foi interceptado por algo que lhe bateu à cabeça. Sentiu uma pancada forte na testa e caiu para trás com o impacto. Teve uma sensação de déjà vu, como se estivesse novamente em Jacobina apanhando dos capangas de Renan Loyola. Sentia muita dor e sua visão estava prejudicada. Não teve muita reação quando um vulto cobriu sua boca com um pano. Em menos de três segundos, tudo ficou preto, e ele mergulhou na escuridão.

CAPÍTULO 27

MOUNTAIN VIEW, ESTADOS UNIDOS

Deco foi retomando a consciência aos poucos. Primeiramente, abriu os olhos e se viu deitado em uma cama num quarto escuro. Não conseguia enxergar mais além de uma porta e um armário. A cabeça ainda doía muito e sentia um inchaço na testa, como se fosse um galo. Demorou alguns minutos para se lembrar de tudo que havia acontecido. Levantou-se devagar e sentou-se. Percebeu que ainda estava com a mesma roupa no corpo, apenas sem seu tênis.

Esfregou o rosto com as mãos na tentativa de ganhar mais lucidez. Possivelmente, havia sido pego por seus perseguidores, mas não tinha sido morto. Pelo menos, por enquanto. O que será que eles queriam? Estaria próximo do fim? Caminhou até a porta e testou a maçaneta. Ela estava destrancada. Abriu-a e logo teve seus olhos atingidos pela enorme quantidade de luz do lado de fora.

Assim que conseguiu se acostumar com a claridade, viu que estava num apartamento. E não estava sozinho. Um homem do seu tamanho estava sentado numa mesa de jantar mexendo num computador.

— Olá, bom dia. Em primeiro lugar, fique tranquilo, sou um amigo.

— Quem é você? Onde estou?

— Sente-se, Deco. Vamos conversar. Não precisa pensar em fugir, você não está em perigo aqui. Eu já explico tudo. Você está com fome?

— Sim, mas antes quero saber o que estou fazendo aqui.

O tom de voz calmo e a relativa paz do ambiente fez com que Deco relaxasse e seguisse suas orientações, puxando uma cadeira da mesa e se sentando frente a frente com seu novo "amigo". Os olhos, antes cerrados, já conseguiam se manter abertos com o maior costume à luz do dia.

— Meu nome é Chuck. Sou um investigador particular e estou trabalhando para o Washington Herald. Acredito que você os conhece, certo?

— Sim, claro! — Um lampejo de esperança tomou conta de seu organismo.

— Pouco antes de Guto sumir do mapa, ele acionou um protocolo de segurança. É um processo que o jornal disponibiliza a seus funcionários se eles se sentirem em perigo, por qualquer razão. Basta apertar um botão num aplicativo e pronto. Isso é recebido pelo jornal como um alerta e eles então contatam pessoas como eu, agentes particulares de segurança que devem ir atrás de seu funcionário. Guto desapareceu no mesmo dia que ativou esse protocolo e venho trabalhando à sua caça desde então, junto com outras pessoas. A polícia não está envolvida, pois sabemos que podem estar comprometidos.

— E vocês não encontraram nada até agora?

— Levantamos vários caminhos. Nenhum levou a alguma resposta e seu paradeiro ainda é um grande mistério. Porém, você é a nossa grande esperança.

— Como chegaram até mim? — perguntou após alguns instantes de silêncio em que tentou calcular o risco que corria ao abrir demais sua história.

— Sabemos da ligação que vocês têm do passado. Sua esposa também nos disse que Guto conversou contigo no dia do desaparecimento. Quando descobrimos que veio para os Estados Unidos, acendemos um grande alerta. Ainda não sabíamos de que lado da história você estava. Tivemos um agente de Seattle que o acompanhou à distância e viu alguém o perseguindo quando saía de um prédio comercial. Nós perdemos contato com você, ficamos esse tempo todo às escuras. Até que recebemos mais um alerta ontem.

— Como assim, um alerta?

— Você se desconectou, certo? Desligou celular, carro inteligente etc.?

— Sim. Estava sendo hackeado de todas as formas.

— Só esqueceu que aqui na Califórnia temos muitas cidades inteligentes. Em grandes centros urbanos, há milhões de câmeras espalhadas por ruas e avenidas. Seu rosto está mapeado em muitos sistemas. Assim que uma câmera identifica você andando na rua, bingo. Só que nós também temos acesso a esse sistema, não nos pergunte como. A era é da conexão e não da privacidade. Quando você parou para abastecer o carro, soubemos onde você estava. E, possivelmente, quem está atrás de você também. Só que chegamos primeiro por alguns segundos e conseguimos pegá-lo naquele beco antes dos outros. Tivemos, nós e você, muita sorte!

Enquanto digeria aquela enxurrada de informações novas, Deco se sentiu completamente impotente, como uma marionete.

— Meu Deus! Vocês sabem quem está me perseguindo?

— Não sabemos. Palpites não faltam. Mas desde Seattle entendemos que quem pegou Guto também sabe de você, assim como nós. Nossa estratégia tem sido protegê-lo e acompanhá-lo para encontrar os verdadeiros bandidos dessa história.

— Até Seattle, eu também estava sendo considerado um suspeito?

— Sim, sem dúvida. Um dos principais.

— E agora vocês querem que eu conte tudo que sei, certo?

— Meu trabalho aqui é encontrar Guto e entregá-lo com vida. As razões por trás são uma ferramenta e não o fim. Trabalho com jornalistas há alguns anos e conheço suas motivações. Se você conversava com Guto constantemente, veio até aqui e está sendo caçado, é porque sabe de muita coisa. Imagino que ainda não saiba de tudo, certo?

— Sim. Ainda falta um pedaço da história, que acredito que esteja aqui no Vale do Silício.

— Ok, perfeito. Então, vamos fazer o seguinte. Você vai encontrar o pedaço da sua história e depois conte tudo para nós e para o mundo em seguida. Vamos te dar o backup necessário para isso. O Herald apoia o jornalismo investigativo e independente e deixa isso claro todos os dias. Estou autorizado a seguir com essa estratégia contigo.

— Isso soa como música para meus ouvidos, Chuck — respondeu ele, já soltando seus músculos na cadeira. — Se meu instinto estiver certo, a resposta está numa empresa aqui da região chamada Kuait. Vocês conseguem me dar uma conexão segura com o mundo externo?

— Sim. Pode acessar seu e-mail pessoal e o que precisar deste computador aqui. Está perfeitamente protegido. Comprei café e bagels para você. Pode usar o banheiro também se quiser, enfim, sinta-se em casa. Só não conseguimos pegar a mala de roupas com seus pertences. Ficou no carro, que deve ainda estar abandonado naquele beco.

— Sem problemas. Meu passaporte e documentos estão comigo, é o que importa.

— Posso te ajudar em alguma coisa a mais?

— Preciso encontrar o presidente da Kuait o mais rápido possível. Se puder mexer seus pauzinhos para saber seus próximos passos, seria de grande utilidade. Não sei se vou encontrar isso na internet, então talvez tenhamos que falar com algumas pessoas da própria empresa.

— Ok, vou tentar ver o que posso fazer.

— Obrigado.

Após se refrescar no banheiro e comer um pouco, mergulhou no laptop disponibilizado por Chuck. Sentiu-se vivo novamente, empolgado pelo que estava para descobrir. E a presença do Herald junto na jornada lhe trazia uma segurança que ainda não experimentara desde que embarcou naquela investigação, ainda em São Paulo no apartamento de Marta e Jonas.

Assim que se conectou com sua conta pessoal de mensagens, viu que havia milhões delas na caixa de entrada — muitas, inclusive, de sua família e de Ísis. As perguntas eram as mais genéricas possíveis e pediam por notícias, basicamente. Apesar de querer loucamente respondê-las, respirou fundo e decidiu deixar aquilo para outro momento. Não queria falar pela metade ou fazer algo que os deixasse ainda mais em perigo. Iria voltar para casa com toda a história resolvida.

Entre as dezenas de pessoas que tentaram contatá-lo, porém, uma lhe chamou a atenção: Joaquim Damasceno. A mensagem havia sido enviada há dois dias, no mesmo horário em que estava fugindo do SUV preto em Seattle. Ela era curta e direta:

— Aqui é o Joaquim. Entre em contato com urgência.

Deco já imaginava o que aquilo significava e precisava falar com o ministro naquele momento. Pegou o telefone e ligou para o número direto dele.

— Olá, Deco! Achei que nunca iria me retornar! — queixou-se ele, com voz claramente preocupada e num tom de voz baixo, como se não pudesse ser ouvido por ninguém.

— Tive alguns contratempos recentemente, Joaquim. Você queria falar comigo?

— Sim. Você estava certo. Há alguns dias, o presidente da Mint veio até mim aqui em Brasília e me contou sobre o hackeamento do AppSUS. Tudo o que você descobriu ele também já sabe. Me deu uma semana para achar algum jeito de livrá-lo de qualquer tipo de punição pelo caso de Jacobina, senão contaria tudo sobre o aplicativo. Estou desde então neste trabalho de articulação interna.

— A negociação de Renan foi apenas essa?

— Sim. Aliviar a tensão para a Mint é minha prioridade.

— E quanto ao hackeamento, ministro? Quanto ao meu pedido? Descobriu algo?

Deco sentiu uma respiração profunda e carregada de tensão antes da resposta.

— Preciso te contar uma coisa sobre o AppSUS. Ele na verdade nunca foi ideia minha. O verdadeiro mentor de tudo foi o Pedro Jaworsky. Ele veio até a mim com todo o plano arquitetado, desde a escolha do fornecedor até a dinâmica de funcionamento dos incentivos. Estava com tudo pronto. Ele me ofereceu muito dinheiro para financiar a campanha do presidente da República e, juntos, aceitamos. Combinamos que eu seria o idealizador oficial do programa e que o presidente apenas prometeria resolver a questão da privatização do SUS, o que de fato aconteceu.

— Então, o Pedro trouxe o dinheiro e o aplicativo. Duas forças enormes para vocês na campanha.

— Sim! Não dava para negar.

— E quanto à segurança do aplicativo, ministro?

— Ela é muito frágil. Os técnicos do governo já sinalizaram desde o começo que precisariam ter acesso a muitas camadas de segurança para que o aplicativo rodasse no Brasil. O procedimento era rigoroso e exigia uma forte diligência na solução da Zest. Mas Pedro estava irredutível! Disse que a empresa usaria os dados para aperfeiçoar seu algoritmo e mais nada, mas não podiam dar nenhum acesso mais sofisticado para nós. Ou aceitávamos sua ideia e sua implementação técnica, ou nada feito.

— Então, vocês aceitaram os termos do acordo e colocaram os brasileiros nas mãos de uma empresa americana cuja solução técnica era uma caixa-preta?

— Sim! — Joaquim aparentava um arrependimento com resíduos de orgulho. — A empresa era confiável, já rodava nos Estados Unidos. Tudo estava funcionando bem e conseguimos salvar o SUS.

— Você não precisa fazer campanha para mim, Joaquim. Já está claro o que aconteceu. Você sabe para quem Pedro estava trabalhando? Tem alguma pista sobre isso?

— Não sei. Acreditei que ele intermediava a Zest, e apenas isso. Fiquei sabendo sobre a prisão de um dos seus fundadores e que estão envolvidos com a tentativa do assassinato da senadora Hudson. Estou desesperado! Você acha que o AppSUS tem algo a ver com isso?

— Seria muito estranho se não tivesse, Joaquim. Deixa eu falar agora. Entendi a sua parte da história. Eu estou nos Estados Unidos e devo terminar esse quebra-cabeças em breve. Mas há pessoas atrás de mim, querendo tirar minha vida. Eu preciso da ajuda de alguém importante, como o futuro presidente do Brasil. Podemos confiar um no outro, certo?

— Certo. Do que precisa?

— Se em 24 horas você não receber mais nenhuma resposta minha, preciso que contate a embaixada americana. Meu colega, Guto Mangabeira, trabalha para o Washington Herald e está desaparecido há dias. Ele é a única pessoa que conhece quase todos os detalhes da história. Estamos em perigo. A senadora Hudson também deve estar, pelo que estou entendendo. Se não tiver novidades até amanhã, por favor acione as autoridades máximas.

— Ok, farei isso. Você precisa de alguma ajuda agora?

— Não, agora estou bem, mas meu próximo passo será arriscado. Joaquim, as pessoas mortas e feridas em Jacobina nunca deixarão de existir, mas você pode ser valioso aqui. Estou te oferecendo algo mais importante para construir, se precisar responder à sujeira que Renan vier a jogar no ventilador. Conto com você. — E desligou a ligação.

Deco tinha jogado sua cartada final. Ter Joaquim do seu lado era estratégico dada sua fragilidade do momento e a distância que estava de casa. Se tem algo que um político respeita é sua reputação com o povo, principalmente em ano de eleições.

Voltou então sua atenção para o laptop. Deixou de lado a abarrotada caixa de mensagens para evitar que caísse na tentação de responder a seus familiares. Seu primeiro impulso foi pesquisar um pouco mais sobre como estava sendo a investigação sobre o grupo acusado de tentar matar a senadora Hudson.

Leu uma série de notícias e viu que, além do que já sabia, muitas reportagens elucubravam sobre possíveis outros executivos que estariam envolvidos com os até então presos Jason, Hyun e Matt. A maioria das pessoas apontadas como partes da conspiração eram presidentes de empresas de tecnologia, sendo grande parte delas do Vale do Silício. Não havia, porém, nenhuma menção à Universidade de Stanford ou a algum elo do passado. Os jornalistas se pautavam em ligações recentes de amizade para apontar quais outros CEOs também estariam interessados em tirar Hudson do mapa.

Não havia, tampouco, nenhuma menção a Renan Loyola, ou ao indiano que fundou a Olive, Sridah Pajani. Amigos de faculdade que foram traídos por parte do grupo. Deco ainda se sentia como o único a conhecer esta importante ligação.

Foi então que decidiu procurar algo relacionado diretamente aos dois. E se arrepiou com o que encontrou.

Logo na primeira notícia, descobriu que Sridah estaria em São Francisco e seria palestrante de um evento na cidade sobre inteligência artificial que aconteceria no dia seguinte. Aquilo era estranho dada a fama que ele tinha de ser recluso e gostar pouco de holofotes. Além disso, na última pesquisa que fez, ainda no Brasil, levantou apenas fotos dele em Londres, onde residia. De repente, ele voltava ao Vale do Silício em meio ao furacão de notícias.

Aquilo não podia ser coincidência.

— Olá, Chuck. Descobriu algo sobre o presidente da Kuait? — gritou Deco da sala onde estava até o sofá, onde seu guarda-costas fazia as pesquisas que tinha pedido.

— Por acaso, sim. Seu nome é Stuart Ross. Não sei se sabe, mas estamos numa semana importante do mundo da tecnologia, com vários eventos acontecendo aqui na região. Ele irá falar à tarde numa conferência sobre segurança cibernética em Palo Alto, aqui perto, que será aberta ao público.

— Isso faz sentido então com outra coisa que acabei de descobrir. Esse evento será muito grande?

— Parece que sim, mas Stuart é um dos palestrantes principais. Deverá ter bastante gente.

— Ok, preciso dar um jeito de estar lá e me encontrar com ele, em algum momento.

— Você precisa de um disfarce. Como te disse, as câmeras da região estão todas conectadas. Quem quer que esteja te perseguindo, vai receber um alerta se seu rosto for encontrado.

— Você consegue me ajudar com isso?

— Sim, vou providenciar um boné e óculos escuros para você.

— Obrigado. Ah, e você sabe também sobre a agenda da senadora Hudson?

— Sim, ela é outra que vai discursar em São Francisco amanhã. Só se fala nisso na cidade.

— O quê? Ela ainda está por aqui?

— Sim, sua agenda no Vale do Silício está muito cheia, principalmente por causa desta semana da tecnologia. Ela quer ser a voz dissonante no meio de tantas novidades que deverão ser anunciadas pelas empresas.

Então, no mesmo dia, teríamos Sridah, Ellen e o presidente da Kuait falando em eventos abertos ao público. Aquilo não podia cheirar bem.

— Chuck, preciso de uma última ajuda sua. Não me pergunte ainda por quê, mas sinto que a senadora ainda corre risco de vida e estou pressentindo que algo possa acontecer com ela novamente amanhã. Teríamos como enviar um alerta anônimo para sua equipe de segurança?

— Sim, vou ver o que posso fazer.

— Obrigado. Vamos tentar evitar que tenhamos mais uma Oklahoma.

CAPÍTULO 28

MOUNTAIN VIEW, ESTADOS UNIDOS

Novamente, Deco pulou da cama muito cedo. Desde que traçou seu plano no dia anterior, com a ajuda de Chuck, não podia pensar em mais nada. Estava ali para resolver a última peça do quebra-cabeças, mas que só poderia fazê-lo no momento certo — e ele tinha chegado.

Por razões óbvias, ficou o dia anterior inteiro enfurnado no apartamento que o investigador particular do Washington Herald arrumou para eles. Conseguiu que Chuck lhe trouxesse roupas novas e itens de higiene pessoal para que recuperasse sua dignidade. Almoçou e jantou junto com ele. Não trocaram muitas palavras além do necessário. Nada contra o homem, mas sua cabeça estava extremamente focada e só pensava em resolver a ponta solta de Michael, na esperança de que isso lhe trouxesse Guto de volta.

Naquele compasso da espera, sua mente às vezes via o rosto de Guto em seu próprio corpo. Meticuloso, calculista, estudioso dos próximos passos. A cada expressão corporal, a cada gesto, ele sentia que era Guto que estava ali, controlando seus movimentos.

Deco se atualizou de tudo que havia perdido nos dias que ficou sem conexão com o mundo lá fora. Nada de estrondoso, além das prisões dos executivos de tecnologia, aconteceu. Sobre Jacobina, as notícias eram de uma volta à normalidade, após muitos já se recuperarem das intoxicações. A Mint ainda estava apurando os fatos e nenhum culpado havia sido apontado.

Conseguiu também aprofundar bastante sobre a história da Kuait. A empresa havia sido fundada há mais de dez anos por Stuart Ross, um engenheiro de computação que cursou a Universidade de Santa Clara, que também ficava no Vale do Silício. Atualmente ele tinha quarenta e cinco anos e um passado trabalhando em grandes empresas ligadas à segurança digital e soluções antifraude. A história contada no site da organização era a de que ele resolveu empreender após desenvolver uma solução técnica mais ágil, barata e eficaz frente às existentes no mercado e oferecidas pelas grandes companhias.

Os primeiros anos não pareceram fáceis para a Kuait. Seu modelo de negócio era baseado em um relacionamento com empresas e não com consumidores. A Kuait oferecia soluções de segurança para que seus clientes de diversos setores — bancos, montadoras, seguradoras etc. — embarcassem em seus aplicativos e sites num pacote de segurança digital. Era um mercado muito competitivo e baseado em relacionamento e confiança de marca, algo que ele ainda não tinha desenvolvido. Notícias dessa época apontavam para todas as dificuldades enfrentadas em termos de aumento de portfólio de clientes e retenção de funcionários.

Porém, nos últimos dois anos, o cenário virou completamente. Stuart mudou o modelo de negócios e passou a oferecer seus produtos diretamente aos consumidores finais. A grande solução era um aplicativo que podia ser instalado no celular ou em qualquer interface conectada à internet, como geladeiras e automóveis. A promessa era de que, ao fazer isso, os usuários ficariam seguros contra fraudes e ataques hackers que pudessem roubar dados pessoais e financeiros.

Muitos investidores classificaram a mudança como "genial" e "extremamente promissora". A Kuait recebeu grandes aportes e logo se tornou o novo unicórnio americano — alcunha dada à startup que tinha seu valor de mercado acima de 1 bilhão de dólares. Com a expansão da Internet das Coisas, o número de ataques à rede de servidores aumentou exponencialmente. Casos de vazamento de informações haviam se tornado muito comuns, fazendo do crime digital algo massivo, muito mais frequente do que situações vividas pelo mundo analógico, como assalto à mão armada, roubo a bancos, sequestros etc.

O número de usuários do aplicativo saltou drasticamente desde então. A solução era global por natureza, então o espaço de crescimento era absurdo. O valor de mercado da Kuait apenas crescia e sua projeção também. Há pouco menos de um ano, haviam mudado sua sede para o edifício imponente e estiloso que Deco havia conhecido no dia anterior.

Stuart Ross também era considerado um gênio do Vale. Muitos analistas classificaram-no como "incompreendido" em seus primeiros anos de carreira e diziam que seu talento havia desabrochado para o mundo de forma tardia, quando comparado com outros fundadores de startups. Seu estilo era discreto, e ele pouco aparecia na imprensa ou em grandes eventos. Fisicamente, também não chamava muito a atenção. Era baixo, muito magro e com cabelos ainda bagunçados, com aspecto de estudante. Tinha feições infantis para a idade atual.

Tentou o máximo que pôde encontrar alguma ligação explícita entre Stuart e Michael, mas não teve sucesso.

No dia seguinte, após tanta pesquisa, lá estava ele novamente de pé. Fez sua rotina de banheiro, trocou de roupa e saiu do quarto. Chuck ainda estava dormindo, mas deixou algumas coisas na mesa para que Deco preparasse como café da manhã. Comeu cereal, leite e algumas frutas. Quando já estava terminando, o investigador apareceu na cozinha com a cara de quem tinha tido uma profunda noite de sono.

— Bom dia, Deco. Tudo bem por aí?

— Tudo bem. Tomei a liberdade de já adiantar o café.

— Fique à vontade. Você vai até o evento de Palo Alto, certo?

— Sim, vou atrás do CEO da Kuait.

— Ok. Estarei acompanhando à distância seus passos. Deixei ali na mesa os itens do seu disfarce. Por favor, fique esperto nisso, ok? Aqui também está a chave de um novo carro para você. Pode usar o sistema inteligente que não está rastreável. Só evite tirar o disfarce dentro do carro também, por precaução.

— Claro. Obrigado por tudo, Chuck. Sei que mal nos falamos, mas agradeço muito por ter me resgatado com vida daquele beco e pelo suporte de agora.

— De nada. Se você descobrir quem está com Guto, sairemos todos felizes dessa.

— De hoje, não passa.

Após cerca de trinta minutos, saiu do apartamento com Chuck, já com o disfarce colocado. O olhar era fixo no horizonte, os passos acelerados e os gestos precisos e firmes. Foram até o estacionamento, onde cada um entrou em seu veículo. Deco precisou de um tempo para se acostumar com o novo instrumento. Colocou o endereço do evento aberto em Palo Alto no computador e logo teve a rota traçada. Em menos de trinta minutos, chegaria.

Assim que saiu da garagem subterrânea, pôde mais uma vez sentir o mundo lá fora. O dia estava bonito, muito ensolarado e com o agradável clima ameno da Califórnia na primavera. Muitas pessoas aproveitavam para fazer exercícios ao ar livre e caminhar pelas calçadas. Deco acompanhava tudo contemplativo. Se seus instintos estivessem certos, os Estados Unidos poderiam começar a viver um período de muita tensão e instabilidade política se algo acontecesse de verdade com sua mais promissora candidata à presidência.

Enquanto dirigia, viu seus pensamentos serem inundados pelas inúmeras possibilidades. Será que Sridah era o grande elo do mal naquele enredo? Estaria ele se vingando do mundo dos negócios ao eliminar Hudson e jogar a culpa no grupo de Stanford, após ter sido passado para trás com a venda da Olive? E qual seria o papel de Michael e Stuart nisso tudo? Talvez o engenheiro tivesse sido cooptado pelo indiano para plantar o vazamento na Zest, mas não ficava claro onde um aplicativo de segurança entraria nesta jogada. Não havia ligação óbvia entre o CEO da Kuait e o grupo de amigos presos.

E nada fazia sentido se a história de Jacobina entrasse naquilo tudo.

No tempo certo, chegou ao seu destino, que ficava numa grande área verde. O evento era denominado "Cybersecurity Summit" e se resumia a uma série de estandes ao ar livre de empresas do mundo da tecnologia relacionadas à segurança. Além das demonstrações, havia um palco principal onde Deco imaginava que aconteceriam as palestras. Não havia custo de entrada ou algum tipo de restrição. Aquela era uma nova tendência de feiras corporativas recentes, que preferiam ser mais democráticas e monetizar com espaços publicitários.

Usando seu disfarce, entrou pelo evento, cruzando centenas de pessoas que ali estavam, entre executivos, acadêmicos e jornalistas. Caminhou até o local de palestras, onde encontrou uma cadeira mais afastada do centro, porém não muito ao fundo. Depois de alguns minutos, mais pessoas foram se aglomerando por ali até que quase todos os espaços estavam ocupados.

Stuart faria a abertura oficial. Após um cerimonialista entrar e dar as boas-vindas a todos, anunciando a agenda do dia, o presidente da Kuait apareceu no palco, sendo aplaudido massivamente. Estava vestido em trajes despojados, usando calça jeans, camiseta branca e jaqueta preta. Sua magreza era ainda mais destacada ao vivo do que nas fotos, assim como os cabelos bagunçados e a timidez proeminente.

O discurso começou bastante polido e monotônico. Ele agradeceu o convite, saudou a todos por atenderem aquela tão importante feira e destacou alguns dos sucessos mais importantes que sua empresa havia conquistado recentemente, como número de clientes, nota de satisfação, quantidade de ataques prevenidos e, principalmente, novos aportes milionários de investidores que os colocaram como o novo unicórnio do Vale. Ele ainda apresentou algumas novidades técnicas que deveriam ser lançadas em breve e que melhorariam ainda mais sua solução, porém as palavras soavam como grego.

Já caminhando para o fim, o discurso de Stuart ganhou traços interessantes.

— Nossa relação com a tecnologia está cada vez mais próxima e umbilical. Já não sabemos mais como vivíamos sem todas as regalias que a conexão de todas as coisas nos proporciona hoje em dia. Isso é fantástico para nós, seres humanos! Ainda estamos num começo de evolução, onde o céu é o limite. Porém, sem perder todo esse avanço de vista, sabemos que tudo tem dois lados. Bem próximo do bem está o mal. E nós queremos ser os guardiões da segurança de todas as pessoas do mundo, para que não precisemos mais nos preocupar com aquilo com que não sabemos lidar. Sem esta garantia, não há paz. E sem paz não há progresso.

Uma chuva de aplausos.

— Por isso, somos defensores de mais políticas de segurança cibernética no nosso país. Não podemos ser frágeis a ponto de termos políticos sofrendo ataques terroristas porque um aplicativo de trânsito foi hackeado. Isso é um absurdo e uma ameaça não só à democracia, mas também ao avanço tecnológico. O que aconteceu com a senadora Hudson em Oklahoma deveria ser um alerta para todos nós americanos. Todo avanço da humanidade veio de forma orgânica e avassaladora. Primeiro, se conquista e depois se preocupa com os danos. Já está na hora de nos preocuparmos com os danos, antes que seja tarde demais. Vida longa à segurança da Internet das Coisas. Vida longa!

E mais uma forte onda de aplausos atravessou o público.

Com isso, se encerrava o discurso do CEO da Kuait. Para o aguçado instinto de Deco, menções aos casos de hackeamento e à senadora não eram por acaso.

Caminhou até o fundo do palco, onde pôde acompanhar o trajeto de Stuart até os bastidores, parou para conversar com algumas pessoas até que o próximo palestrante pudesse sair das sombras e caminhar até o púlpito principal. A estratégia de Deco era abordá-lo em algum momento mais propício para que pudesse jogar o verde com o nome de Michael e ver sua reação. Então, não perdê-lo de vista era fundamental.

Em seguida, Stuart caminhou até o estande de sua empresa, que ficava estrategicamente posicionado ao lado do palco. Foi preciso pouco mais de cinquenta passos para isso. Ele ainda estava cercado de pessoas, o que deixava a tarefa de Deco mais difícil. Decidiu então ficar por ali, de tocaia até que encontrasse o melhor momento.

Foi uma longa espera. Ele sentou-se numa cadeira dentro do enorme estande e conversou com muitas pessoas, que chegavam e saíam dali. Já eram mais de treze horas e a fome apertou. Deco comprou um cachorro-quente e um refrigerante para enganar o estômago enquanto aguardava impacientemente. Minutos passavam como horas. Seu alvo não parecia ter pressa alguma. Estava sendo altamente paparicado e não cansava de sentir tapinhas nas costas e abraços de quem o encontrava.

Depois de muito tempo, a vigília chegou ao fim. Stuart levantou-se, olhou por alguns minutos para a tela do celular, despediu-se de algumas pessoas e deixou o estande. Deco resolveu caminhar a poucos metros de distância atrás de seu alvo, que foi se dirigindo para a saída do lugar. No trajeto, foi novamente abordado por mais pessoas, desde desconhecidos até outros cujos nomes eram sabidos por ele.

Na saída do evento, Stuart foi até a avenida principal, onde ficou parado observando os carros que passavam. Olhou para seu relógio, apertou dois botões e voltou a procurar. Um comportamento típico de quem acabava de pedir um transporte particular. Num impulso, Deco foi em sua direção para abordá-lo; mas foi interrompido por uma mulher que chegou primeiro e lhe deu um longo abraço. Pareciam dois amigos que não se viam há tempos.

Não daria para atravessar aquilo, muito menos para perdê-lo. Decidiu então correr para seu carro, que estava estacionado a alguns metros dali, e deu partida. Enquanto saía da vaga, conseguiu ver Stuart se despedindo da mulher e entrando num outro veículo, de cor branca, pela porta de trás. Deco memorizou a placa e começou a segui-lo. Agora, era ele o agente perseguidor.

Foram vários minutos em que ficou na cola do seu alvo. Seguia pelo mapa do painel e viu que ele estava saindo de Palo Alto e indo em direção ao norte, onde estava São Francisco. Passaram por Redwood City e San Mateo, revezando entre grandes estradas e ruas menores. O sol começava a querer se pôr e a luz irradiava de forma mais amena e inclinada, mas sem prejudicar a visualização.

Até que, quando se aproximavam da saída para o aeroporto internacional, o carro de Stuart parou perto de um galpão que parecia abandonado, numa região tipicamente comercial. O CEO da Kuait desceu do carro e caminhou pela lateral do galpão até uma pequena praça que ficava na parte de trás. Deco estacionou onde pôde e seguiu-o. As ruas estavam praticamente desertas e cruzou com apenas uma pessoa no caminho.

Stuart então se sentou num banco da praça e falou alguma coisa com o seu relógio perto da boca. Estava alegre e dando risadas. Deco se aproximou um pouco mais e se agachou perto de uma lixeira que ficava a alguns metros, numa distância próxima e segura. Depois de alguns minutos, ele se levantou e caminhou rumo a alguns edifícios residenciais que ficavam na rua de trás. Entrou pelos fundos e caminhou lentamente pelo estacionamento.

Até que um carro preto chegou do outro lado e foi até sua direção. Era um sedan de luxo, blindado e que mal fazia barulho. Não havia mais ninguém por ali. Deco precisou sair de sua posição e andou um pouco mais à frente para ter uma vista mais clara.

Uma pessoa saiu pela porta de trás e correu para abraçar Stuart, dando-lhe um longo beijo na boca em seguida. Deco cerrou os olhos para confirmar o que achava que estava acontecendo. E, depois de alguns segundos, teve certeza do que viu. Pegou seu celular e tirou uma foto para ter como prova.

Tremia de medo e de surpresa. Não podia ter antecipado aquilo.

Quem estava nos braços de Stuart era a senadora Ellen Hudson.

CAPÍTULO 29

SÃO FRANCISCO, ESTADOS UNIDOS

O hotel Riot estava em polvorosa. Centenas de pessoas com cartazes e faixas aguardavam pela saída da senadora Hudson. Um carro a esperava do lado de fora para levá-la até o Levi's Stadium, casa do São Francisco 49ers, onde faria um grande discurso à nação, como parte de sua campanha pelas primárias democratas. Uma forte estrutura de segurança também alinhava um corredor entre a multidão para que ela pudesse passar pelo meio.

Eram quase catorze horas quando ela apareceu no saguão e caminhou até a porta, com um largo sorriso no rosto e braços erguidos em saudação ao povo. Assim que deu as caras do lado de fora, gritos e aplausos receberam-na do jeito que merecia. Ellen acenou parada por alguns segundos e mandou alguns beijos enquanto se preparava para caminhar até o veículo.

Porém, ela congelou quando viu um rosto na multidão. Era Deco, que estava sem disfarce logo na frente de todos, colado a um dos seguranças que fazia a escolta. Ele levantou seu braço e dizia alguma coisa que ela não conseguia escutar. Ellen caminhou em sua direção e, aí sim, pode ouvir o que queria dizer:

— Preciso muito falar com você. É sobre sua segurança!

A senadora não estava sozinha. Duas assessoras estavam ao seu lado e ouviram o que aquele estranho gritou. Ambas estranharam e fizeram cara de poucos amigos, inclinando seus rostos como se não quisessem dar bola para ele. Mas Ellen ficou mais perto e parecia querer mais detalhes.

— Você corre grande perigo de vida! Não vá para o discurso. Deixe-me falar com você.

A senadora então sorriu e cochichou algo para suas assessoras, que pareciam não entender o que estava acontecendo. Hudson fez sinal para os seguranças deixarem Deco passar e o recebeu com um aceno positivo de cabeça. Seu semblante era tranquilo e pacífico. Ela pediu para sua equipe esperar ali, enquanto o conduziu para dentro do hotel. Algumas pessoas na multidão estranharam aquilo e esticavam a cabeça para saber mais detalhes. A maioria não viu o que tinha ocorrido e apenas aumentou o barulho da gritaria para que Hudson voltasse para o lado de fora.

— Vamos até uma sala conversar? — perguntou ela.

— Sim, claro.

— Antes, preciso fazer uma revista de segurança. De praxe.

— Imaginei. Podem me revistar.

Um segurança fez o trabalho rapidamente com as mãos e usando um pequeno sensor infravermelho que percorreu todo seu corpo. Em seguida, acenou positivamente como um sinal de que estava tudo limpo.

Os dois então caminharam tranquilamente pelo saguão. Ellen fez um sinal para toda a equipe de que estava segura e que ele era seu convidado. Ninguém sabia do que se tratava, mas não houve questionamentos. Após poucos minutos, chegaram até uma espécie de sala de reuniões, bastante ampla e com vários espaços livres com sofás e cafés. Deco entrou na frente e caminhou até o fundo, enquanto ouviu a senadora fechar e trancar a porta.

Ao se virar, se deparou com uma mulher com outra feição. A extrema simpatia e tranquilidade havia ficado do lado de fora. Os olhos estreitados como fendas apresentavam as pupilas mais dilatadas que ele já viu; as narinas claramente abertas e um leve avermelhamento nas maçãs do rosto. Seu corpo estava posicionado para frente e a expressão era de alguém pronta para atacar.

— Então, o que gostaria de me falar?

— Senadora, podemos ir direto ao assunto.

Deco adotava a postura que sempre teve quando estava negociando com algum poderoso. Já estivera nessa posição antes. Se mantinha firme, olho no olho e falava com assertividade e ritmo mais acelerado. Gesticulava pouco, porém de forma precisa e aguda. Mesmo com o coração disparado e adrenalina correndo solta, mantinha um tom de voz baixo e sem alterações.

— Imagino que queira me propor algo.

— Sim. Minha vida pela de Guto.

— Simples assim? — perguntou ela, com ar de surpresa e tom de ironia.

— Simples assim. Nós dois somos os únicos que sabemos da história toda e do seu envolvimento. Mas Guto é um jornalista respeitado, casado com uma cidadã americana e sua eventual morte vai ser uma mancha para a classe e para o país que se orgulha do livre arbítrio. Ele é fiel à sua vida pacata e familiar e não vai hesitar em guardar seu segredo a sete chaves em troca. Já comigo, um estrangeiro sem muito a perder e com histórico de causar problemas, você não vai ter a mesma sorte. Poucos vão estranhar se aparecer uma morte acidental qualquer por aqui. Então, é isso. Liberte Guto agora e me prove que ele está livre e eu sou todo seu.

Ellen ouvia atentamente as palavras sem esboçar uma reação. Quando Deco terminou, contraiu os lábios e acenou positivamente.

— Me parece justo.

— Ótimo.

— Como sei que não contou para ninguém?

— Você está me acompanhando desde Seattle. Não conheço ninguém por aqui. Pensei todos esses dias e resolvi tomar essa decisão. Já cansei de fugir, senadora. Não tenho mais para onde ir.

— Você me parece muito tranquilo para quem está abdicando de sua vida.

— Acredito que não me conhece o suficiente para saber se estou tranquilo ou apenas conformado. Amo Guto como se fosse meu irmão e fui eu que o meti nessa. Ele merece sair com vida.

— Ok, então. Temos um trato.

— Ótimo. Mas, antes, quero te fazer duas perguntas. Acho que me deve isso depois de tanto esforço que fiz para chegar até aqui. E por ser o único que descobriu quem você é de verdade.

Ellen soltou um longo suspiro impaciente, mas fez um gesto com as mãos que indicava que Deco deveria prosseguir com suas dúvidas.

— Você nos manipulou esse tempo todo?

Ela deixou escapar uma rápida e orgulhosa risada.

— Sim, Einstein.

— Quem levou Guto até Ian em Detroit foi você. Quem suspeitou da Move em Oklahoma também foi você. Os poderosos foram sendo desmantelados graças à sua ajuda. Tudo que conversamos e escrevemos por mensagem... você teve acesso?

O silêncio e o semblante confiante da senadora já deram a resposta.

Deco se contorceu de raiva e resignação. Mas tentou manter sua postura firme.

— Outra coisa que ainda não consigo entender. O que o Brasil tem a ver com isso? Por que hackear o aplicativo do nosso sistema de saúde?

Novamente, o sorriso confiante apareceu.

— Precisávamos de um laboratório de testes. Que o ser humano é viciado em tecnologia, isso já é sabido. Mas até que ponto pode chegar ao ser mandado por uma máquina a que ele confia tanto suas decisões? Só fazendo na prática para saber. Então, escolhemos um país onde as pessoas são muito dependentes de conexão e cujo governo era corrupto o suficiente para deixar que colocássemos uma solução frágil para ser usada com toda a população.

— Pedro Jaworsky então trabalhava para você.

— Sim, mas é óbvio que não sabia os detalhes. Um empresário com contatos e um vício em drogas. Foi muito bem-remunerado para isso. Nem a Zest desconfiou. Não imaginava apenas que encontraríamos dois jornalistas que iriam descobrir nossos bastidores. Primeiro, aquele Jonas e depois você. Tivemos que adotar medidas diferentes para contê-los.

Deco tentou segurar novamente sua raiva ao ouvir que seu amigo de infância foi morto por queima de arquivo. Respirou fundo e deu uma pausa. Canalizou seu sentimento novamente para o caminho que queria. Enquanto isso, Ellen parecia confortável em sua posição de poder e controle da situação. Falava com segurança, objetividade e tranquilidade.

— Mas não era só isso, não é, senadora?! Não fomos escolhidos apenas por isso. Precisava ser o Brasil.

— Do que está falando?

— Você queria atingir Renan Loyola. O que aconteceu em Jacobina foi para abalá-lo. Um teste para a manipulação de milhares de pessoas como você disse, mas também com um objetivo muito claro de chacoalhar a Mint e seu presidente.

Ellen pela primeira vez ficava em silêncio e contraía alguns músculos da face.

— Renan também te atacou em Stanford, foi isso? Ele junto dos outros da Geração Dourada. Estou falando de Ian, Jason, Hyun, entre outros. Você foi estuprada na faculdade por esses homens!

Deco colocou a mão perto do seu saco escrotal e puxou algo para fora. Era uma pequena doleira camuflada. De dentro dela, retirou um *device* dobrado, como se fosse um estojo de anel, que estava embalado por uma película preta, à prova do laser da segurança. Tudo pensado previamente por Chuck e sua equipe. Rasgou a película e abriu o celular. Em seguida, apertou um botão e mostrou a tela para Hudson.

— Esta foto aqui está no pub de Stanford. Foi ela que Guto viu antes de ser atacado por um de seus capangas. Temos aqui todos estes homens e você posando para uma foto casual em um bar há muitos anos. Seu cabelo está diferente e seu rosto mais juvenil e frágil, mas é você aqui no meio. Logo ao seu lado, nesta mesma foto, está Stuart Ross. Seu amante atualmente, estou certo? Nenhum dos dois era de Stanford, mas podiam frequentar o bar sempre.

— Como você tem essa foto? — perguntou uma Ellen já com tom menos sereno, com uma das mãos na cintura, enquanto tentava se equilibrar de pé.

Agora, era hora de inverter os papéis.

— Sabe quem me falou dela? Guto! Ele foi libertado do seu cativeiro esta manhã há algumas horas. Eu vi você e Stuart se beijando ontem escondidos. Tenho registro aqui neste mesmo celular que você achou que tinha controle, mas não tem. Estou sendo ajudado pelo Washington Herald, que me deu este aparelho seguro. Desde aquele momento, todas as fichas caíram e informei os investigadores particulares do jornal. Com a pista certa, foi mais fácil remontar os últimos dias seus e de Stuart e, após algumas horas de muitos cruzamentos de dados, encontramos meu amigo, meu irmão. Seus capangas foram presos, por isso você não recebeu nenhum aviso. Ele nos contou tudo que viu em Stanford. Junto a isso, Hyun confessou à polícia sobre o estupro coletivo que ele e seus amigos fizeram com você depois de uma festa. Imagino que tenha sido muito difícil passar por isso. Imagino também que isso deva ter gerado muita raiva acumulada durante todos esses anos.

Ellen já estava sentada em uma cadeira com as mãos no rosto, olhando para o chão e tentando encontrar algum caminho para se recompor.

— Tenho que confessar que seu plano era perfeito. Você levantou a bandeira esse tempo todo contra a segurança das redes. Para fortalecer seu ponto, fez com que a Stellar fosse culpada pelo acidente de Jonas por ter permitido que um engenheiro insatisfeito conseguisse de forma manual deixar uma brecha nos sistemas internos. Ainda por cima fez parecer que ele se suicidou, com uma falsa carta, quando na verdade deve ter sido empurrado nos trilhos por alguém. Em seguida, forjou ser atacada em Oklahoma, sacrificando sua própria equipe, só para colocar mais dúvidas ainda na segurança das redes. De lambuja, viu a empresa de um de seus inimigos cair em desgraça e sua popularidade disparar por se colocar no papel de vítima. Ainda teve a genialidade de acabar com a reputação de Renan e de colocar Jason da Zest na berlinda. Numa tacada só, ganhou força e desgraçou todos os seus estupradores.

— Eles são bandidos e merecem pegar pelo que fizeram!

— Eles já estão pagando. Mas o plano era maior do que isso, não era? Sim, porque quem ganha quando o pânico está instaurado na população? A empresa de segurança digital de seu amante. Seu grande amor desde os tempos da faculdade. Possivelmente, o único que te acompanhou e esteve com você nos tempos difíceis. Ele ficaria bilionário e controlaria todas as coisas conectadas. O antivírus que na verdade distribui o vírus. Na outra ponta, você seria a presidente do país. Imagino o quanto conseguiria manipular os americanos e até cidadãos de outros países para atender a seus próprios interesses. Você já havia mostrado toda sua genialidade em manipular a imprensa a acreditar nos executivos do Vale do Silício que queriam sua cabeça. Colocou na prisão alguns e destruiu a reputação de outros. Levou Guto até Stanford, fazendo-o acreditar que todos estavam interligados pela Olive, que tinha muitos esqueletos no armário. Era um enredo crível, com muitos fatos e que seria aceito prontamente por todos como um entrevero entre jovens ricos e poderosos que não sabiam repartir patrimônio. Uma história que acabaria com seus inimigos arruinados e sua família com um poder absoluto. Um belo de um plano.

Hudson ainda se mantinha em silêncio, incrédula enquanto ouvia Deco vomitar todo o enredo por trás dos panos. Era como se estivesse desmascarando o Mágico de Oz.

— Aprendi na minha vida de jornalista a sempre tentar enxergar as pontas soltas. No seu caso, elas tinham nome e sobrenome: Michael

Grujedsky. Aposto que você o conheceu quando descobriu que seu marido Ryan tinha um caso homossexual, estou certo? Ser casada com um homem respeitado, mais velho e com histórico irrepreensível era parte importante do plano para ser presidente. Uma separação não cairia bem para ninguém. Quando soube que o amante era um engenheiro de startups, imagino que tenha caído como uma luva, certo? Você deve ter chantageado ele e Ryan, forçando Michael a fazer o trabalho sujo e deixar as brechas de segurança na Stellar e na Zest, enquanto seu segredo se mantinha intacto. Quando ele terminou os serviços de que precisava, você usou a solução da Kuait instalada em sua casa inteligente para matá-lo junto com sua família, todos queimados vivos! O que descobri em Jacobina me levou até ele e, depois, me trouxe até aqui.

Ellen começava a se recuperar do choque e parecia querer reagir.

— Ah, e já ia me esquecendo da última ponta. Esta que ninguém suspeita, mas que eu já tenho uma boa hipótese. O senador Glenn. Morto em Israel de forma abrupta, sem explicação. Seu maior concorrente às primárias democratas. Um político respeitado, correto e que poderia ser o primeiro presidente homossexual deste país. A polícia americana já sabe que ele estava indo a um encontro com outro homem por meio de um aplicativo de relacionamentos. Quando descobri isso ontem, fiz a última ligação que faltava. Provavelmente, Glenn usava o antivírus da Kuait em seu aparelho e vocês o hackearam, tomando conta do aplicativo e levando-o a um lugar escondido o bastante para assassiná-lo. Mais um eliminado do seu jogo doentio com um clique.

— E o que você sabe sobre tudo isso, hein? Só porque ligou todos os pontos acha que pode me deter? Você sabe o que é ser mulher num mundo machista e cruel? Acha mesmo que não precisamos de segurança pela internet? O que fiz foi para consertar alguns dos erros do mundo. Não dá para resolver as coisas pelos caminhos de sempre! Você é muito pequeno…

Foi então que a senadora tirou algo de seu sapato. Um spray de pimenta que foi jogado diretamente nos olhos de Deco, que caiu para trás com um grito de dor. Quando tentou abrir os olhos novamente, só viu a porta aberta com alguns seguranças chegando para mantê-lo no chão.

Ellen Hudson já não estava mais ali.

CAPÍTULO 30

SÃO FRANCISCO, ESTADOS UNIDOS

O povo ainda aguardava do lado de fora quando Hudson apareceu de repente como um furacão. Sem a simpatia de outrora e com o cabelo mais bagunçado que o normal, cochichou qualquer coisa no ouvido de seus assessores e rumou de cara fechada pelo corredor formado até o carro que a aguardava. A caravana seguiu rumo ao Levi's Stadium conforme planejado e chegou no tempo estimado de vinte minutos.

Todo o procedimento foi seguido à risca. Passagem por seguranças, uma leve arrumada na roupa e na aparência e uma olhada rápida na folha do discurso, que já estava preparado. Em instantes, apareceu no palco montado na parte norte do campo, de frente a mais uma multidão de pessoas que já estavam ali presentes à sua espera.

Ellen estava com uma cara séria. Muito diferente da sua habitual confiança e serenidade que tanto conquistou eleitores e políticos nos últimos anos. Assim que assumiu seu posto no púlpito, pigarrou e levantou a cabeça como se estivesse saudando a todos presentes. Forçou um sorriso e começou a falar.

— Bom dia, São Francisco! Muito obrigada novamente por prestigiarem mais um evento da minha chapa aqui nesta cidade incrível, onde cresci profissionalmente e aprendi tantas coisas! Vocês são a grande fonte da minha inspiração para ser a futura presidente da América!

Uma enorme salva de palmas e gritos varreu o estádio inteiro.

— Todos que chegam aonde eu cheguei são alvos constantes de ataques por políticos, imprensa e empresários. Como falei em outro evento, não me assustam! Fiquei sabendo há pouco tempo que uma nova investida de falsas acusações contra mim deve aparecer em breve pela imprensa. Me atacam com inverdades apenas pela minha coragem de brigar pelo que é certo! Apenas porque incomodo grande parte dos poderosos da tecnologia que querem continuar ganhando seus bilhões de dólares sem serem atrapalhados por regulações benéficas aos consumidores. Esses ataques só irão aumentar daqui para frente e eu conclamo a vocês, que me apoiam e admiram, a rejeitar qualquer ação deste tipo. Teremos que ser fortes e lutar até o fim se quisermos uma mudança definitiva e real em Washington!

Novas manifestações de apoio foram ouvidas massivamente.

— Um novo caso deve vir a público em breve. A empresa Zest, fundada por um dos líderes do grupo de empresários que tentou me matar dias atrás, Jason Speed, foi a mentora de uma tentativa de manipulação em massa de pessoas num país emergente. Usou seu aplicativo ligado à saúde para mexer com a vida de pessoas inocentes em prol do interesse de seus executivos. Farei questão de ser a porta-voz de mais um escândalo de segurança pública causado pela falta de leis. Precisamos ser mais vigilantes do que nunca com nossos aparelhos conectados. Se a lei demorar a sair, soluções privadas de proteção precisam ser acionadas! Não podemos ser os elos frágeis desta relação tão importante com a tecnologia.

Um novo momento de aplausos, dessa vez mais tímidos.

— Nós venceremos esta batalha! Chegamos até aqui e temos que continuar lutando firmes até o final. Estamos muito perto da conquista de uma política mais jovem, moderna, progressista e justa.

Basta à tirania de algoritmos! Somos um país livre para escolhermos o que quisermos e não sermos influenciados por máquinas em prol de seus criadores. Ellen Hudson é a bandeira que carrega esses valores!

Nesta hora, a atenção da senadora foi desviada para o lado do palco onde sua equipe de assessores e seguranças estava. No mesmo instante, todos olharam para os celulares. Rolavam com o dedo para cima e pareciam estar acessando algumas imagens. Após interromper sua fala por segundos, pôde visualizar com mais clareza que eram fotos suas com Stuart se beijando.

De repente, toda a multidão parecia estar tendo o mesmo comportamento. Várias pessoas olhavam para seus aparelhos e mexiam em suas telas. Um barulho de surpresa coletiva podia ser ouvido. Ellen parou o discurso e tentou se recompor. Viu uma de suas assessoras olhar em sua direção com cara de assustada, procurando por uma resposta ou orientação.

Bastaram dez segundos para que o telão oficial do estádio parasse de transmitir sua imagem ao vivo; no lugar, as mesmas fotos do celular agora eram projetadas para todos. Hudson ficou atônita, deu um passo para trás e começou a andar depressa para trás do palco, onde estavam os camarins. Uma onda de vozes desencontradas do povo preencheu todo o vazio deixado pelo sumiço da senadora.

Em menos de cinco minutos, a polícia já estava no local. Ellen saiu algemada e amparada por agentes federais. Uma imagem que ganharia as telas de quase todo o mundo nas horas seguintes.

WASHINGTON D.C., ESTADOS UNIDOS

Deco estava no quintal, cuidando dos hambúrgueres para que não queimassem. Enquanto isso, olhava para os arredores e apreciava aquele domingo ensolarado de calor da típica família do subúrbio americano. Os vizinhos aproveitavam para cuidar dos jardins e as crianças brincavam com suas bicicletas e patins pelas calçadas. Nada como atividades ao ar livre para curtir o que a natureza oferecia.

Na parte de dentro, Ísis brincava com os filhos de Guto. Mesmo com alguma diferença de idade, as crianças estavam se dando bem. Ela havia chegado há poucos dias aos Estados Unidos, sendo acompanhada pelos avós. Estava feliz por reencontrar o pai após muitos dias sem notícias, mas também por poder fazer sua primeira viagem internacional e ser apresentada a uma nova realidade cultural.

Desde que foi interceptado pelos seguranças particulares da senadora Hudson, Deco colheu dias melhores. Na própria sala, recebeu ajuda de policiais que monitoraram de perto a estratégia desenhada por todos para que a pegassem em flagrante confessando seus crimes. A partir dali, ficou sob custódia por algumas horas em São Francisco até que os detetives pudessem liberá-lo para que fosse livre novamente.

Ele e Guto voaram juntos para Washington assim que puderam, com uma escolta policial. Até então, seus nomes eram mantidos em segredo. Assim que pousaram e se encontraram em segurança, os dois escreveram toda a épica jornada vivida nos últimos meses, que culminaram com a prisão de Ellen como a grande mentora de toda a conspiração tecnológica que mirava sua eleição como presidente e o sucesso de negócios como os de seu amante Stuart Ross como o grande promotor da segurança cibernética.

A matéria havia sido divulgada na sexta-feira. Naturalmente, o Herald foi o veículo responsável por explicar com detalhes à nação por que a principal aposta para ocupar a Casa Branca havia sido presa em flagrante enquanto discursava para uma multidão de fãs. Uma reportagem rica em detalhes e com uma narrativa brilhante, que trazia elementos de suspense e drama. Algo muito próximo do que foi vivido cronologicamente pelos dois.

Guto assinou como funcionário do jornal e Deco como convidado especial. Do dia para a noite, os dois se tornaram estrelas no mundo jornalístico global. Mensagens de elogios e pedidos para mais entrevistas brotavam como sementes em suas redes sociais. Muitos já diziam que ambos deveriam ganhar importantes prêmios internacionais pelo bombástico furo de reportagem.

Mesmo com tanta turbulência e agito, ambos decidiram curtir o final de semana em família, longe o máximo possível dos holofotes. Deco e Ísis estavam no quarto de hóspedes. Guto, Jennifer e os filhos aproveitavam as visitas para celebrar o fim do sofrimento de dias de desaparecimento, quando a tragédia já parecia estar anunciada.

— Este eu precisava atender — disse Guto com um orgulho comedido, apontando para o telefone em que estivera grudado por alguns minutos.

— Quem era?

— Presidente do conselho do Herald. Ligou para parabenizar pelo trabalho. Voltou a perguntar sobre seu convite.

— Não vou trabalhar com você aqui, Guto.

— Ainda dá tempo de repensar.

— Minha vida está no Brasil. Ísis está lá. Minha mulher... ex-mulher também, e ela tem a guarda. Então, sem chances. Ele perguntou se você sofreu algum arranhão em cativeiro?

— Ah, isso é menos importante, né... devem achar que estava num hotel cinco estrelas.

Os dois soltaram uma breve risada e começaram a preparar os hambúrgueres. Reviviam uma relação cheia de cicatrizes, com alguns curativos recentes. Assim que terminaram, gritaram para dentro de casa para anunciar que já estava tudo pronto. Pegaram então os seus respectivos pratos, junto com algumas cervejas, e foram até duas cadeiras que estavam mais afastadas, onde continuaram a conversa de uma forma um pouco mais reservada.

— Soube algo do Brasil? — perguntou Guto.

— Vi que o Joaquim está em destaque em todos os portais. Deve estar passando uns apuros.

— Se arrepende de ter contado tudo?

— Nem um pouco. Joaquim é mais um safado oportunista que usa a política como trampolim. No fundo, só muda a origem, mas é tão corrupto quanto os que já estavam lá. Não acredito em renovação num lugar que premia as mesmas coisas do passado.

— Ele te procurou? Mandou mensagem?

— Não. Mas agora não somos mais "amigos". Vai tentar ao máximo me descredibilizar. Eu não ligo. Se eu incomodei essa corja, é sinal de que estou no caminho certo.

— De acordo. Eu aqui já arrumei minha nova turma de inimigos também.

— O Vale do Silício?

— Sim. A Geração Dourada não vai ser solta tão cedo. Logo, vão indiciar Renan, Ian e outros. Graças ao que descobrimos, não foi só Ellen que saiu como a vilã da história, né? Pessoal do Herald disse que a discussão sobre assédio sexual e machismo em empresas de tecnologia está começando a ebulir. Já receberam milhares de denúncias de casos de agora e do passado de mulheres que sofreram na cultura tóxica de lá. Vai ser a nova pauta dos próximos meses aqui, junto com o cenário eleitoral, é claro.

— Isso que dá mexer no vespeiro. É o que eu sempre te falei, Guto. Ninguém toma uma atitude por uma simples vontade de fazer o mal. É preciso entender as motivações das pessoas, e geralmente elas estão em algum lugar do passado.

— Eu confesso que sempre nutri uma admiração genuína por Ellen, sabe? Ela me passava uma ambição acima do normal, sim, mas tinha um fundo de verdade que se conectava com meus valores.

— O ódio é uma chama poderosa. Nem imagino o que é ser alvo de um estupro coletivo e ver os agressores ganharem poder e dinheiro. Isso é forte suficiente para que ela arquitetasse todo aquele plano complexo.

— Mas ninguém é totalmente santo ou totalmente demônio. Sabe que, quando vi a foto dela na parede daquele pub, minha primeira ideia foi a de que ela fazia parte do grupo e que ele estava rachado por algum motivo. Nunca imaginei que poderia ter uma história de violência. Estava convencido de que ela não era o alvo, mas sim a protagonista dos ataques. Foi o depoimento do Hyun que desvendou o segredo.

Os dois passaram alguns segundos em silêncio, saboreando seus sanduíches e as cervejas.

— Animado com sua nova fase de jornalista famoso aqui nos Estados Unidos?

— Uma mistura de ansiedade, mas também orgulho. Preciso ver o lado positivo disso tudo para mim. Posso escolher melhor com o que vou trabalhar a partir de agora. Quando vim para cá, troquei o risco pela estabilidade. Mas, lá no fundo, uma parte de mim sempre me odiou por apagar esse lado mais instintivo, visceral, espontâneo...

— Esse lado mais Deco você quer dizer, né?

— Pois é — ele riu. — Eu quero fazer as pazes com isso e conviver melhor com esse meu outro lado, que tinha ficado em São Paulo.

Deco pensou um pouco antes de falar o que queria desde que passou por uma reflexão profunda sobre suas atitudes no hotel à beira de estrada, fugindo de seus perseguidores.

— Eu lembrei muito de você também. Quando estava no processo de fuga desde Seattle, eu me senti muito vazio. Parecia que tudo que eu era, esse fogo que você descreveu, não servia para nada. Se não tivesse sido minimamente estruturado, planejado e até ajudado por vocês, eu estaria morto em algum buraco por aí. Fiquei uns dias sem conseguir pensar em nada, você acredita? Dirigi por horas e nenhuma ideia boa aparecia. Me senti sem identidade para resolver um negócio tão complexo como esse.

— Por isso que nosso jornal das antigas deu certo. Um pensa, o outro age.

— Não vamos querer mexer no passado, certo?

— Foi você que disse, agora — respondeu Guto, com um sorriso sincero e direcionado para Deco.

EPÍLOGO

SÃO PAULO, BRASIL

Deco estava animado para a noite. Já nem lembrava mais quando havia sido seu último encontro oficial com uma mulher. Sentia-se um completo inexperiente, quase um adolescente em meio a tantas novidades. Mas, ao mesmo tempo, seu coração alimentava uma ponta de esperança e de alegria que lhe enchia a alma de felicidade.

Desde que voltou ao Brasil, estava numa batida intensa para gerenciar os desdobramentos do caso de hackeamento da Internet das Coisas. Deu dezenas de entrevistas, participou de podcasts, escreveu artigos e recebeu inúmeras propostas de trabalho fixo. Viveu dias de celebridade, tanto no Brasil quanto em outros países, duplando com Guto em muitos momentos para que contassem suas sagas e os caminhos que seguiram para revelar o maior escândalo dos últimos tempos. Em um desses programas, conheceu Tânia, outra jornalista, com quem trocou algumas mensagens que se desdobraram num convite para se encontrarem num bar recém-inaugurado no Jardins.

Assim que tomou banho e fez a barba, caminhou até seu guarda-roupas. Naquela noite, iria estrear um novo serviço contratado recentemente. Era um vidro inteligente instalado na porta do armário que, conectado à internet, conseguia recomendar o melhor visual para ele com base no que tinha em seu armário, cruzando esta informação com a natureza do evento no qual ele iria — um jantar romântico, um bar entre amigos, uma entrevista de emprego etc.

— Primeiro encontro com Tânia de Oliveira — disse ele em voz alta e claramente constrangida, em direção ao armário.

Uma ampulheta girou no canto superior por cerca de três segundos até que a imagem da mulher aparecesse no centro do vidro com dois botões embaixo — "confirmar" ou "mostre-me outro". Deco confirmou a imagem e, em seguida, foi apresentado à recomendação feita pelo armário. A sugestão era que fosse de calça jeans escura, uma camisa xadrez vermelha e preta e uma camisa branca por baixo, com um sapato marrom como calçado. O visual completo aparecia na parte direita do vidro, e seu avatar de tamanho real já estava vestido e girando em 360 graus para que pudesse apreciar por inteiro, de todos os ângulos possíveis.

O software embarcado no vidro também explicava os porquês de sugerir aquele visual. Na parte de baixo do avatar, fotos que Tânia havia curtido em suas redes sociais de outros homens que indicavam vestimentas similares à recomendação. A premissa usada era de que ele estaria usando algo que era agradável aos olhos dela, o que devia aumentar suas chances de causar uma boa impressão e evitava que gastasse muito tempo escolhendo por conta própria.

Deco encarou aquilo com estranheza. Nem lembrava que tinha aquela camisa xadrez no armário, além de fazer séculos que não a usava. A impressão que teve ao olhar para o avatar era de um playboy qualquer que nada tinha a ver com ele. Percebeu que havia um ícone preto que dizia "nova sugestão" logo acima e se inclinou para apertar.

Mas não o fez. Um sexto sentido tomou conta de seu corpo pedindo para que não continuasse. Não sabia bem o que era por alguns segundos, mas deixou a sensação se espalhar até que pudesse se acostumar com ela e entender o que seu instinto queria lhe dizer.

Era claro. O desconforto tinha tudo a ver com o que presenciou nos últimos meses durante a investigação iniciada com a morte de Jonas. A relação dos humanos com a tecnologia e como o uso desenfreado de algoritmos de recomendação estava fazendo com que seres humanos delegassem toda a inteligência às máquinas. Ele estava caindo no mesmo problema.

Jonas morreu porque entregou o controle da direção ao carro, assim como o senador Glenn preferiu que o aplicativo Best Date determinasse com quem ele iria se encontrar em Israel e Michael terceirizou a segurança e o conforto de sua casa à máquina. Da mesma forma que os moradores de Jacobina, e do Brasil, confiaram as decisões de saúde, como exercícios e alimentação, ao AppSUS. Assim como os residentes de Oklahoma não sabiam mais como chegar a seus destinos se não fosse a Move lhes indicando os melhores caminhos.

Eram comportamentos que separavam a inteligência da consciência. Enquanto todos permaneciam conscientes do que estavam experienciando, ninguém estava sob controle real da situação. Ele estava nas mãos de algoritmos. Todo o poder de processamento de dados do cérebro, por mais inferior que seja ao dos computadores, estava jogado às traças, renegado a um destino de atrofiamento e inutilidade.

Deco então desistiu da sugestão. Abriu o armário e ele mesmo escolheu sua roupa. Optou por uma calça de sarja cáqui, uma camisa lisa escura para fora e um blazer cinza. Ficou apenas com o sapato marrom recomendado, porque era um de seus preferidos. Assim que terminou de se vestir, olhou no espelho e sorriu para o que viu. Não sabia se era o visual preferido de Tânia ou se causaria a melhor impressão possível no primeiro encontro.

Mas aquilo pouco importava.

FONTE Gyparody, Adobe Garamond Pro e Acumin
PAPEL Pólen Natural 80 g/m²
IMPRESSÃO Paym